FETCHING - WYATT

VERSIONE ITALIANA

KYLIE GILMORE

Traduzione di
MIRELLA BANFI

Copertina di: Michele Catalano Creative

Fotografo della copertina: Wander Aguilar

Modella in copertina: Forest Harrison

Cane: Chuy

Traduzione di: Mirella Banfi

Pubblicato da: Extra Fancy Books

ISBN-13: 978-1-64658-088-0

1

───────

Sydney

Satana entra nel mio bar e mi fa segno di avvicinarmi piegando un dito.

Fingo di non vederlo. Wyatt Winters può far segno a qualcun altro perché lo serva. A me non interessa se questa è la serata decisiva per il mio ristorante e bar storico e se la raccolta fondi della vigilia di Capodanno è la mia ultima speranza. Non ho intenzione di scendere a patti con il diavolo.

È attraente, certo, con i folti capelli castano scuro ondulati, labbra sensuali, barba curata e un corpo che fa pensare che passi troppo tempo in palestra. Ma è tutto annullato dal suo atteggiamento presuntuoso. Wyatt si è trasferito nella nostra cittadina un mese fa, ha comprato la casa abbandonata in cima alla collina, con un faro in una zona senza sbocchi sul mare. Originariamente era appartenuta a un eccentrico eremita, morto prima che nascessi io. La gente dice che è infestata dai fantasmi. Io spero che lo tengano sveglio di notte.

Seriamente, perché continua a farsi vivo nel mio locale, l'Horseman Inn? Nell'ultimo mese ha ordinato ogni birra alla spina che abbiamo, criticandone a lungo la qualità mentre si lamentava del freddo nel locale e (ed è il colmo) del nome di questo posto. È storico! La locanda risale al 1788, quando era usata come stazione di posta per la diligenza.

Vado dietro al bancone e preparo i drink per un tavolo di donne di mezz'età che aspettano ansiosamente l'arrivo della nostra ospite d'onore, la mia famosa amica attrice, Harper Ellis. È l'unico motivo per cui stasera c'è il pienone. Mio fratello Eli fornisce il sottofondo musicale con la sua chitarra acustica. Il bar è imballato, la stanza sul retro è piena per metà e la gente si serve degli stuzzichini nella sala da pranzo sul davanti, facendo offerte per l'asta silenziosa. È ancora presto, quindi sono contenta della folla. *Grazie, Harper.*

Harper e io siamo cresciute insieme qui a Summerdale, New York, una comunità in riva a un piccolo lago a circa un'ora e mezza da New York City. È un posto unico, originariamente fondato da hippy come una specie di utopia. Il tasso di criminalità è basso e la qualità della vita è alta. È il nostro motto ufficioso, quello reale è: pace per tutti coloro che si riparano qui. Comunque, è una comunità meravigliosa per quelli che non stanno facendo bancarotta. Harper si è offerta di aiutarmi finanziariamente, ma non ho intenzione di accettare per diversi motivi, il più importante dei quali è che non voglio che il denaro si metta tra noi.

Spero che arrivi presto. Controllo in fretta la stanza sul retro e colgo lo sguardo dell'uomo che mi mette a disagio come nessun altro. *Niente birra per te.* Porto il vassoio con i bicchieri di vino e due Dirty Martini alle donne sedute a un lungo tavolo rettangolare davanti all'uomo che fingo di non vedere. Servo i drink alle donne, rivolgendo la schiena a Satana.

«Quando arriva Harper?» mi chiede una bruna sui cinquant'anni.

Le sue quattro amiche mi guardano impazienti.

«Sono sicura che arriverà da un momento all'altro, probabilmente è stata bloccata dal traffico in città.»

«Finora sono la miglior offerente per un pranzo con lei» dice Tammy. «Dita incrociate!»

Sorrido. È stato veramente carino da parte di Harper aggiungere quel pranzo con lei, sapendo che è una persona così discreta e timida nella vita reale.

Le amiche di Tammy cominciano a parlare della loro speranza di vincere una fotografia autografata o qualcuno dei cimeli dei suoi vecchi show in televisione che ha donato. È stata molto generosa con il suo contributo, ma ho bisogno che arrivi di persona.

«Vi farò sapere appena arriva» dico loro.

Saluto con la mano le mie due amiche, Jenna e Audrey, che gironzolano nella sala anteriore. Dal punto di vista fisico sono l'una l'opposto dell'altra: Jenna è alta e snella con capelli biondi che arrivano a malapena alle spalle; Audrey è piccola e formosa con lunghi capelli neri. Noi quattro, Harper, Jenna, Audrey e io, passavamo tutto il tempo insieme da bambine. Poi Harper era partita per andare a Hollywood e la vita ci aveva separate. Jenna e io siamo tornate di recente a Summerdale. Audrey non se n'è mai andata.

Do loro un'occhiata interrogativa. Stanno aspettando Harper.

Jenna scuote la testa. Reprimo un sospiro e mi volto per tornare al bar.

«Cindy, qui, per favore» dice una profonda voce baritonale.

Mi blocco e mi volto lentamente verso Wyatt. «Mi chiamo Sydney» dico a denti stretti.

Lui mette una mano a coppa intorno all'orecchio. «Cosa?»

Espiro bruscamente e vado al suo tavolo d'angolo in fondo. Ha più o meno la mia età (ho ventotto anni), indossa una camicia a quadri bianchi e neri, una giacca sportiva beige e jeans. Le lunghe gambe sono stese sotto il tavolo, incrociate alle caviglie. Scarpe di pelle marrone scuro anziché le sneakers. Mi viene da pensare che si sia vestito elegantemente per la festa, solo per restare seduto da solo la vigilia di Capodanno. Raccolgo tutta la mia pazienza e la buona volontà. È nuovo in città e dovrei cercare di farlo sentire benvenuto.

«Salve, Wyatt» gli rivolgo un breve sorriso. «Mi chiamo *Sydney*, non Cindy.» *Come ti ho già detto molte altre volte.* «Sei nuovo in città. Potrei presentarti ai miei fratelli. Alla chitarra c'è Eli. È un poliziotto.» Lo indico ed Eli lo saluta con un cenno della testa. «Al bar, il tizio con la t-shirt bianca e l'aspetto incavolato è il maggiore dei miei fratelli, Drew. Ci sono anche Adam e Caleb, ma non sono ancora arrivati.»

Wyatt mi guarda piegando la testa di lato. «Niente sorelle?»

«No, perché?»

«L'unica ragazza, eh. Interessante.»

Sento un velato insulto nel suo tono. «Perché è interessante?» Non sono un tipo sdolcinato, ma questo non significa che non sia femminile. Ho il rossetto e stasera ho perfino messo una gonna. È di pelle nera, intonata ai miei stivali al ginocchio di pelle nera. La t-shirt nera con la scritta The Horseman Inn è l'uniforme del nostro personale.

«Solo interessante» dice con indifferenza. «Ho conosciuto Adam. Farà dei lavori a casa mia.»

«Oh.» Adam è un mastro falegname. Non sapevo che avesse accettato un lavoro da Satana.

Lui picchietta sul tavolo di legno scuro. «Quello che voglio veramente sapere è che cosa deve fare un uomo per avere una birra decente da queste parti.»

Pazienza. Buona volontà. In questo lavoro non si possono alienare i clienti. Mi appiccico un sorriso sul volto ed elenco tutte le birre che abbiamo, sia alla spina sia in bottiglia.

Lui si strofina la barba scura. «Non ne hai una che non sembri annacquata per nascondere il fatto che è andata a male?»

«Ti assicuro che tutte le nostre birre sono fresche. Ora, che cosa posso portarti?» Sono Miss Ospitalità.

Lui si china in avanti, appoggiando il mento sulla mano e fa un sorriso rapace. Il mio polso accelera. «Sorprendimi.»

Birra light scadente con uno sputo in arrivo! Oh, sono così tentata. No. Posso essere professionale. *Perché il mio cuore sta ancora battendo forte?* «Certo. La nostra migliore IPA in arrivo.» Mi volto per andarmene.

«Ho già assaggiato la vostra migliore IPA. Forse una birra chiara sarebbe meglio.»

Mi volto. «Non c'è problema.»

«Inoltre il mio tavolo dondola.» Gli dà un colpetto.

Lascio andare lentamente il fiato. «Allora non scuoterlo.»

Lui sbircia sotto il tavolo. «In effetti non so se è il tavolo o il pavimento che c'è sotto.»

«Fa parte del nostro fascino, pavimentazione originale del diciottesimo secolo.»

Lui inarca un sopracciglio.

«Una birra chiara in arrivo.» Mi dirigo in fretta verso il bar, sto esaurendo la pazienza. Nessuno può continuare per molto tempo una conversazione piacevole con un uomo come quello. Cerca continuamente difetti. Questo posto ha tutto il fascino delle cose antiche con tutti i mal di testa moderni: pavimenti deformati, soffitti bassi, correnti d'aria. Sono fiera di dire che abbiamo ancora i soffitti con le travi e i pali originali e un grande camino di pietra nella sala da pranzo che c'è sul davanti. Se non gli piace, può andare da un'altra parte. Anche se questo è l'unico bar per chilometri e chilometri. Dovrebbe attraversare la linea di confine per andare a Clover Park, nel Connecticut, a circa mezz'ora di auto da qui, per trovarne un altro. Magari posso suggerirglielo. No, non posso farlo. È un nuovo arrivato. *Devo essere ospitale.*

Mio fratello Drew mi afferra il braccio mentre passo accanto a lui al bar e mi ferma. «Quel tizio ti sta dando fastidio?» chiede a bassa voce, fissando Wyatt. Drew ha cinque anni più di me ed è un duro: ex ranger dell'esercito, cintura nera. Gestisce una palestra di arti marziali in città. Lo prenderebbe a calci in culo per me, ma non sono una damigella indifesa. Inoltre sono cresciuta con quattro fratelli, due più grandi e due più piccoli di me, e so come trattare gli uomini.

«È solo irritante» dico. «Nessun problema.»

Lui mi lascia andare il braccio. «Di' solo una parola.»

Gli do un bacio esageratamente sonoro sulla guancia, cosa che lo infastidisce sempre.

Si strofina la guancia. «Syd! Dai! Ho il rossetto sulla guancia?»

Vado dietro il bancone. «Tanto rossetto rosa» dico mentendo. «Sarà meglio che tu vada in bagno per tornare a essere il solito macho.» In effetti il rossetto è color corallo, una tonalità di rosa più scuro per intonarsi ai miei capelli color Tiziano, ma è impossibile cercare di spiegare la tonalità di un rossetto a un uomo alfa scontroso.

Si controlla usando la macchina fotografica del telefono e sbuffa, rimettendosi in tasca il telefono. «Furbacchiona.»

Verso la birra chiara per Wyatt e poi mi occupo di qualche cliente al bar, preparando anche i loro drink. Più che altro sto prendendo tempo, per non dover trattare con Wyatt, lo squalo di città. Ho sentito che si è trasferito qua da Manhattan. Perché? Non poteva restarsene in città?

Segnalo a una delle cameriere di avvicinarsi e le passo la birra per Wyatt. È questione di auto-conservazione. Meno interagisco con lui, migliori sono le probabilità che non gli versi la birra in testa. Non sarebbe un gesto molto ospitale da parte mia.

Dopo aver controllato in cucina i preparativi per la cena a buffet che ci sarà più tardi, faccio un altro giro nel ristorante, per assicurarmi che tutti abbiano da bere e qualche stuzzichino e per ricordare loro la magnifica asta silenziosa. Cerco di apparire entusiasta dell'asta anziché disperata. Mio padre aveva lasciato questo posto talmente indebitato, prima di morire, che nessuna banca è disposta a farmi un prestito. Brutta sorpresa, quel debito. Aveva nascosto i problemi finanziari sia a me sia ai miei fratelli, nell'errata convinzione di proteggerci. Era un grande papà, che si era preso cura di noi dopo la morte di mia madre quando avevo dodici anni.

Wyatt intercetta il mio sguardo. «Gli stuzzichini sono buoni.»

Lieta che abbia *finalmente* trovato qualcosa di positivo da dire sul posto, mi avvicino, fermandomi al suo tavolo. «Mi fa piacere che ti piacciano.»

Lui si appoggia allo schienale della sedia. «Hai mai pensato di aggiornare il menu per la cena?»

Mi arrabbio immediatamente ma riesco a mantenere un tono educato. «No, alla gente del posto piace così.»

«Non dico che sia male, solo non è molto originale. Cioè, tutto è accompagnato da patate fritte o al forno. Un nuovo chef potrebbe dare un po' di vita a questo posto. Non è a quello che punta la raccolta fondi di stasera? Tenere aperto questo posto?» Dà un colpetto al tavolo. «Con la giusta gestione e uno chef migliore, questo posto ha del potenziale.»

Gestisco *io* questo posto e lo chef è un amico di famiglia. Scopro i denti. «Sembra che tu sappia tutto sul business della ristorazione.»

«Per niente. Solo, apprezzo i buoni ristoranti.»

Mi piazzo le mani sui fianchi e lo fisso esasperata. *Ovviamente pensa che noi siamo un pessimo ristorante.* Sono così furiosa che non riesco nemmeno a parlare.

Lui piega la testa. «Cindy, sei arrabbiata con me?»

«Chi diavolo credi di essere?» sbotto. «Vieni qua e insulti il mio locale da ogni angolazione! Se non ti piace, non tornare.»

Lui inarca un sopracciglio. «Dato che questo posto è tuo, magari potremmo parlare di miglioramenti seri. Non lo saprai finché non ne parliamo, giusto?»

Mi si rizzano i peli. «Questo locale era del mio bisnonno, tramandato da generazioni e adesso è mio.» Tralascio di dire che è Drew quello che l'aveva originariamente ereditato, dichiarandolo poi una causa persa per via dei debiti che lo trascinavano a fondo. L'ho rilevato io pur di non farglielo vendere. «È un'istituzione in questa città e ce la caviamo benissimo senza i tuoi commenti sarcastici da cittadino. Come osi entrare qui e sputare giudizi su tutti noi!?»

Lui sogghigna. «Non ricordo di avere sputato.»

Sento il cuore che mi batte nelle orecchie, la rabbia che

annebbia la ragione. Sento la voglia disperata di togliergli quel sogghigno dalla faccia.

Lui indica la sua birra chiara. Vorrei gettargliela in faccia e guardare la sua espressione scioccata mentre gocciola sulla sua barba, l'elegante giacca sportiva e la camicia.

Lui ridacchia. «C'è un'espressione maligna nel tuo sguardo, Cindy. Stai pensando di versarmi la birra in testa, vero?»

Come faceva a saperlo? «Assolutamente no» dico, mentendo spudoratamente.

Lui si china verso di me, sempre con quel sorriso strafottente sul viso. «Ti sfido a farlo.»

Oh no... Mi sta deliberatamente stuzzicando. Mi sforzo di parlare in tono pacato. «È un peccato che non ti piaccia la tua birra chiara perché è l'ultimo drink che otterrai qui.»

«Solo perché ho detto che con uno chef migliore questo posto avrebbe del potenziale?»

Quello e un mucchio di altri insulti. Ne ho le tasche piene di questo tizio. Non m'interessa se è un nuovo arrivato ed è da solo la vigilia di Capodanno. Giro sui tacchi e quasi mi scontro con Harper e il suo fidanzato, Garrett, che probabilmente hanno sentito tutto.

«Syd, stai bene?» mi chiede Harper, con le sopracciglia aggrottate sopra gli occhi nocciola. Ha i capelli castano scuro sciolti sulle spalle e il suo volto è luminoso.

L'abbraccio. «Sono così felice di vederti!» Mi tiro indietro. «Anche te, Garrett. Ho un tavolo riservato proprio per voi.» Indico loro di seguirmi, lieta di allontanarmi da quell'uomo orribile, arrogante e critico. Per me sarà sempre il Tafano. Satana è un nome troppo bello per lui.

Tolgo il cartellino RISERVATO dal tavolo e mi rendo conto che non mi hanno seguita. Sono seduti con Wyatt e parlano con lui. Harper alza un dito, indicandomi di aspettare. Li conosce oppure li ha solo invitati a sedersi con lui? Harper *è* un'attrice molto popolare. Tutti vogliono parlare con lei.

Il Tafano mi fa l'occhiolino, dicendo a voce alta: «Giusto, *Sydney*». Non riesco a sentire il resto di quello che dice. Scommetto che Harper l'ha corretto quando mi ha chiamato Cindy. *Grr...*

Mi piego e mi do una pacca sul sedere rivolto verso di lui. *Fottiti, Pustola.*

Harper emette un gridolino e si affretta a venire da me. «Che cosa stai facendo? Non sai chi è?»

«Sì, Wyatt.» *Lo stronzo strafottente che ha insultato l'eredità di mio padre.*

Lei si china verso di me e sussurra: «Non hai ricevuto la mia e-mail?».

La guardo, confusa. Ci siamo scambiate parecchie e-mail riguardo la raccolta fondi di questa sera. «Quale?»

Lei mi mette una mano sul braccio e la voce assume un tono urgente che mi fa rizzare i peli sulla nuca. «Quella nella quale ti dicevo chi è e che cosa può fare per te.»

«No, non ho ricevuto un'e-mail che lo riguardava.» La mia voce è appena un sussurro. Mi schiarisco la voce. «Dev'essere finita nello spam o si è persa nel ciberspazio. Chi è?»

«È un miliardario in pensione con un'enorme esperienza nel rivitalizzare imprese sull'orlo del fallimento. L'ho conosciuto a una raccolta fondi e gli ho parlato di Summerdale. Cercava un posto dove mantenere un basso profilo e vivere tranquillo. Comunque potrei avergli detto che l'Horsemann Inn ha bisogno di aiuto.» Davanti al mio attonito silenzio, Harper continua in fretta: «Non arrabbiarti, okay? Hai rifiutato di accettare un prestito da me e lo capisco perché siamo amiche, ma non potevo restarmene con le mani in mano. Lui potrebbe aiutarti». Scuote la testa. «Non riesco a credere che gli abbia suggerito di baciarti il culo.»

La fisso. «Ma è così giovane per essere un miliardario in pensione.»

«Lo so. È uno di quei maghi della tecnologia. Ha fatto il suo primo milione a diciannove anni. Adesso ha trent'anni.»

Mi volto e vedo lo sguardo sornione e arrogante del miliardario in pensione Wyatt "il Tafano" Winters. Lui sorride e mi saluta spavaldo con due dita, probabilmente perché sa che Harper mi ha appena spiegato chi è. Il signor Pezzo Grosso.

Lo guardo storto. Non lavorerò *mai* con lui. Non mi interessa quanti zero ci sono nel suo conto in banca o che sia un guru del mondo imprenditoriale. Vuole una fetta dell'Horsemann Inn? Diavolo no!

2

Mi ritiro dietro il bancone del bar e comincio a preparare un Margarita. Non ho bisogno di Wyatt Winters. Ho un background nel marketing. Una volta ripagati i debiti, sarò in grado di concentrarmi sul marketing per attirare la gente dalle città vicine e rivitalizzerò questo posto. So che può ancora essere un successo. Purtroppo, se la raccolta fondi di questa sera non sarà il successo che spero, avrò sicuramente bisogno di un qualche tipo di salvataggio.

Mi tengo occupata a preparare i drink, ma la mia mente continua a rimuginare su ogni insulto che mi ha rivolto il Tafano nell'ultimo mese e ciò che mi sarebbe piaciuto poter dire. Quando si lavora nel mio settore, non si può rispondere male ai clienti maleducati, anche quando se lo meriterebbero. E, tutto considerato, fino a questa sera, avevo frenato il mio caratteraccio in modo ammirevole.

Alzo gli occhi quando sento la voce calda di Garrett. Il fidanzato di Harper è una bestia d'uomo con una montagna di muscoli e un cuore d'oro. Seriamente, qualche giorno fa è venuto fin da Brooklyn per sistemare alcune cose nella cucina del ristorante e ha rifiutato di farsi pagare.

«Ehi, Garrett» dico, dandogli una pacca affettuosa sulla spalla. «Che cosa posso darti?»

Lui prende uno dei menu, lo controlla e poi ordina una birra chiara. È quella che aveva ordinato il Tafano. Sospetto immediatamente che voglia portarla a Wyatt, ma non voglio dire niente nel caso sia effettivamente per lui. Garrett ha sistemato una lavastoviglie che perdeva acqua e una ventola che faceva uno strano cigolio e minacciava di bloccarsi. Garrett è in grado di fare praticamente tutto quando si tratta di costruzioni, è il suo normale lavoro, e ogni tanto ha qualche particina come attore. Perché non potevo conoscere un uomo divertente, interessante e competente come lui? Perché il Tafano deve essere l'unico single disponibile in giro? È stupendo in modo così irritante, con quei caldi occhi castano chiaro, ambrati, e la barba. Quel grande corpo muscoloso. Il mio polso aveva accelerato quando si era avvicinato.

È orribile. Sono involontariamente attratta da lui. Dovrei vedere uno strizzacervelli o roba simile.

Porgo il bicchiere di birra chiara a Garrett, frenandomi per non ordinargli di non darlo al Tafano. «Ecco.»

Garrett mi sorride. «Grazie.» Fa per prendere il portafogli.

«Offro io, per ringraziarti di avermi sistemato tutte quelle cose.»

Garrett scuote la testa. «Mi piace sistemare le cose.» Lascia un biglietto da venti sul bar e si allontana. «Grazie ancora» gli dico. «Sono in debito con te.»

Lui agita una mano in un gesto indifferente, come se non fosse niente. Che grand'uomo.

Mi dico di non guardare, ma non ci riesco. Ho gli occhi incollati a Garrett mentre torna al tavolo del Tafano. Maledizione! Lo sapevo. Passa la birra chiara al Tafano, che alza immediatamente il bicchiere, rivolto verso di me, per un brindisi gongolante.

Stringo i denti, con tutta la faccia che si scalda per la rabbia.

Il Tafano beve un sorso di birra e fa una smorfia esagerata. «Alla gente di qui piace questa robaccia annacquata?» La sua voce arriva fino a me e sono sicura che fosse quella la sua intenzione.

Gli mostro il dito medio e, quando non mi pare che basti, aggiungo anche l'altro in un doppio saluto *fottiti*.

Lui tira indietro la testa e ride.

Fremo silenziosamente di rabbia, controllando di frequente i movimenti intorno a Harper ed evitando costantemente lo sguardo del Tafano. È la vigilia di Capodanno e Harper è seduta al tavolo che le ho riservato a firmare autografi sui volantini dell'evento di questa sera e a fare selfie con i clienti.

Quando un grosso gruppo si allontana dal suo tavolo, mi precipito a controllare. «Che cosa posso portarti da bere, Harper? Tutto ciò che vuoi, offro io.»

Lei sorride. «Acqua, per favore.»

«Solo acqua?»

Lei mi tira per la spalla, avvicinandomi abbastanza da sussurrare: «Sono incinta».

Strillo e l'abbraccio. «Sono così felice per te. Congratulazioni!»

Jenna e Audrey si uniscono a noi, entrambe con degli abitini neri e una tiara luccicante. «Che cosa sono questi strilli?» chiede Jenna.

«Ti avevo detto di non comportarti come una fan con Harper» mi dice Audrey. «È sempre una di noi.»

Harper sussurra la notizia anche a loro.

«Merita uno strillo» dice Jenna ridendo e l'abbraccia.

Poi tocca ad Audrey abbracciarla. «Congratulazioni!» Si tira indietro, preoccupata. «Tua nonna come l'ha presa?»

Harper è cresciuta con la nonna, una donna rigida che probabilmente non approva una gravidanza extraconiugale. In segreto, noi la chiamiamo Generale Joan. Una volta ogni tanto, il Generale viene qua per la cena, e io mi ritrovo a tenere la schiena diritta e le spalle indietro. Non ha mai avuto problemi a comandare a bacchetta le amiche di Harper, esattamente come faceva con lei. Immagino significhi che vuole bene anche a noi.

Harper sorride. «Sorprendentemente comprensiva e incoraggiante. Abbiamo fatto una bella chiacchierata.» Indica con il pollice Garrett che si è appena unito a noi. «Certo aiuta il fatto che il Generale lo *adori*.»

«Qual è il tuo segreto?» chiede Jenna a Garrett. «Avevamo tutti paura di lei da ragazze. La metà delle volte ci faceva lavorare.»

Audrey scuote la testa. «Non volevamo mai passare il tempo libero a casa di Harper. Senza offesa, Harp.»

«Probabilmente era il suo piano fin dall'inizio» dice Harper. «Non dover pulire e non doversi occupare di quattro ragazze.»

«Fa lavorare anche me» dice Garrett con un sorriso. «A me non dispiace aiutarla.»

Lo fissiamo tutte.

«Adesso mi sento così pigra» dico io ridendo.

E ridono tutte con me.

«C'è veramente tanta gente adesso, Syd» dice Harper.

Annuisco. «Sono qui per te.» Ci sono più o meno cinquanta persone qui adesso. Normalmente sono una dozzina o anche meno.

Si avvicina una coppia sulla trentina e le chiede l'autografo. Harper sorride. «Volentieri.»

Jenna mi tira verso il bar. «Prendiamoci qualcuno di

quei peppermentini.» È uno speciale martini alla menta, preparato solo per le feste.

Torno al bar con Jenna e Audrey, passando davanti al mio fratello maggiore, Drew. Si sta comportando in modo strano, con una birra in mano, e non risponde a Caleb, l'altro mio fratello, che sta parlando animatamente con lui. Ha gli occhi puntati si Audrey.

Osservo Audrey mentre mi dirigo al bar. Sta evitando attentamente di guardare Drew. Ancora più strano. Normalmente lo saluterebbe e sorriderebbe. Audrey ha una cotta per Drew fin da quando eravamo bambine. Gli mandava regolarmente e-mail mentre era in missione, ma non gli aveva mai detto ciò che provava per lui. È successo qualcosa tra di loro ultimamente? Audrey non è il tipo da rivelare qualcosa, nemmeno alle sue amiche, specialmente se si tratta di qualcosa di riservato.

Audrey cammina rigidamente oltre Drew, tenendo alta la testa. Lui si limita a fissarla, con un'espressione chiusa. Lei e Jenna si siedono al bancone, a poca distanza da Drew. Sono sicura che se ci fossero stati altri posti disponibili, Audrey si sarebbe precipitata a occuparli.

Mi chino oltre il bancone, verso Audrey. «Martini alla menta?»

«Certo» mi risponde distratta, fissando nel vuoto. Penso sempre che Audrey abbia più cose in mente di ciò che le esce dalla bocca.

Comincio a preparare i Martini per le mie amiche, dando un'occhiata a Drew. Lui fissa la sua birra, alza la testa e dà una pacca sulla spalla a Caleb.

«Sembra che tengano Harper occupata» dice Jenna, allungando la mano verso la sua tiara luccicante e lisciandosi i capelli biondi.

Do una shakerata al Martini. «Già. Vogliono sapere tutti del suo precedente show, *Capital Asset*.»

«Beh, è quello che l'ha resa famosa.» Si rivolge ad Audrey, che sta ancora guardando nel vuoto: «Va tutto bene?».

«Certo» risponde Audrey, fin troppo allegramente.

Jenna e io ci scambiamo un'occhiata. Audrey si era trasferita nella nostra cittadina quando eravamo in prima elementare, e siamo legate come sorelle, quindi sappiamo che sta mentendo. Qualcosa la disturba e deve avere a che fare con Drew. Gli ha finalmente detto ciò che prova? Se l'ha fatto, non deve essere andata come sperava.

Guardo comprensiva gli occhi azzurri di Audrey. Jenna le stringe il braccio.

Audrey si rigira una ciocca dei lunghi capelli neri sul dito, fingendo nonchalance. «Smettetela di fissarmi. Sto bene. Va tutto bene. Non c'è niente di nuovo.»

Verso i Martini. È un po' troppo sulla difensiva per qualcuno che dice che va tutto bene. Le tirerò fuori tutto durante il nostro club del libro il prossimo giovedì. A dire il vero io lo chiamo il club del vino perché, gente, chi stiamo prendendo in giro?

Passo loro i due drink, rifiutando il pagamento perché mi hanno aiutata a organizzare l'intera serata, ma Jenna appoggia comunque un biglietto da venti sul bancone, mandandomi un bacio e Audrey la imita.

Poco dopo, il buffet è pronto per la cena nella sala anteriore. Mi assicuro che Harper, Garrett e la guardia del corpo, Joe, siano serviti al tavolo prima di indirizzare la folla verso il buffet. Va tutto liscio come speravo. Torno in cucina per controllare e finalmente mi prendo una pausa, sedendomi su uno sgabello nell'angolo e mangiando la mia cena a base di alette di polle, patatine fritte e bastoncini di carota.

È quasi mezzanotte e sono stanca morta. Tra tutto il daffare e cercare di tenere a freno la stizza, è stata una serata estenuante. Un ultimo sprazzo di energia per mantenere lo spirito festivo. *Uno, due, tre, via!*

Consegno occhiali con la scritta BUON ANNO e trombette alla gente seduta al bar e mi mischio alla folla nella stanza posteriore, consegnando i regalini con un sorriso. Quando arrivo al tavolo del Tafano, consegno il sacchettino a Garrett e salto completamente Wyatt. Lui si porta una mano al petto come se l'avessi ferito. Garrett ci guarda con un sorrisetto sulle labbra. Il Tafano ha parlato male di me? Si merita tutto quello che gli ho servito stasera. E mi sono trattenuta. Dopotutto non gli ho versato la birra sulla testa, vero? Torno al tavolo delle mie amiche dove adesso è seduta Harper. «Buon anno, signore. Che possa essere il vostro migliore.» Consegno cappellini e trombette.

Jenna e Audrey si mettono i loro occhiali di Capodanno e soffiano nelle trombette.

Harper mi sorprende alzandosi in piedi e sussurrandomi all'orecchio: «Syd, so che Wyatt non ti ha preso nel verso giusto, ma è effettivamente una brava persona».

Sbuffo. «Giusto.»

«Comunque buon anno nuovo.» E mi dà un bacio sulla guancia.

Continuo il mio instancabile giro dei tavoli consegnando le trombette e i cappellini.

Cinque minuti prima della mezzanotte mi lascio cadere sulla sedia accanto ad Harper e le porgo un bicchiere di acqua frizzante, lo champagne delle donne incinte. «Farò il conteggio per il brindisi di Capodanno a meno che voglia farlo tu.»

«No, sei tu la star di questo show.»

Le metto il braccio intorno alle spalle e lei appoggia la testa sulla mia. «Grazie per essere venuta Harp. L'asta sta andando alla grande. Qualcuno ha offerto mille dollari per pranzare con te.»

«Davvero? L'ultima volta che ho guardato eravamo a centocinquanta.»

Mi stacco e sorrido. «Beh, sei Harper Ellis.»

«Smettila» mi dice.

Le do una pacca sulla spalla e vado dove Eli sta suonando la chitarra per fargli sapere che può smettere. Appena lascia la sua postazione, mi metto in piedi sulla sua sedia e agito una mano per attirare l'attenzione.

Garrett si alza, fischia forte e la folla si acquieta. Va verso il tavolo di Harper e tutti gli occhi lo seguono mentre attraversa la stanza. Si siede e le mette un braccio sulle spalle. Sono veramente una bella coppia.

Li indico. «Facciamo un grande applauso alla nostra star Harper Ellis!»

La folla applaude educatamente. Harper sorride e saluta tutti. Avrebbero potuto mostrare un po' più di entusiasmo ma non ho intenzione di chiedere un altro applauso per lei.

Continuo. «So che amate tutti l'Horseman Inn e spero che verrete qua nel nuovo anno per assaggiare il nostro nuovo menu di stuzzichini.» *Prendi questa, Tafano.* Ero così furiosa che avevo dimenticato di usarlo per ribattere quando aveva criticato il nostro menu per la cena. Avevamo aggiunto cinque nuovi antipasti. «Ogni venerdì ci sarà una serata di quiz divertenti, a cominciare da questa settimana e, signore, il giovedì i drink saranno a metà prezzo per voi a cominciare dalla settimana prossima.» Domani saremo chiusi per Capodanno. La città è comunque praticamente morta quel giorno e volevo dare la giornata libera al personale.

Le donne applaudono entusiaste e soddisfatte.

«E gli uomini?» chiede Wyatt. «Qual è la serata dei drink a metà prezzo per noi?» Alza entrambe le mani come per dire *hai dimenticato noi poveri miliardari.*

Lo guardo stringendo gli occhi.

«Dieci secondi!» grida Harper, salvandomi dal mandare al diavolo il Tafano davanti a tutti.

«Giusto» dico animatamente controllando il telefono. «Eccoci!» Conto con tutta la voce che ho in corpo. «Cinque, quattro, tre, due, uno! Buon Anno!» Soffio nella mia trombetta e nella stanza tutti suonano.

Tranne il Tafano a cui non ho dato la trombetta. Lui applaude lentamente sorridendomi con un'espressione veramente diabolica. Si porta le mani intorno alla bocca e urla superando il rumore della folla: «Buon anno, Cindy!»

«Buon anno, Pustola!»

Raggiungo i miei amici ignorando la sua risata.

3

Wyatt

Sto interessandomi all'impresa di Sydney Robinson, il locale dallo strano nome di Horseman Inn, su richiesta della mia amica Harper e sono arrivato alla conclusione che, anche se Sydney è incredibilmente divertente, sarebbe impossibile lavorare con lei. Potrei aiutarla, ma, diciamoci la verità, il suo tipo, impulsivo e focoso, va bene a letto ma non negli affari. E non mi dispiacerebbe se finisse esattamente lì, nel mio letto.

Nel frattempo, sembra che non riesca a evitare di innervosirla. Mi fa morire. La maggior parte delle persone mi leccano il culo perché vogliono i miei soldi. Lei mi ha indicato di baciarle il suo. Non vedo l'ora di vedere che cosa farà. Sono come un cucciolo che non vede l'ora di vedere il padrone.

E parlando di...

Palla di Neve corre verso la finestra, con le zampe che arricciano i teli che coprono il pavimento di legno originale della casa da ristrutturare che ho comprato. È una shih tzu di sette anni, quasi completamente bianca con qualche macchia beige e grigio scuro. Non è un cucciolo, ma con le sue piccole dimensioni e i grandi occhi neri ha comunque il fascino di un cucciolo. Si è affezionata a me, quindi l'ho adottata.

Cammino a piedi nudi, seguendola verso la finestra sul fronte della casa e noto Bill, il postino, che è venuto fin qua solo per me. È Capodanno, quindi l'ufficio postale è chiuso. E sta nevicando, depositando un altro strato sopra quello che avevamo già. Apprezzo che sia venuto qua oggi. Palla di Neve abbaia forte. Qualcuno ha superato i confini del nostro dominio.

«Giù, Palla di Neve.»

I *tamales* di Bill sono stati un enorme incentivo quando Harper mi ha parlato di questa pittoresca comunità in riva al lago. Un postino che consegna tamales con la posta. Riuscite a immaginare qualcosa di meglio? Immaginate la mia delusione quanto ci siamo conosciuti un mese fa e mi ha detto che i *tamales* erano riservati alla primavera e all'autunno. In inverno i *tamales* sarebbero arrivati freddi e la calura estiva li avrebbe danneggiati. Abbiamo concordato un piano mensile per le altre stagioni. È fantastico in quello che fa. Continuo a dirgli che dovrebbe aprire un chioschetto accanto al lago.

Palla di Neve si tranquillizza, solleva le sopracciglia bianche sopra i grandi occhi scuri e mi rivolge quello sguardo da *sto morendo di fame*. Oppure potrebbe essere la preoccupazione perché le ho detto *giù* quando c'è chiaramente qualcuno nella proprietà. Non lo so, non parlo lo *shihtzuese*. Mi attengo alla cosa più importante.

«No, non puoi mangiare i *tamales*. Non sono cibo per cani.»

Vado alla porta e lei mi trotterella al fianco. Ho già l'acquolina in bocca. È la mia seconda consegna di *tamales* e aspetto di mangiarli per pranzo fin da quando mi sono svegliato.

Mi metto Palla di Neve sotto il braccio prima di aprire la porta, anticipando Bill. Non è abituata a tutto quello spazio aperto, dopo il nostro appartamento di Manhattan e non voglio che si perda nella neve. Sorrido al mio camerata che consegna *tamales*. «Ecco l'uomo dell'ora.»

Bill ha le guance rosse per il freddo. È un bianco di mezz'età con un cappello grigio con i copri-orecchie e una giacca blu scuro. La prima volta in cui ho sentito parlare dei *tamales*, ho sperato che ci fosse una comunità messicana. Mi piace il cibo messicano e più piccante è meglio è per me. No, niente da fare. Solo Bill a cui piace cucinare i *tamales*. Li mangerei tutta la settimana, felicissimo di farlo.

«Buon anno nuovo, Wyatt. Ehi, Palla di Neve.» Mi porge un pacchetto con venti *tamales* avvolti in alluminio. «Ancora caldi, spero.»

«Grazie. Sembra di sì.» Il naso di Palla di Neve lavora a doppia velocità mentre si china verso il pacchetto e annusa.

Bill la gratta dietro le orecchie. «Sei proprio una ragazza carina.»

Palla di Neve si appoggia alla sua mano, e vuole dire moltissimo. Non è il tipo cui piacciano tutti e di solito ringhia per far sapere che opinione ha di loro. È un ottimo barometro per misurare le persone.

Sollevo i *tamales*. «È tutto il giorno che ci penso. Vuoi unirti a me per il pranzo?»

Bill sorride e scuote la testa. «Mia moglie ha in programma di cenare presto per Capodanno. Non sarebbe contenta se mi riempissi di *tamales*. Sarà meglio che vada, goditeli.»

«Te lo ripeto, Bill, un chiosco vicino al lago, e con questi *tamales* faresti una fortuna. La gente verrebbe da chilometri di distanza per averli.»

Lui fa un gesto indifferente. «So che *tu* verresti. Ci vediamo.»

«Un giorno, vedrai.»

Bill se ne va, fischiettando un motivetto allegro.

Chiudo la porta, rimetto a terra Palla di Neve e vado nella mia cucina appena ammodernata. Armadietti bianchi con semplici maniglie lunghe in acciaio, ripiani in granito grigio chiaro e un'isola centrale, anch'essa con il ripiano di granito grigio chiaro, con dei mobiletti sotto. Il pavimento riscaldato è di grandi piastrelle di ceramica, bianche e grigie. La prima cosa che ho fatto quando ho comprato questa casa è stata farla pulire da cima a fondo, far togliere le vecchia moquette e sostituire tutta la carta da parati con una vernice neutra color panna. Poi mi sono trasferito mentre gli operai ristrutturavano e ammodernavano la cucina e il bagno. Ora la mia casa, vecchia di cent'anni, mi ricorda un accogliente Bed & Breakfast. Ho dei progetti per una biblioteca, un soggiorno più ampio e una suite padronale. Appena riceverò i permessi, aggiungerò anche due stanze da bagno.

Questo posto una volta era una fattoria. La proprietà comprende migliaia di metri quadrati di bosco, colline erbose, un largo tratto di terreno piatto e uno stagno. È tanto tempo che non viene usato per le coltivazioni. Mi sto divertendo da matti. È la prima volta che possiedo una casa da ristrutturare e mi sono buttato a studiare l'architettura storica per farlo. La parte migliore è il faro lontano dal mare. Lo si vede da tutta la città, dato che la casa è in cima a una collina. Non è nemmeno vicino al lago Summerdale, che comunque è grande solo a sufficienza per le canoe e le barche a remi. Niente grandi navi in avvicinamento. Ah, ah. Ho apprezzato l'ironia di un faro in questo posto, quindi ho comprato la casa.

Qualche minuto dopo, metto un piatto con tre *tamales* sul tavolo di legno rettangolare della cucina, con un bicchiere di latte, tovagliolo, forchetta e coltello. Palla di Neve si sistema accanto alla mia sedia e osserva, sdraiata, da cagnolina educata. Non le do mai da mangiare a tavola, ma lei spera che lasci cadere qualcosa. Rimuovo con cura la foglia di mais che circonda il *tamal* e ne taglio un pezzo. Lo metto in bocca e mugolo chiudendo gli occhi per quanto è buono. La salsa esplode in bocca: sapori piccanti, formaggio sciolto, maiale sfilacciato e una tortilla di mais. La perfezione.

Mi sono trasferito a Summerdale su raccomandazione di Harper, che è cresciuta qui. L'aveva descritta come una cittadina graziosa, di cui nessuno aveva sentito parlare. Sembrava un gran bel posto in cui mantenere un basso profilo e rilassarmi. Era quello che desideravo perché ero stufo di falsi amici con la mano tesa e il costante circuito delle raccolte fondi. Ora contribuisco dietro le quinte, più che altro sotto forma di donazioni anonime, ma ho anche aiutato a rigenerare delle imprese sull'orlo del fallimento. Solo se mi sento a mio agio con il partner. Non deve essere una persona avida di denaro che ha intenzione di spenderlo tutto per sé lasciando che l'impresa finisca in malora. È il motivo per cui insisto a mantenere il controllo, almeno in parte. Sono una di quelle persone che *riescono* a vedere la foresta per via degli alberi, immediatamente. E porto a termine il lavoro.

Tranne qualche progetto occasionale e sovraintendere alla ristrutturazione, ufficialmente sono in pensione, dopo aver fondato parecchie redditizie startup tecnologiche. Di recente ho venduto il mio sistema di realtà virtuale a una certa società di social media che aveva tutte le intenzioni di pagarlo profumatamente. E, prima di quello, avevo creato e venduto alcune altre società tecnologiche.

Bevo un sorso di latte e guardo gli occhi malinconici di Palla di Neve. Mi adora. «Brava ragazza» mormoro, prima di mangiare un altro boccone di *tamal*.

Ho vissuto in California per un po', trascorso il tempo libero con altri ragazzi prodigio della Silicon Valley, sono stato invitato a feste eleganti, incluse alcune a Hollywood. Sono uscito brevemente con un'attrice... Un incubo. Quella donna quasi non mangiava e i melodrammi erano all'ordine del giorno. Alla fine, ho deciso di trasferirmi a Manhattan per essere più vicino alla mia famiglia. Sono l'unico uomo di casa, dopo la morte di mio padre quando avevo tredici anni. Le mie tre sorelline minori adesso hanno più di vent'anni, ma questo non significa che non abbiano bisogno di me. Due di loro vivono nel New Jersey, dove siamo cresciuti, e una a Manhattan.

Palla di Neve corre fuori dalla stanza, abbaiando. Strano. Non conosco ancora molta gente in città e Palla di Neve non abbaia molto. Forse Bill è tornato per qualcosa. Mi alzo, dando un'ultima occhiata di desiderio al mio pranzo prima di abbandonarlo. Nessuno conosce la mia tana segreta nei sobborghi di New York, tranne la mia famiglia. *Merda.* Una visita di persona, senza preavviso significa che una delle mie sorelle era troppo sconvolta per non agire d'impulso. Sanno che mi prenderò cura di loro, di qualunque cosa di tratti. Non si tratta di un problema con nostra madre, altrimenti avrei ricevuto parecchi messaggi e telefonate da tutte e tre. Inoltre, mamma è strepitosamente in forma, fa arrampicate e lunghe gite a piedi, nonostante abbia superato i cinquanta.

Vado alla finestra che dà sul davanti, ordino a Palla di Neve di andare a cuccia e vedo la jeep rossa della mia sorellina minore che si ferma dietro il mio SUV BMW color argento. Kayla resta seduta là, si dà un'occhiata nello spec-chietto retrovisore e si applica un correttore sotto gli occhi.

Stringo i pugni. Stava piangendo, probabilmente da parecchio, se sta cercando di nascondere le borse sotto gli occhi. Che cosa l'ha sconvolta? Scommetto che è stato un perdente che non la merita. Lo prenderò a calci in culo.

Scende dalla jeep; indossa una giacca rossa sui jeans e stivali neri. I suoi capelli castano scuro le volano sul viso per il vento. Se li rimette a posto mentre si avvicina alla porta, borbottando tra sé e sé.

Aspetto che suoni il campanello. Kayla ha l'abitudine di parlare da sola quando sta cercando di decidere qualcosa.

Aspetto e aspetto, ma lei non suona. Raccolgo Palla di Neve e apro la porta proprio mentre Kayla si sta voltando per tornare alla sua jeep.

«Kayla! Dove stai andando?»

Lei si blocca, con la schiena rivolta verso di me, ma si vede che si sta asciugando le lacrime dalle guance. Sono abituato alle lacrime delle mie sorelle. E anche agli strilli acuti e alle risate quasi folli. Cioè, quando sono insieme tutte e tre. È un vero miracolo che il mio udito funzioni ancora.

Sbuffo esasperato perché non si è ancora mossa e continua a voltarmi la schiena. «So che stai piangendo, quindi non hai bisogno di fare la faccia felice. Entra, nane-rottola.» È la più giovane, la più minuta, normale che la chiami nanerottola.

Kayla si volta, senza nemmeno tentare di smettere di piangere. «Oh, Wyatt.»

Mi muovo in fretta, con i piedi nudi che pungono per il freddo della neve e le metto il braccio intorno alle spalle, accompagnandola dentro. «Non ti preoccupare. Ho i *tamales*.»

Lei ride tra le lacrime ed entriamo insieme.

Non permettete mai che dicano che i *tamales* non aggiustano tutto. Un cattivo investimento? *Tamales*. Ti sei schiacciato il mignolo del piede? *Tamales*. Un cuore infranto? *Tamales*. Io ho avuto a che fare con i primi due, curandoli con i *tamales* e sospetto che Kayla abbia a che fare con il terzo. Per quanto ne so, va tutto bene all'università e vive a casa per risparmiare, quindi non si tratta di un problema di natura professionale o finanziaria.

Kayla appoggia la forchetta dopo il suo secondo *tamal*, finisce il latte e mi rivolge un piccolo sorriso. «Non mi ero resa conto di quanto avessi fame finché non ho sentito il profumo di questi deliziosi *tamales*. Li hai fatti tu?»

«Ah! No. Sai che non sono un grande cuoco.»

Lei fa spallucce. «Ho immaginato che avessi un mucchio di tempo libero, ora che sei in pensione.»

«È stato il postino.»

Lei sbatte i grandi occhi castani. «Davvero?»

«Sì. Allora, che cos'è successo?»

Lei sparecchia, evitando di guardarmi. «Non molto.»

«Uh-uh.»

Kayla porta i piatti al lavandino, li sciacqua e poi li mette nella lavastoviglie.

Mi appoggio all'indietro sulla sedia di legno, in bilico su due gambe. «Mi vuoi dire perché stai piangendo da giorni?»

Lei abbassa la testa per un momento, prima di voltarsi a guardarmi. «Non sono giorni.»

«Dillo alla tua faccia.»

Lei scuote la testa, si avvicina e mi dà uno spintone appoggiandomi la mano sulla faccia. Quasi mi ribalto.

Raddrizzo la sedia, afferrandomi al suo braccio per riprendere l'equilibrio. «Mi hai quasi fatto cadere!» sbraito.

Lei si siede nuovamente accanto a me. «La mamma ti diceva sempre di non inclinare la sedia perché saresti caduto all'indietro.»

«Casa mia, la mia sedia. Scelgo io se correre il rischio di sbattere il culo sul pavimento. Inoltre, mi hai spinto tu.»

Kayla sospira.

Di solito significa che mi inonderà di parole, quindi lascio perdere, dicendomi di assaporare la calma prima della tempesta.

Lei fissa il tavolo, usando il dito indice per spingere in giro una piccola briciola di *tamal*. Palla di Neve si ringalluzzisce, sperando in qualche avanzo ed esce da sotto il tavolo per sedersi accanto a Kayla.

«Ciao, Palla di Neve» le dice dolcemente Kayla, prendendola in braccio e affondando la faccia nel pelo morbido. Palla di Neve alza la testa, annusa la faccia di Kayla, cercando i *tamales* e le lecca la guancia. Kayla la tiene vicina e finalmente lascia cadere la bomba. «Ieri sera mi sarei dovuta sposare. Doveva essere una bella sorpresa, romantica, alla vigilia di Capodanno, ma lui non si è fatto vivo.» Alla fine della frase, la voce si soffoca.

Raddrizzo la sedia, rabbia e dolore in guerra dentro di me. Mantengo calma la voce. «Perché non mi hai detto che stavi per sposarti?» Sono io quello che dovrebbe accompagnarla all'altare. Ha sei anni meno di me e significa che mi ha sempre ammirato. Sono io quello che le ha insegnato ad andare in bicicletta, come trattare i bulli (colpisci per prima, e forte) e come mettere KO un uomo, quando è necessario. Non sapevo nemmeno che stesse frequentando seriamente qualcuno e non per mancanza di comunicazione. Mi manda messaggi in continuazione, ma nemmeno un accenno al perdente con cui stava. *Sposata?*

«Doveva essere una fuga d'amore. L'avrei detto a tutti a fatto compiuto» dice piano.

«E...»

«Ci ha ripensato. Oh, Wyatt, è stato così umiliante essere lì, con il mio abito da sposa, nel nostro ristorante preferito. Lui conosceva il proprietario...» Le manca la voce e ricomincia a piangere.

Stringo i denti. *Lo farò a pezzi.*

Avvicino la sedia e le scosto i capelli dalla faccia. «Come si chiama?»

Lei mi guarda negli occhi, tirando su col naso. «Cosa?»

«Ho detto... Come si chiama? Lo rintraccerò, quel cane rognoso, e lo prenderò a calci.» Mi rivolgo a Palla di Neve. «Senza voler offendere la tua specie. Tu sei stata educata meglio.»

Dalle braccia di Kayla, Palla di Neve sbatte gli occhi, confermando.

«No. Non farlo» dice Kayla, inorridita. «Non voglio che sappia che per me è così importante.»

«Mi sembra ovvio che fosse importante. Stavi per impegnarti a vita con quel tizio. Tra parentesi, uno che non ho mai incontrato. Non farlo *mai più*. La tua famiglia vuole essere presente.» Mi manca la voce per un momento e tossico per schiarirla. «Devo essere io ad accompagnarti all'altare.»

«Mi dispiace. Sembrava così romantico, il matrimonio segreto alla vigilia di Capodanno.» Mette a terra Palla di Neve per abbracciarmi.

Quando si rimette seduta, io continuo la mia missione per identificare il tizio che ha ferito la mia sorellina. «Era il fratello maggiore di Christina? Come si chiama, Rick?» Christina è la sua migliore amica, ora sposata con un bambino.

«No! Non ho mai pensato a Rick in quel modo.»

«Chi ti ha presentato al signor Ci-Ho-Ripensato? Di chi è stata l'idea del matrimonio segreto? Da quanto tempo vi frequentavate? Ho parecchie domande da farti, Kayla.» Picchietto sul tavolo per sottolinearlo.

«Non lo conosci, okay? L'ho conosciuto online su *Always Summer*.» È un videogioco di ruolo multigiocatore che le piace.

«Non ti avevo detto di non fidarti di qualcuno che si nasconde dietro un personaggio online?»

Lei fa il broncio. «Sembrava diverso. Inoltre abbiamo avuto una relazione di persona per due mesi e avevamo cose in comune.»

«Ad esempio?»

Lei alza la testa. «Ad esempio, a entrambi piace *Always Summer*, il cibo italiano e frequenta la mia stessa università.» Le trema il labbro inferiore, e mi sento stringere il petto per lei. «Non è che non fosse una cosa reale.» Si prende la testa tra le mani.

Digrigno i denti. Quante volte ho dovuto ripetere alle mie sorelle che l'anonimità della rete la rende un posto pericoloso. Lo so bene. Lavoro alle app online e nel settore tecnologico da quando ero alle superiori. Aspettate un attimo. Adesso ho un'informazione preziosa. Studia alla sua università. Probabilmente si sta laureando, se ha pensato di sposarsi.

Kayla alza la testa, guardandomi con gli occhi da cucciolo. *Ah, diavolo, non riesco mai a dire di no agli occhi da cucciolo.* «Posso restare con te per un po'? Ho bisogno di un cambio di scena.»

Vive a casa per finire la tesi del suo master in Biostatistica. Una noia mortale per me, ma ho sentito che ci sono buone prospettive di carriera.

Indico intorno a me. «Non ho ancora comprato i mobili, tranne la cucina. Tutto ciò che ho è un letto.» *Ed è dove dormo io*. Ho immagazzinato tutta la mia roba mentre restauro la casa nuova. Comunque avrò bisogno di altri mobili visto che questa casa è molto più grande del mio attico in città.

Lei guarda Palla di Neve, come se potesse avere lei la risposta e poi alza lo sguardo verso di me. «Per favore, dormirò sul pavimento. La mamma si preoccupa troppo per me e ho solo bisogno di una pausa da tutto quello che mi ricorda...» Si ferma in tempo, tenendo per sé il nome del perdente. Lo scoprirò.

Comunque è venuta da me. Non dalle nostre sorelle o dalla sua miglior amica. Ha bisogno di *me*.

Cedo. Non che avessi preso in seria considerazione di respingerla. Ho solo menzionato il fatto che la casa è quasi tutta vuota per avvertirla che non sarà lussuoso come il mio appartamento in città. «Puoi stare nella mia stanza. Io dormirò sul divano.» C'è un divano nel soggiorno vuoto. È dove passo la maggior parte del tempo.

«Grazie! Sei il miglior fratello al mondo!» Mi dà un bacio sulla guancia e mi stringe forte.

«Sì, sì.»

Mi lascia andare e si precipita fuori dalla stanza. Palla di Neve le trotterella dietro, scodinzolando, felice della gara.

Prendo in braccio il cane quando Kayla apre la porta e va verso la sua jeep. La osservo per un momento mentre apre il bagagliaio e preleva due enormi valigie. Sembra che sapessimo entrambi che non c'erano dubbi che sarebbe rimasta.

Rimetto a terra Palla di Neve, prendo gli stivali e lo ordino di non muoversi, chiudendo la porta alle mie spalle. Vado incontro a Kayla sul vialetto, prendendo le valigie.

«Grazie» mi dice.

Grugnisco e torno verso la casa, ordinando a Palla di Neve di togliersi dalla porta. L'ultima cosa che voglio è perderla in un cumulo di neve. Ah. Kayla mi segue al piano di sopra, nella mia stanza, dove ci sono solo un paio di borsoni e un letto di ferro da una piazza e mezza, che era già qui. Questa, in futuro, diventerà una stanza per gli ospiti.

Kayla si siede sulla sponda del letto disfatto e io la faccio sloggiare. «Puoi avere metà della cabina armadio.» Tolgo le lenzuola e rifaccio il letto con la biancheria pulita, mentre lei appende i suoi vestiti.

Finito di fare il letto, prendo uno dei cuscini. Sono quasi un metro e novanta, quindi dubito che sarò comodo sul divano, ma sarà solo finché lei si rimetterà in piedi. Ha bisogno di un rifugio sicuro dove riprendersi.

«Faccio un pisolino» dice, mettendosi a letto. «Ho dormito solo due ore la notte scorsa.»

Mi volto, le tolgo i capelli dalla tempia e le do un bacio in quel punto. «Dormi bene, nanerottola. Voglio un nome quando ti sveglierai.» Ho avuto abbastanza esperienza con le sorelle da sapere che è meglio essere franchi fin dall'inizio su ciò che voglio invece di agire alle loro spalle. Mi vengono in mente le urla delle ossesse. Anche se a volte bisogna semplicemente sopportare la loro ira quando è necessario fare qualcosa. Io sono uno che aggiusta le cose. Sono fatto così.

«Smettila» borbotta Kayla, rannicchiandosi sul fianco.

Esco, chiudendo la porta in silenzio. Palla di Neve è seduta in corridoio e mi guarda speranzosa. «Prenderò il tuo lettino quando si sveglierà. E non cominciare nemmeno a pensare di usare il mio cuscino.»

Respiro profondamente. Quel tizio si è approfittato di una giovane donna fiduciosa e, quando scoprirò chi è, la pagherà cara.

4

Sydney

Chiudo il mio laptop e cammino avanti e indietro nel mio appartamento, agitata per la mia preoccupante situazione finanziaria. La raccolta fondi di ieri sera mi ha fruttato solo a sufficienza per pagare i debiti di questo mese per il ristorante. Ho rimandato il pignoramento, e ne avevo un assoluto bisogno, ma speravo di ricavare almeno *due* mesi di pagamenti per respirare un po'. Avrò ancora lo stesso problema il mese prossimo e quello successivo e così via. La dura verità è che è un lavoro di rattoppo che non si risolverà tanto presto.

Quando ho preso la gestione del ristorante, sono riuscita a consolidare tutti i debiti di mio padre in un solo prestito. Ma non sono riuscita a fare gli ultimi tre pagamenti e se ne mancherò un altro, la banca comincerà la procedura per il pignoramento. Quella minaccia mi tiene sveglia di notte. Non solo perderei l'eredità della mia famiglia, ma resterei senza una casa. Vivo in un appartamento sopra il ristorante. Mi sento invadere dalla disperazione e devo sforzarmi per tenere la testa a posto. Non posso permettere che annebbi la mia razionalità.

Ho poche scelte: dichiarare bancarotta e chiudere questo posto, venderlo o chiedere un prestito a Harper o Wyatt. Non riesco a sopportare il pensiero di chiuderlo. Questo posto è nostro da quattro generazioni. Non posso lasciarlo morire proprio mentre ci sono io al comando.

È colpa mia, per aver accettato ciò che Drew aveva definito una sfida troppo gravosa. Lui voleva vendere; io volevo aggrapparmi all'eredità di famiglia. Qualcosa che appartiene a tutta la città, a dire il vero. Se vendo, l'Horseman Inn potrebbe essere demolito e trasformato in un parcheggio o una banca o una stazione di rifornimento. Qualcosa di merdoso come quello. Se mai riuscissi a trovare un compratore nel bel mezzo dell'inverno, poi. Le proprietà immobiliari sono aumentate di valore nei dintorni, più che altro abitazioni però. Questo posto è vecchio e non è in una zona a uso residenziale. Non sarebbe facile.

Harper si è offerta di farmi un prestito, ma c'è il fatto che la gente si è approfittata della sua natura dolce e generosa da quando è diventata una famosa attrice. Se ne lamenta amaramente. Non voglio assolutamente che pensi a me in quel modo. Inoltre è incinta, in procinto di sposarsi e ha appena comprato una casa costosa. E poi spende parecchio per prendersi cura della nonna anziana che vive da sola. Non mi sembra giusto caricarla di un altro peso e non voglio mettere a rischio la nostra amicizia.

Smetto di camminare, guardo il soffitto e sbuffo. Wyatt. Ha un mucchio di soldi, sa che il mio ristorante è nei guai e sembra interessato. Non il tipo d'interesse giusto, più critiche che altro. Stringo le labbra. Devo accantonare la mia irritazione e avvicinarlo in modo calmo e professionale.

Posso farcela? Posso accettare i suoi sorrisetti strafottenti e le sue critiche, non pensarci e lavorare con lui? O finirei per strozzarlo?

Poi potrei avere bisogno di uno strizzacervelli per superare lo stress. Non che non sia già abbastanza stressata. Dovrei approfondire le ricerche su di lui e le sue operazioni finanziarie. Vedere con che cosa ho a che fare. Cerco di allentare le mascelle strette. Wyatt piace ad Harper. Mi aggrappo a quello. Non può essere completamente orribile, no?

Quell'uomo invade i miei sogni da settimane, sento quegli occhi ambrati che bruciano. È così imbarazzante. Come faccio a essere sia irritata sia attratta allo stesso tempo? Mi sta incasinando la testa. Devo darmi una calmata se voglio avere una chance di lavorare professionalmente con lui. Basta sogni sconci, basta scatti d'ira.

Un messaggio di Jenna mi risparmia ulteriore angoscia. Sono arrivate le mie amiche. Scendo e le faccio entrare dalla porta del ristorante. È chiuso per il Capodanno ma ci siamo riunite per il nostro ultimo club del vino del giovedì, dato che giovedì prossimo sarà la serata delle donne.

Una volta sistemate al bar con il vino, alzò il bicchiere di Merlot e faccio un brindisi con Jenna e Audrey. «Al club del vino del giovedì.»

Audrey stringe le labbra. Ha l'aspetto della severa bibliotecaria. Non è poi così rigida, ma è una bibliotecaria. La blusa a fiori su sfondo nero con il colletto alla Peter Pan e lo chignon tenuto fermo da un paio di matite cementano l'effetto. Oggi ha passato la giornata a mettere ordine tra gli scaffali della biblioteca di Summerdale. *Nel suo giorno libero.* «Doveva essere un club del libro» dice in tono irritato, alzando un libro scritto da qualche tizio di cui non ho mai sentito parlare. «Il club del *libro* del giovedì.»

«Seriamente, Aud, chi volevamo prendere in giro?» dico ridendo. «Tutto ciò che facevamo era parlare e bere vino. Gli ho dato un nome che rispecchia esattamente quello che facciamo veramente.»

«Io tentavo di riportare la conversazione sul libro» ribatte Audrey.

Jenna si china in avanti, mettendosi dietro l'orecchio una ciocca di capelli biondi. Indossa un bel maglioncino bianco col pizzo e i jeans. Solo Jenna può vestirsi di bianco e non preoccuparsi mai di rovesciarsi qualcosa addosso. «Il club del libro probabilmente funzionerebbe meglio in biblioteca.»

Audrey si illumina. «Potrei fondarne uno. Qual è il giorno giusto per voi?»

Jenna arriccia il naso. «A me piace trovarci qui. Inoltre non ci permetteresti mai di mangiare in biblioteca.»

«È solo per proteggere i libri» dice Audrey. «Potrebbe comunque essere divertente. Potrei servire il vino, purché non sia rosso.»

«Io leggo solo horror» dico. «Scusa. So che ti piace l'ultima novità letteraria.»

«Potrei leggere un horror» si offre Audrey.

Le do un'occhiata compassionevole. «Tesoro, hai avuto gli incubi per due anni dopo aver guardato *Carrie*.»

«Non è vero.»

«E da allora ci hai fatto guardare solo commedie quando passavamo la notte insieme» aggiunge Jenna.

Audrey sbuffa. «Ho ventotto anni. Adesso posso sopportare uno Stephen King. Avevamo undici anni quando abbiamo guardato *Carrie*. È un'età molto impressionabile.»

Vado dietro il bancone per prendere dei pretzel e li verso in una ciotola. «Perché non fondi un club del libro e vedi a chi altri in città piacciono i libri che scegli tu? Non sarebbe meglio parlare di libri con qualcuno che li apprezza?»

Audrey agita le dita. «Non mi arrendo con voi, signore.»

Appoggio la ciotola sul bancone e le raggiungo. «Comunque, con i drink a metà prezzo, spero che ci sarà una folla. Passate parola e tutti quelli che conoscete. Preparerò dei volantini e manderò delle mail. Avevo attirato gente perfino da New York. Spero che si facciano vivi uomini single, per incontrare le donne. Ci dovranno pur essere degli scapoli in zona, giusto? Farò mettere dei volantini anche nelle città vicine.»

Jenna sospira. «È una delle cose che mi manca. Summerdale è composta perlopiù da famiglie e qualche anziano senza più figli in casa e che non è ancora volato in Florida per godersi la pensione.»

«C'è il nostro nuovissimo scapolo disponibile, Wyatt Winters» dice Audrey in tono scherzoso.

Guru degli affari, miliardario con un sorriso e un'anima diabolici. Eppure sto prendendo in considerazione di ringoiare il mio orgoglio e parlare con lui su cosa fare per salvare questo posto. Tempi disperati.

«Bello come il peccato» dice Jenna con aria sognante.

Mi irrigidisco. Jenna è interessata a Wyatt?

Non che la cosa mi importi, personalmente. Solo che non voglio che una delle mie migliori amiche sia amica di Satana. Il Tafano. In qualunque modo voglia chiamarlo. È bravo negli affari ma questo non significa che sarebbe un buon compagno. Probabilmente la criticherebbe in continuazione. No. Jenna deve starne lontana.

Jenna continua: «Quel poveretto tutto solo in quella grande casa. Dovrei portargli qualcosa dal mio forno. Magari un assortimento di biscotti, o pensate che i cupcake vadano meglio?».

«Avete visto il suo sedere in quei jeans?» sussurra Audrey. «Dubito che mangi molti dolci.»

«Non l'ho mai notato.» Sto mentendo spudoratamente. «Ma dovreste starne alla larga. Tutto quello che fa è criticare questo posto e scommetto che fa lo stesso con tutto il resto nella sua vita.» Mi ficco un pretzel in bocca per evitare di continuare a sproloquiare sull'uomo cui cerco disperatamente di non pensare tanto.

Jenna e Audrey si scambiano un'occhiata.

«Che c'è?» sbotto, con il bicchiere di vino a metà verso la mia bocca.

«Niente» dice Audrey.

Jenna mi dà una gomitata. «Wyatt non è l'unico scapolo in città. Hai dei fratelli single che magari vorrebbero conoscere qualcuno.»

«Ah. Potrebbero cercare di rimorchiarle, c'è una bella differenza. Comunque, non ho intenzione di creare la serata donne per facilitare il rimorchio ai miei fratelli. Parliamo di qualcos'altro.»

Audrey annuisce entusiasticamente. «Qualcuno di voi ha letto *Disappear Me*?»

«Certo, ho letto il titolo» dico indicando il libro. «Mancano alcune lettere.»

«Perché dovreste immaginare che stiano scomparendo!» sbuffa.

Sogghigno. «Sto scherzando. Perché sei così tesa? È successo qualcosa con Drew?»

«No. Niente.» Audrey sta mentendo e allunga la mano per attorcigliare una ciocca di capelli che non c'è, perché sono tutti raccolti in uno chignon. Conosco i suoi segnali. Ogni volta che attorciglia i capelli è per superare il senso di colpa per aver mentito.

«A noi puoi dirlo» insiste Jenna.

«Non c'è niente da dire!» esclama Audrey.

La fissiamo entrambe. Non è un tipo eccitabile. È sempre calma la nostra Audrey.

«Okay» dice Jenna a voce bassa.

Audrey mi punta un dito addosso. «Ti sei data una botta sul culo, rivolgendoti a Wyatt e gli hai mostrato il medio. Allora, che cosa sta succedendo?»

«Mi sembra il rituale di accoppiamento di Sydney» dice Jenna ridendo.

Ridono entrambe e la tensione sparisce. Non m'importa, se fa sentire meglio Audrey. Deve fare schifo adorare un tizio da lontano. Ho detto ad Audrey di tentare online, ma ha troppa paura di incontrare qualche pervertito. Jenna e io abitavamo rispettivamente a Brooklyn e a Hoboken prima di tornare a casa e in entrambi i posti era facile trovare qualcuno. Non che abbia mai funzionato. Jenna ha sempre voluto solo storie casuali, voleva conoscere un mucchio di gente diversa. Quanto a me, ho avuto un paio di relazioni che sono durate un anno. C'è qualcosa di confortevole nell'avere qualcuno con cui uscire nelle varie occasioni. Finché non è più così. È quella la parte difficile.

Jenna afferra una manciata di pretzel. «Devo proprio dirlo, Syd, non è saggio far incazzare il tizio miliardario noto per essere un filantropo. Harper mi ha parlato di quello che fa Wyatt.»

Anche se sto pensando ad avvicinarlo, si tratterebbe solo di un prestito che ripagherei con gli interessi.

La guardo storta. «Non sono un caso pietoso. Può donare i suoi miliardi a qualche organizzazione meritevole, come Best Friends Care.» È un'associazione no-profit che Harper sostiene generosamente. Addestrano cani tolti dai rifugi perché diventino cani di servizio per persone con disabilità, sia visibili sia invisibili. Aiutano tanti veterani con la sindrome da stress post traumatico. A volte mi chiedo se mio fratello Drew, ex Ranger dell'esercito, non potrebbe beneficiare di qualcosa di simile. È così distaccato e burbero, anche se è sempre stato così. Dovrebbe prendere un cane, o due, visto che ha una casa col giardino.

Jenna insiste a parlare di Wyatt. «Sono sicura che Wyatt abbia già fatto una donazione a quell'ente, dato che è amico di Harper, ma forse...»

Appoggio il bicchiere un po' più forte di quanto intendessi, quasi rovesciandolo. «Possiamo parlare di qualcosa che non siano i miliardi di Wyatt?»

Audrey spalanca gli occhi. «Siamo un po' alterate, eh? Forse potresti concordare un prestito, da amica di un'amica. Sai, sfruttando il legame con Harper.» Quando resto in silenzio, aggiunge: «Se riuscissi a trovare il modo per essere un po' più amichevole con lui...».

Agito le mani, incazzata di nuovo con quell'uomo. «Critica tutto di questo posto! Ha perfino suggerito che gli cambi nome!»

«In effetti, *è* un nome strano» dice Jenna. «Che cosa diavolo è un *horseman*?»

Sbuffo. «Un tizio che si occupa di cavalli, credo. Non lo so! Il fatto è che è storico.»

Audrey alza un dito. «Un *horseman* è un uomo che ama veramente i cavalli.»

«Mezzo uomo, mezzo cavallo» dichiara Jenna, come se fosse la definizione definitiva di *horseman*.

Audrey piega la testa di lato. «Quello non è un centauro?»

«Comunque...» faccio per dire.

«E anche la seconda parola *Inn*, non c'entra» mi fa notare Audrey. «Adesso è un ristorante.»

Alzo le mani, sconfitta. «È l'elemento centrale della città. Una tradizione che devo proteggere, okay?»

Jenna e Audrey si scambiano un'altra occhiata.

«Va tutto bene?» chiede Audrey.

«Sto bene.» Prendo il bicchiere di vino e lo svuoto in un sorso. «Mi dispiace di essere scattata. Mi trovo alle strette adesso, ma troverò qualcosa.»

«La raccolta fondi di Capodanno non è stata un successo?» mi chiede Audrey.

«Sì, ma...» Sospiro. «Ho raccolto solo a sufficienza per una mensilità e non posso fare una raccolta fondi ogni mese. Semplicemente, non so per quanto potrò andare avanti così.»

Audrey mi dà una stretta al braccio. «Oh, Syd, mi dispiace tanto.»

Jenna stringe le labbra. «Quant'è grave la situazione?»

«Preferirei non parlarne.» Mi imbarazza rivelare quanti debiti aveva accumulato mio padre per questo posto. Aveva lavorato in perdita per anni e aveva continuato a usare le carte di credito, seconde ipoteche e prestiti a interessi alti per poter continuare. Non voleva far fallire l'impresa di famiglia né voleva caricarne il peso sui suoi figli. I miei fratelli e io avevamo scelto altre attività. Io lavoravo per un'agenzia pubblicitaria esclusiva, Caleb, il minore, è un modello, Drew gestisce una palestra di arti marziali in città, Eli è un poliziotto e Adam un mastro falegname. E papà, nel suo testamento, aveva lasciato l'Horseman Inn al figlio maggiore, Drew, che l'aveva gestito per sei mesi, praticamente facendo due lavori a tempo pieno; poi l'aveva dichiarato un pozzo senza fondo e ci aveva chiesto se fossimo d'accordo che lo vendesse. Era stato allora che mi ero fatta avanti, ritrasferendomi a casa per proteggere l'eredità di famiglia. Ero così sicura che con il marketing giusto sarei riuscita a rimettere in piedi questo posto. Poi ho scoperto che serve più del marketing in una situazione come questa. Servono soldi.

«Dai» dice Jenna. «Siamo noi. Quant'è brutta la situazione?»

«Brutta» rispondo.

Jenna mi dà una spinta. «Vuoi smetterla di essere una dura e impassibile per un minuto e parlarcene?»

«Io non sono dura e impassibile» dico. «Quello è Drew.»

Audrey tracanna il suo vino.

«Tu sei la sua versione femminile» dice Jenna. «Vuoi sempre sopportare i pesi da sola.»

Come mio padre. «Una qualità ammirevole.»

«Ma a volte devi lasciare che i tuoi amici ti aiutino» dice Jenna.

«Ti sentirai meglio dopo averne parlato» aggiunge Audrey.

Soffio fuori il fiato, guardando le due donne che conosco da quando eravamo ragazzine. Sono le mie amiche fidate. Farei qualunque cosa per loro. Ma non ho intenzione di farle fallire con me. «Se mancherò un altro pagamento, cominceranno il procedimento di pignoramento. Ne ho già mancati tre di fila. Ogni mese è così stressante non sapere se riuscirò a raccogliere abbastanza soldi per la rata.»

«Oh, Sydney» mormora piano Audrey.

«Mi dispiace tanto» aggiunge Jenna.

Cerco di mettere un po' di entusiasmo nella mia voce. «Non è ancora finita. C'è ancora la possibilità che la serata delle donne e il venerdì dei quiz possano rimetterci in carreggiata. Faranno diventare questo posto un centro di ritrovo per la comunità. Penso che il punto sia di dare alla gente un motivo per stare qui e continuare a tornare. E un mucchio di gente è in vacanza per le festività e probabilmente sta diventando irrequieta, stando a casa. Ho la sensazione che ci sarà un bel po' di gente domani, per la serata quiz.»

Non parlo della possibilità di rivolgermi a Wyatt. Devo fare ricerche sui suoi metodi e ingoiare un bel po' di orgoglio prima di avvicinarlo.

Jenna e Audrey si scambiano un'occhiata preoccupata.

«Qual è l'importo totale di cui hai bisogno?» chiede Jenna.

Una somma impossibile. Imbarazzante.

Scuoto la testa. «Le cose cambieranno, lo so. È un nuovo anno, signore mie.»

Le mie amiche mi rivolgono occhiate preoccupate. Già, faccio fatica anch'io a crederlo.

5

Sydney

È il giorno dopo Capodanno, il nostro primo venerdì quiz.
Servirò gli stuzzichini a metà prezzo prima delle sette,
sperando di attirare più gente. I quiz cominceranno alle
sei, al bar. Sono i drink che portano soldi. Incrocio le dita
sperando che la gente si fermi per la cena. Non si tratta
solo di mettere un po' di soldi nel forziere, anche se ovviamente ne ho bisogno, è il tentativo di rendere l'Horseman
Inn un centro di intrattenimento per la comunità.

Alle sei, quando cominciamo, sono lieta di vedere che
tra i clienti ci sono tredici persone che vogliono giocare.
Tutta gente del posto, più che altro insegnanti e anche le
donne che si erano fatte vive per incontrare Harper la
vigilia di Capodanno. Penso che abbiano un club della
maglia perché stanno sferruzzando qualcosa fermandosi
per sorseggiare *margaritas* e rispondere alle domande.

Io sono la presentatrice e cerco di mantenere alto l'entusiasmo e la gente interessata. Ho persino rinunciato alla
solita t-shirt con il logo del locale e indosso una t-shirt

bianca con un grande punto di domanda di strass che ho cucito io stessa. Jeans neri aderenti e gli stivali neri con il tacco alto completano la mia *mise*. Avevo sperato di trovare degli orecchini a punto di domanda ma non c'era nessuno che conoscessi che potesse prestarmene un paio. Sto cercando di risparmiare al massimo e questo significa che ho inventato io tutte le domande, ho preparato uno slideshow sul mio laptop per proiettare le domande sulla TV sopra il bar e i partecipanti risponderanno usando il vecchio metodo della carta e penna. Cinque round di domande. Il premio è un'enorme, vistosa medaglia d'oro (finto) e tutti i partecipanti avranno un coupon di cinque dollari da usare alla loro prossima visita. Ho anche dichiarato che oggi è il venerdì della *fajitas*, quindi penseranno a ordinare *fajitas*, *nachos* e *margaritas*.

Le domande sono variegate, alcune facili altre quasi impossibili, tranne che per le teste d'uovo che memorizzano tutto. Per esempio: su un browser di Internet, che cosa significa www? (World Wide Web: facile). Nella mitologia greca, chi fu la prima donna sulla terra (Pandora: difficile).

Sono tutti raccolti intorno al bar. Ci sono anche le mie amiche, quindi ci sono tre squadre di cinque persone. Stiamo arrivando al secondo round quando vedo la nostra hostess che accompagna Wyatt e una bella brunetta a un tavolo d'angolo in fondo alla sala. Mi blocco, sentendo di colpo freddo. Non sapevo che avesse la ragazza.

Non riesco a distogliere gli occhi. Lui estrae la sedia per la compagna prima di sedersi davanti a lei, sorridendo e dicendo qualcosa che non sembra minimamente strafottente. Immagino che per *qualche persona* riesca a comportarsi educatamente.

Deve piacergli molto perché non guarda nemmeno

verso di noi. Pensavo che vivesse per infastidire me. Chi è quella donna?

«Syd?» mi chiama la mia barista. È sui venticinque anni, capelli rosa, piercing a volontà e uno stile unico che in parte è retrò, anni Cinquanta e in parte moderno impreziosito. Oggi indossa un maglioncino peloso color pesca e pantaloni neri corti con delle margherite di strass. «Vuoi che usi io il telecomando per la prossima domanda?»

Guardo il telecomando che ho in mano. Avevo dimenticato di averlo. *Concentrati!* «Ci penso io.» Mi volto e premo il tasto per la domanda successiva, che leggo a voce alta, con entusiasmo. «Qual è la nazione che consuma più cioccolato pro capite?»

Cominciano le discussioni. Dato che ci sono solo due uomini, insegnanti delle superiori, sono più che altro le donne che discutono entusiasticamente di cioccolato e quale preferiscono.

«Scrivetelo!» grido sopra il chiacchiericcio. «Chiunque può ancora vincere.»

I partecipanti si acquietano e premo un effetto sonoro sul mio telefono, per un countdown scherzoso.

Jenna mi fa segno di avvicinarmi.

Mi chino verso di lei.

I suoi occhi verdi scintillano mentre sussurra: «Ho visto Satana con un angelo».

Tengo gli occhi fissi su di lei, resistendo all'impulso di guardarlo di nuovo. «Ah sì? Non l'avevo notato.»

Lei sbuffa. «Giusto.» Si china verso di me. «Quindi, adesso che non ti devi preoccupare che si faccia l'idea sbagliata, forse potresti fare amicizia con lui.»

«Non me ne sono mai preoccupata.» L'attrazione è stata unidirezionale in modo umiliante e completamente involontaria. Sorrido serenamente, facendo la mia migliore imitazione di una santa. «Inoltre, io sono gentile con tutti. Sono miss ospitalità.»

Lei mi guarda scettica. «Allora vai da loro e salutali con un bel sorriso di benvenuto. È l'anno nuovo, ottimo per un nuovo inizio. *Estremamente necessario.*»

Chiudo gli occhi. Non ho intenzione di chiedergli dei soldi davanti alla sua ragazza. Inoltre, ho fatto qualche ricerca e ho seri dubbi sul modo in cui opera. Investe e rimette in piedi imprese sull'orlo del fallimento, certo, ma mantiene sempre il controllo entrando come socio. Io non ho intenzione di cedere un pezzo del mio ristorante. Questo posto è stato *in toto* di un Robinson per generazioni. Nessun estraneo.

«Sono la presentatrice, Jenna. Per favore, torna a giocare.»

Lei si volta e lo saluta con la mano. «Ciao Wyatt!»

Sento le guance che scottano, non so perché. Non è che mi stia guardando. È con qualcuno. Mi do da fare riponendo i bicchieri sotto il bancone.

«Ciao» risponde lui. Non so se sa come si chiama. Certamente non ricorda il mio, continua a chiamarmi Cindy. Che uomo irritante.

«Non è stato così difficile» mi dice Jenna, compiaciuta.

Anche Audrey lo saluta con la mano.

Io continuo a evitare di guardarlo per ben dieci secondi. Finalmente rischio di dare un'occhiata. È assorto in conversazione con la donna misteriosa. Non è di qui. Che sia venuta a trovarlo dalla città? Non che abbia bisogno di saperlo. Semplice curiosità.

Quando finisce la gara, con la squadra degli insegnanti delle elementari che si sta facendo orgogliosamente fotografare con la medaglia d'oro, decido che è ora di salutare i clienti in fondo alla sala. C'è una famiglia oltre a Wyatt e la sua ragazza. È ciò che fanno i bravi proprietari di ristoranti.

Mi fermo prima al tavolo della famiglia. Non li ho mai visti qui prima. «Salve, sono Sydney, come va questa sera?»

La madre sorride. «Bene, grazie. Ci siamo appena trasferiti in città. È la prima volta che veniamo.»

Il padre annuisce mentre mastica e i loro tre figli sono troppo occupati a mangiare i loro hamburger per alzare gli occhi.

Sorrido. «Benvenuti a Summerdale. Spero di rivedervi.»

Mi volto verso il tavolo di Wyatt proprio mentre si sta alzando, con la fronte aggrottata per la preoccupazione mentre mette un braccio sulle spalle della sua ragazza e l'accompagna fuori. Lei sta piangendo.

«Scusami» dice mentre mi passa accanto. «Ho lasciato abbastanza da saldare il conto.»

Li seguo a qualche passo di distanza, guardandoli andare. Non credo che abbiano litigato o si siano lasciati perché altrimenti lei non gli permetterebbe di toccarla. Wyatt l'accompagna attraverso la sala da pranzo anteriore, le apre la porta e se ne vanno.

Non ho intenzione di spiarli. Non sono affari miei.

Vado anch'io verso la sala da pranzo, sto solo facendo il mio lavoro, controllo solo se sono tutti contenti del loro pasto. Ci sono due tavoli con coppie che stanno conversando. Probabilmente è la serata fuori per i genitori. Guardo verso il parcheggio, ma è troppo buio per vedere qualcosa.

Wyatt sembrava preoccupato e attento. Completamente l'opposto di com'è con me. Soffio fuori il fiato e lo respingo in fondo alla mente.

Dove aleggia per il resto della sera. Accidenti.

Una settimana dopo, Harper torna in città. Vederla due settimane di seguito è una sorpresa, ma ne sono contenta. Lei e Garrett sono appena arrivati all'Horseman Inn per il pranzo.

Vado loro incontro nella sala da pranzo anteriore, dove li hanno fatti sedere. Harper si alza per abbracciarmi. «Stai cercando di tenere aperto questo posto tutto da sola?» le sussurro scherzando.

Lei sorride e si tira indietro, tenendomi per le braccia. «Il cibo è così buono che ho detto a Garrett che dovevamo venire per il pranzo.» Lo dice a voce altissima, a beneficio della folla del pranzo del sabato. Tutti e tre i tavoli sono pieni.

La verità è che gli introiti maggiori vengono dal bar, ma voglio che questo continui a essere un posto per le famiglie. È importante che tutta la comunità si senta benvenuta.

Garrett si alza per salutarmi e abbraccio anche lui. È un grosso orsacchiotto muscoloso, nonostante l'aspetto da duro. I capelli castano scuro sono tagliati corti e mettono in rilievo gli zigomi alti e la mandibola squadrata.

«Ti stai prendendo cura della nostra ragazza?» gli chiedo, dandogli un pugno sulla spalla.

«Certo, e viceversa.»

Si risiedono.

«Siediti con noi per un momento» mi invita Harper.

Mi siedo accanto a lei. «Niente guardia del corpo oggi?» Di solito Joe le sta appiccicato.

«Non mi preoccupo tanto della sicurezza quando sono qui, ma è venuto con noi» mi risponde. «L'abbiamo lasciato a casa di mia nonna. Stanno guardando un vecchio western.»

«Davvero?» Mi immagino la scorbutica nonna ottantasettenne seduta nella sua vecchia poltrona mentre, davanti a lei, Joe, grande e grosso e muscoloso, con il collo tatuato, è seduto sul divano a fiori con il rivestimento di plastica. Una coppia insolita.

«Sì» dice Harper. «Una volta che Garrett le ha detto che Joe era a posto, gli ha dato una chance. Ai suoi occhi, Garrett non sbaglia mai.»

«Sei così speciale?» gli chiedo.

Lui alza una spalla massiccia. «Che posso dire. Piaccio alle donne.»

Rido divertita. «Resterete per un po'? Potrei controllare se Jenna e Audrey possono venire a salutarvi.»

«Certo, sarebbe bello» dice Harper. «Dopo pranzo, andremo a casa di Wyatt per dare un'occhiata alla ristrutturazione. Vuoi venire con noi?»

«Vi ha invitato da lui?» chiedo senza riflettere. Domanda stupida. Ovvio che li abbia invitati. Non si farebbero vivi così, senza invito, venendo dalla città.

Harper mi guarda sorpresa. «Certo. Vuole che Garrett controlli i progressi e gli dia la sua opinione su alcune cose, visto che è esperto in tutti gli ambiti delle costruzioni.» Gli sorride, con il cuore negli occhi e lui le sfiora le nocche con un bacio. Lei apre le labbra e sembra che ci sia un bacio in arrivo.

Mi volto. Mi sembra di essere un'intrusa in un momento di intimità. «Allora, dovrei...»

«Non vedo l'ora di vedere l'interno di quella casa» dice Harper. «Tu non muori di curiosità? Ricordi quanto avevamo paura di quella vecchia casa, da bambine? Nessuno voleva andare lì a fare dolcetto o scherzetto. Pensavamo che fosse infestata.»

«Ovvio. Una grande casa vuota in cima alla collina, con

un faro dove non c'è il mare. Era impossibile che non lo fosse.»

Harper annuisce una volta e continua: «La gente diceva che il vecchio che abitava lì era stato un folle a costruire quel faro. Devi venire con noi, Syd. Finalmente vedremo di che cosa si trattava».

Il mio cuore batte come un tamburo. *Che cos'ho che non va?* Non ho paura dei fantasmi. Perché ogni particella di me vuole urlare no? È quella donna. Non voglio rivedere Wyatt con la sua bella ragazza, tutto gentile e premuroso. Esattamente come non è con me.

Sono veramente gelosa? Diavolo no! Semplicemente non andiamo d'accordo perché fa di tutto per darmi contro.

«Non so se posso allontanarmi» dico, indicando intorno a noi. «Ho parecchio lavoro da fare.»

«Ci ha detto di andare quando vogliamo» dice Harper. «Potremmo andare nel tardo pomeriggio. Non chiudi per qualche ora tra il pranzo e la cena?» È vero. C'è una sosta tra i turni e due ore di tempo morto.

Sbatto gli occhi, sento le pareti che mi si stanno chiudendo intorno. «Sì, ma c'è comunque del lavoro da fare.»

«Oh, Syd, stai ancora litigando con lui?» mi chiede Harper.

Come se fosse colpa mia! È il Tafano che non la smette di criticare tutto quanto. Non riesce nemmeno a ricordare come mi chiamo! Non è così difficile. Cerco disperatamente di sembrare calma. «No, non ho mai litigato con lui.» *È lui che si comporta in modo ostile e io rispondo allo stesso modo.*

Harper scambia un'occhiata con Garrett prima di rivolgersi ancora a me. «Potrebbe essere una buona occasione per ricucire i rapporti, sai? Conoscerlo sul suo terreno, trovare qualcosa di carino da dire di casa sua e hai già fatto il primo passo verso... L'amicizia.»

Alzo di colpo la testa, sospettosa. «Perché quella pausa?»

«Quale pausa?» chiede innocentemente Harper.

È un'attrice fantastica, ma la conosco troppo bene. «Prima di dire amicizia.»

Lei si china verso di me. «Non è un segreto che la tensione tra un uomo e una donna è spesso...» Mima la parola *sessuale*.

Cerco di non arrossire. *Tutti quei sogni erotici.* «No. *Non* è quello che sta succedendo. Inoltre, ha una ragazza. L'ho vista la settimana scorsa.»

«Oh, non lo sapevo.» Si rivolge a Garrett. «Tu lo sapevi?»

«No, ma gli uomini non si scambiano tante notizie coi messaggini come fanno le donne.»

«Che cosa diceva esattamente il suo messaggio?» chiede Harper.

Garrett alza le spalle. «Ha detto di andare a vedere casa sua e io ho risposto "Okay, quando?". Non ci sono state altre notizie, tranne roba che riguardava la ristrutturazione.»

Harper sorride, lo afferra per la camicia e lo tira vicino per un bacio. «Mi piace da morire come capisci tu le cose, tesoro.»

Distolgo gli occhi. Harper di solito non è così sdolcinata. È stata allevata dalla sua burbera nonna. È quello che fa l'amore alle persone. Le rende completamente ignare di quanto sembrino ridicole. Non io. Sono stata innamorata ma non sono mai stata ridicolmente sdolcinata come lei.

Mi schiarisco la voce. «Uhm, mando un messaggio a Jenna e Audrey. Magari vorrebbero vedere quel vecchio posto.» Uso il messaggio di gruppo e mi alzo. «Si torna al lavoro. Vi farò sapere se le sento.» Il mio telefono suona e controllo lo schermo. «Sono al centro commerciale per i saldi di gennaio.»

«Peccato» dice Harper. «Almeno ci sei tu. Forse finiranno lo shopping per il tardo pomeriggio e potremo andare tutti insieme a casa di Wyatt.»

«Perché devono andare tutti a vedere Wyatt?» chiedo con la voce un po' più tagliente di quanto intendessi. Sembra quasi che tutti mi stiano spingendo verso l'unico uomo al mondo che mi fa andare fuori di testa.

Harper spalanca gli occhi. «Pensavo solo che sarebbe bello vedere la casa infestata che ci terrorizzava quando eravamo bambine. Che problema hai con Wyatt?»

Stringo i denti. «Non ho problemi con Wyatt.» Tranne che le mie amiche continuano a spingermi a essere gentile con lui. È come se tutti avessero dimenticato quante volte ha insultato me e il mio ristorante, e sempre con un sorrisetto strafottente sul volto. Sa benissimo quello che sta facendo. E anche se volessi ignorare tutto quello, non credo di poter lavorare con lui, dato che si prende un pezzo di ogni impresa nella quale investe. Sfortunatamente, continuo dover prendere in considerazione di avvicinarlo ma non sono pronta a farlo finché non avrò capito che tipo di accordo potrebbe lasciarmi come unica proprietaria del mio ristorante. Non credo di potergli offrire ciò che vuole.

Con Wyatt è tutto maledettamente così difficile. Mi spiazza in tutti i modi, ed è il motivo per cui non sono pronta ad andare a trovarlo ed essere gentile.

«*Mmm-mmm*» mormora Harper. «Tensione.» Ma lo dice come se intendesse *sessuale*.

Arrossisco, mi volto in fretta per nasconderlo e la saluto agitando una mano sopra la spalla mentre torno al lavoro.

Come hanno fatto a imbrogliarmi in questo modo? Sono seduta sul sedile posteriore del SUV Mercedes nero di Harper, con Jenna e Audrey mentre andiamo a casa di Wyatt. Audrey è in mezzo perché è la più piccola.

Sento scorrere l'adrenalina mentre l'auto percorre la strada serpeggiante che risale la collina. È una grande casa a due piani con un rivestimento di assicelle grigie. Il faro grigio con la torretta bianca è a destra della casa. Fisso il faro. *Perché?*

«Ho solo un'ora prima di dover tornare» dico.

«Lo sappiamo» rispondono tutti in coro.

«La casa è quasi tutta vuota» dice Garrett dal posto di guida. «Faremo solo un breve tour. Dubito che abbia abbastanza sedie per farci sedere tutti.»

«Non state morendo di curiosità?» chiede Harper con un sorriso entusiasta, rivolta a noi tre intrappolate sul sedile posteriore.

«Sì» conferma Audrey.

«Assolutamente» dice Jenna.

Sono così tesa che sto quasi per saltare fuori dall'auto.

«Syd?» chiede Harper.

«Sì, ovviamente sono curiosa. È l'unico motivo per cui sono qui.» Fisso fuori dai finestrini oscurati. *Siamo quasi arrivati.*

«Tra Syd e Wyatt c'è qualcosa» dice Jenna.

Volto di scatto la testa verso di lei. «Non è vero.»

«In un certo senso è così» aggiunge Audrey.

«È tensione sessuale» dice Harper con sicurezza.

«Ha una ragazza!» esclamo.

Le mie amiche ridacchiano.

«Syd ha un arretrato notevole» dice Jenna. «È passato...» Comincia a contare sulle dita.

Mesi. Troppi mesi.

La fisso furiosa. «Volete smetterla? A Garrett non interessa la mia vita sessuale.»

Lui sogghigna. «Fate finta che non ci sia.»

«Sei mesi!» gracchia Jenna. «Giusto? Da Todd.»

Todd era il tizio che avevo frequentato per un breve periodo quando vivevo a Hoboken, prima di tornare a casa per gestire il ristorante. E non ho intenzione di informarli che non eravamo mai arrivati a quel punto. Avevo tentato, davvero. Ma mi toccava con tanta gentilezza, sfiorandomi appena, che mi sembrava di stare con una ragazza. Ho bisogno di un uomo che non abbia paura di afferrare e prendere. Sono fatta così. Probabilmente avevo spaventato Todd e l'avevo fatto scappare con la mia aggressività. Quindi, sì, sono più di sei mesi. Non fa niente. Ci sono cose più importanti del sesso nella vita.

Sono semplicemente stanca di amanti deludenti. Alla mia età, so che cosa mi piace o non mi piace e perché per un uomo è così difficile capirlo? Sono stufa di dover dare istruzioni: *più forte, no, non lì, qui. Sì, così, ancora un po', un po' più a destra.*

È più che altro un semplice problema di incompatibilità. Non è colpa mia.

L'auto si ferma accanto a una jeep rossa. C'è anche un SUV BMW color argento. Scommetto che la sua ragazza è qui. Vabbè, deve averla fatta sentire meglio dopo il pianto, altrimenti non sarebbe rimasta. Mi sforzo di respirare a fondo per alleviare la stretta che sento al petto. Non ha senso sentirsi ferita. Okay, è stato una bestia con me e un tesoruccio con lei. Perché poi mi interessa quello che fa?

Scendo dall'auto e infilo le mani nelle tasche del piumino nero. Il leggero abbaiare di un cane attira la mia attenzione. Eccolo, accanto alla finestra sul davanti: un piccolo shih tzu bianco con le zampe davanti sul davanzale, che abbaia come se avesse intenzioni serie. Dev'essere il cane della sua ragazza. Immagino che Wyatt avrebbe un cane dall'aspetto da duro, come il bulldog di mio fratello Adam.

Garrett arriva per primo all'ingresso e ci raccogliamo tutte dietro di lui. Intravedo Wyatt che prende in braccio il cane prima di venire alla porta.

Scivolo sul fondo del gruppo, dietro a Jenna, che è alta.

«Ti stai nascondendo?» mi chiede.

Non rispondo. Non so perché ho bisogno di un cuscinetto. Non so perché il mio polso sta correndo e ho la bocca secca. Probabilmente mi sta venendo qualcosa.

6

«Benvenuti in casa Winters» dice Wyatt quando apre la porta.

Io cammino dietro a tutti mentre lui saluta con calore. Farò lo stesso, mi confonderò nella folla. Solo un ciao. Manteniamo semplici le cose.

Ma appena arriviamo a faccia a faccia, la sua bocca si curva in un sorrisetto, i suoi occhi ambrati scintillano e dalla mia bocca non esce niente. Peggio ancora, sento le farfalle nello stomaco che stanno svolazzando impazzite. Dev'essere perché quegli occhi sono presenti in tutti i miei sogni erotici.

Accidenti a te, Satana!

Lui appoggia sul pavimento il cagnolino che comincia immediatamente ad annusare i miei stivali. «Cindy, ce l'hai fatta a venire. Non credevo che uscissi mai dall'Horseman Inn.»

Mi sta deliberatamente stuzzicando chiamandomi Cindy, ma mi rifiuto di abboccare. «Sì, ho una vita anche fuori.»

«Deve tornare entro un'ora» aggiunge Harper, sempre servizievole.

«Grazie per avermelo ricordato, Harp» dico, con gli occhi fissi su Wyatt, in una specie di *Sfida all'OK Corral*.

Wyatt sbatte per primo le palpebre. «Okay, cominciamo il tour.» Ci indica di seguirlo e poi guarda il cane. «Vieni Palla di Neve.»

Palla di Neve? Il cane trotterella obbediente dietro a Wyatt mentre lui si avvicina a Garrett.

Dev'essere un cane che condividono come coppia. Non riesco a immaginare che Wyatt abbia preso uno shih tzu e gli abbia dato un nome sdolcinato come Palla di Neve. È Satana! Nemmeno se nevicasse all'inferno. Rido da sola del mio gioco di parole.

Seguo il gruppo mentre Wyatt indica il soggiorno, appena dopo l'anticamera. È un grande spazio vuoto con pareti color panna e un camino con una mensola e una cornice di legno bianco intagliato. «Abbiamo rimosso la parete divisoria tra quello che era un salottino e il soggiorno, quindi adesso c'è una sola stanza di soggiorno più grande. Sotto i teloni c'è il pavimento originale di tavole di legno di quercia. Ho intenzione di restaurarlo.»

Garrett va a ispezionare il camino.

Le finestre arrivano quasi al soffitto e cominciano in basso verso il pavimento, lasciando entrare moltissima luce. Mi guardo attorno. Riesco a vedere il potenziale per modernizzare questo posto. È luminoso e brillante e non c'è nemmeno la sensazione inquietante di una casa infestata dai fantasmi. Immagino che quando non si sa nulla di un posto sia facile inventarsi una storia. Non eravamo solo noi bambini che pensavamo che il vecchio eccentrico vivesse nella casa dei fantasmi. Tutti in città ne parlavano allo stesso modo.

«Qui installerò dei bei lampadari» prosegue Wyatt dall'altra parte della stanza.

«Dovrai metterne tre» dice Garrett. «A meno di aggiungere altre fonti di luce.»

Continuiamo il tour nella grande cucina moderna, con gli armadietti bianchi, ripiani di granito grigio chiaro e la grande isola centrale, con gli elettrodomestici d'acciaio inossidabile. Davanti all'isola c'è un grande tavolo da cucina in legno chiaro con intorno le sedie imbottite. È tutto sorprendentemente accogliente e assolutamente non quello che mi aspettavo. Come fa Satana ad arredare l'inferno? Ah-ah. Considerando quanti anni ha questa casa, pensavo che ci fossero un sacco di spifferi, ma anche i miei piedi sono belli caldi.

«Hai installato pavimenti riscaldati?» gli chiedo.

«Sì, in cucina e nei bagni» risponde Wyatt. «Non è difficile se si stanno installando pavimenti nuovi.»

Lo fisso, poi mi rendo conto che lo sto fissando e annuisco, un po' in ritardo. Il fatto è che sembra così diverso in questo bello spazio. Rilassato e a casa. *Beh, ovvio Syd. È a casa.*

«Di qua» dice Wyatt indicandoci di seguirlo oltre un'arcata.

Nella stanza successiva c'è solo un divano di pelle marrone. Un altro camino, più semplice del primo e pavimenti di legno con qualche graffio. Su un lato del divano ci sono un cuscino e una coperta ripiegata. È dove dorme lui? O la sua ragazza? Non è possibile che ci stiano entrambi in quel divano. Wyatt è grande e grosso come i miei fratelli, sul metro e novanta, credo, e ha le spalle larghe. La maglia nera a maniche lunghe mette in evidenza quelle spalle ampie e la curva dei bicipiti. Il nero inoltre fa risaltare il colore ambrato dei suoi occhi.

«La chiamo la stanza del divano, ma prima o poi diventerà la sala da pranzo» aggiunge.

Smettila di fissare. Ha una ragazza. Non che importi, perché anche se fosse single e non mi irritasse per un periodo abbastanza lungo perché succedesse qualcosa, non passerai mai quel limite con qualcuno con cui spero di avere un rapporto professionale.

«La prossima stanza è la futura biblioteca» ci informa, accompagnandoci nella stanza successiva.

Audrey si eccita e corre a vedere. Il nostro piccolo topo da biblioteca.

Li seguo. È solo una stanza vuota, ma ha una finestra a bovindo abbastanza profonda da potersi sedere e un camino. Riesco a immaginarmi rannicchiata su una comoda poltrona a leggere in un giorno di pioggia.

«Che programmi hai?» chiede entusiasta Audrey a Wyatt. Probabilmente vorrà sistemare i libri per lui e poi restare per leggerne il più possibile.

Wyatt indica la parete dall'altra parte della stanza. «Librerie incassate con la parte bassa chiusa, da usare come ripostiglio.» Indica la parete adiacente. «E qui.» Mi guarda negli occhi all'improvviso, dandomi una scossa.

Lui alza le sopracciglia, guardandomi come in attesa.

«Scusa, cosa?» dico quando sembra che mi sia persa qualcosa.

Si alza un angolo della sua bocca. «Ho detto che la libreria è parte di quello su cui lavorerà Adam.» Mio fratello, il mastro falegname.

Ho la bocca secca. Mi lecco le labbra. «Bello. Sono sicura che sarai soddisfatto del suo lavoro.»

«È il motivo per cui l'ho assunto.»

Mi strofino il lato del collo, distogliendo gli occhi. È la cosa più carina che mi abbia mai detto, facendo un complimento a mio fratello.

«È meraviglioso» sospira Audrey. «Una vera biblioteca a casa.»

«La finestra a bovindo sarà una nicchia di lettura.» Wyatt la indica. «Ripiani fino al soffitto e una scala su ruote per arrivare alle cose in alto.»

Audrey batte le mani, sorridendo e guardandosi attorno. Lei apprezzerebbe la scala in particolare, visto che è alta poco più di un metro e mezzo. «Sono ansiosa di vederla!»

Wyatt le rivolge un sorriso vero, non uno di quelli compiaciuti e irritanti, e mi manca il fiato. Quel tipo di sorriso gli illumina il viso. «Sarai la benvenuta per quando ci sarà l'inaugurazione, spero in marzo. Adesso torniamo al mio umile alloggio. Di sopra non c'è niente da vedere. C'è un bagno finito e, una volta che riceverò i permessi, farò installare un bagno padronale e uno di servizio. Riuscite a credere che questa enorme casa ha un solo bagno? Ovviamente il vecchio non aveva figlie.»

Lo dice come se sapesse tutto sulle donne che si impossessano delle stanze da bagno. Immagino che abbia un mucchio di esperienza con le donne. Scommetto che erano tutte belle modelle come la sua ragazza. *Vabbè*. Anche Caleb, il minore dei miei fratelli, è un modello. Niente di che.

Lo seguiamo nella stanza del divano. «Sedetevi» dice, indicandoci il divano, dove c'è Palla di Neve accoccolata sul suo cuscino.

Wyatt la solleva. «Che cosa ti ho detto del mio cuscino? Ti porto nel tuo letto.» Si volta verso di noi. «Torno subito.»

Harper si siede sul divano e ci fa segno di avvicinarci. Jenna e Audrey si siedono ai suoi lati e io mi appollaio sul bracciolo dal lato opposto della coperta e del cuscino. Non voglio toccare le cose con cui dorme. Troppo personale.

Garrett vaga per la stanza, controllando il soffitto e ispezionando le finestre. Wyatt torna e appoggia un lettino per cani rosa con stampate impronte bianche di cane davanti al camino. Poi vi appoggia Palla di Neve, le dà un buffetto sotto il mento e va da Garrett. Palla di Neve si appallottola e riprende il suo pisolino.

«Riesco a vedere il potenziale» ci dice Audrey. Wyatt e Garrett sono dall'altra parte della stanza e discutono della ristrutturazione.

«Sarà bellissima» dice Audrey.

«Sono ansiosa di vederla quando sarà finita» dice Jenna.

«Non capisco perché venga così spesso nel mio ristorante» dico io. «Ha una cucina gourmet qui. Avete visto che il fornello ha sei fuochi?»

Jenna scoppia a ridere. «Oddio, non riesco a immaginare perché venga così spesso nel tuo ristorante.»

Le mi amiche ridacchiano. *Ha una ragazza.*

«Dev'essere un cuoco orribile» continuo. «Adesso che c'è la sua ragazza in città non lo vedo molto. Magari cucina lei.»

E poi lei entra nella stanza, con un laptop stretto al petto. Ha poco più di vent'anni, capelli castano scuri che le ricadono in onde lucenti sulle spalle, grandi occhi castani, zigomi delicati e una bocca da bambola, piena e quasi imbronciata. È vestita in modo semplice, una tunica rosa chiaro sopra leggings neri e calzini pelosi rosa.

Ci sorride. «Salve a tutti. Sono Kayla.»

La salutiamo tutti. La guardo mentre porge il laptop a Wyatt.

«Ti è piaciuto il film romantico?» le chiede, infilandosi il laptop sotto un braccio.

Lei sorride. «Sì, alla fine ho pianto.»

«Ovvio.» Le guarda i piedi. «Vai a metterti le scarpe.

Non voglio che metta un piede su un chiodo o su una scheggia.»

Lei si volta obbediente ed esce dalla stanza, presumibilmente per andare a prendere le scarpe. Wow. Io di certo non accetterai mai che un uomo mi comandi a bacchetta in quel modo.

Wyatt apre il laptop e va verso l'entrata della stanza, urlando verso il soffitto: «E porta giù il caricatore, per favore!».

Beh, almeno ha aggiunto un per favore alla fine. Mi ricorda mio fratello Drew che abbaia ordini in stile militare.

«Wyatt, sei mai stato nell'esercito?» gli chiedo.

«No, perché?» chiede di rimando girandosi.

Perché dai ordini alla tua ragazza come fossi un sergente. «Nessun motivo.»

Lui si avvicina a me, con il solito sorrisetto strafottente sul suo bel volto. «Dai, Cindy, dimmi perché lo hai chiesto. Ti sono sembrato un sergente?»

La stanza piomba nel silenzio. Riesco a sentire gli sguardi dei miei amici, che probabilmente si stanno aspettando un litigio. No. Posso restare civile, nonostante abbia una gran voglia di fargli sparire a schiaffi quel sorrisetto. E punirlo per il fatto che mi abbia chiamato apposta Cindy solo per irritarmi.

«In effetti sì» dico con calma. «Hai appena ordinato alla tua ragazza di mettersi le scarpe.»

Lui fa una smorfia, guardandomi come se avessi due teste. «Ehi! Non è la mia ragazza. È la mia sorella minore.»

Il mio polso accelera di colpo. *È single.*

«Che cosa ti ha fatto pensare che fosse la mia ragazza?» mi chiede.

«Ti ho visto che le mettevi un braccio sulle spalle, al ristorante.» Mi guardo intorno per avere conferma, ma i miei amici sembrano godersi lo spettacolo. *Devo preparare dei popcorn?*

Lui guarda il soffitto e soffia fuori il fiato prima di darmi un'occhiata offesa. «Avevo il braccio intorno alle sue spalle perché era sul punto di crollare davanti a tutti. Alcune cose sono private, Sydney.»

Ha detto il mio nome. Non Cindy per irritarmi. Ed è un fratello maggiore protettivo. Una cosa che rispetto.

Sono stata fortunata ad avere due meravigliosi fratelli maggiori che vegliavano su di me quando era una bambina. Come avrei fatto a sopravvivere da adolescente, dopo la morte della mamma? Drew e Adam mi hanno insegnato tutto ciò che mi serviva, che in fondo si riduceva a *sii fiera di essere una Robinson* e *fatti valere.* Si aspettavano che fossi forte e dicessi ciò che pensavo, anche quando era piena di dubbi adolescenziali. E l'avevo fatto, anche quando, qualche volta, avrei voluto nascondermi. Mi hanno anche dato un buon esempio.

«È per questo che dormi sul divano» dico a bassa voce, pensando al sacrificio che sta facendo per sua sorella. Deve aver preso lei la sua camera.

Wyatt si strofina la nuca. «Sì, aveva bisogno di una pausa.»

Vorrei chiedere perché, ma mi sembrerebbe di ficcanasare.

Poi Wyatt mi stupisce, parlandomi di sua sorella. «In questo momento è vulnerabile.» Stringe i denti e si guarda alle spalle, controllando che non sia lì. Torna a guardarmi. «Ha il cuore infranto e renderò un inferno la vita di quell'uomo quando finalmente riuscirò a farmi dire il nome.»

Resto a bocca aperta per la sorpresa. Accogliere sua sorella, prendere a calci qualcuno per lei. È *gentile.*

Gli do un pugno sulla spalla. «Sei una bravo fratello maggiore.»

«Perché sembri così sorpresa? E, *ahi*.» Si massaggia la spalla.

Io faccio spallucce.

Wyatt scuote la testa e guarda Palla di Neve. Ha un cagnolino che si chiama Palla di Neve. Non è adorabile?

«Penso che sia una gran bella cosa.»

Lui mi guarda, alzando un angolo della bocca.

Scopro che sto sorridendo. Poi mi rendo conto che ci stanno guardando tutti, sorridendo a loro volta. Cancello il sorriso dalla faccia. L'ultima cosa che voglio, mentre torniamo a casa, è sentire tutti dire che si vedono i cuoricini nei miei occhi quando guardo Wyatt Winters.

Non è vero.

Ma forse l'ho giudicato male.

7

Lunedì è il mio giorno libero. È pomeriggio quando finalmente finisco di controllare tutti i conti e di spostare i soldi da una parte all'altra per mantenere buoni rapporti con i fornitori e pagare il personale.

Il mio telefono squilla, informandomi di un allarme maltempo che mi ricorda che stiamo aspettando una severa tempesta di neve, venticinque o trenta centimetri di neve e forti raffiche di vento. Accidenti, spero che non vada via la corrente. Qui succede regolarmente quando gli alberi abbattuti dal vento fanno cadere i cavi dell'alta tensione, e significa che devo chiudere il ristorante finché provvedono alle riparazioni e ci possono volere giorni. Ho un generatore di scorta che alimenta il frigorifero e i freezer, ma non è abbastanza potente per la cucina e tutto il resto che servirebbe per restare aperti. Inoltre la maggior parte della gente non si avventura fuori di casa finché le strade non sono sgombrate dagli alberi abbattuti e dai cavi caduti. Sarà meglio che faccia una scappata al negozio di alimentari per procurarmi le cose essenziali.

Non è molto lontano, quindi mi infilo la mia giacca

nera, un berretto di lana grigia e gli stivali da neve. Quando arrivo, il piccolo supermercato non è affollato. La maggior parte della gente ha fatto scorta durante il fine settimana, quando io lavoravo.

Il negoziante, Nicholas, ha sempre lo stesso aspetto da Babbo Natale. È un uomo anziano, con i capelli bianchi, una lunga barba e un pancione. E si chiama Nicholas! Recita il ruolo di Babbo Natale all'annuale colazione coi pancake. Quando ero una bambina ero meravigliata di poter vedere Babbo Natale per tutto l'anno, anche se mi aveva spiegato di essere solo un aiutante.

«Salve, Nicholas» lo saluto.

«Salve, Sydney. Chiuderò tra mezz'ora, quindi sei arrivata appena in tempo. Devo arrivare a casa prima della tempesta.»

«Non ci metterò molto.» Vado verso la sezione frigoriferi in fondo al negozio, in cerca di latte e pasta per biscotti. Una volta procurate queste cose essenziali, faccio un giro cercando qualcosa che possa essermi sfuggito. Ho il pane, ma sapete che cosa non ho? Il gelato. Potrei preparare dei sandwich con i biscotti con le gocce di cioccolato e il gelato. Prendo un cartone di gelato alla vaniglia e vado verso la cassa. Il cuore mi salta in gola.

È lui.

Wyatt è davanti alla cassa con un lungo cappotto di lana nero e stivali neri. L'ho visto qualche volta all'Horseman Inn durante l'ultima settimana, ma era con sua sorella, quindi non abbiamo parlato molto. Mi guarda per un attimo negli occhi e poi il suo sguardo cade sui riforni-menti da tempesta che ho in mano. «Solo le cose essenziali, eh?»

«Mi sento giudicata.» Cerco di vedere che cosa sta comprando, appoggiato sul bancone, ma Wyatt si sposta e le sue spalle larghe mi impediscono di vedere. Prende il portafogli e dà una banconota da cento dollari a Nicholas. «Ecco, tieni il resto.» Afferra le cose che ha comprato e le infila nelle tasche del cappotto, all'interno, come fossero un segreto.

Nicholas sembra preoccupato. «È troppo Wyatt. Aspetta, ti do il resto.»

Sorrido e appoggio la mia roba sul bancone. «Mmm... Abbastanza piccolo per le tue tasche ma imbarazzante, tanto da doverlo nascondere. Che cosa può essere?»

«Non sono affari tuoi» borbotta Wyatt. Oh, mio Dio, ha la nuca rossa. Dev'essere veramente interessante. Wyatt si rivolge a Nicholas. «Davvero, tieni il resto.»

«So ancora contare, giovanotto!» esclama Nicholas mentre fruga lentamente nel cassetto della cassa, un po' stizzito per quello che percepisce come affronto alla sua età. Gli dà il resto e Wyatt lo prende con riluttanza.

«Grazie» borbotta Wyatt.

«È un pacchetto di sigarette?» gli chiedo avvicinandomi. «Pessima abitudine.» Gli arruffo i capelli per distrarlo mentre apro con l'altra mano il cappotto slacciato. Dalla tasca spunta una scatola di tamponi assorbenti.

Le sue guance si arrossano. «Contenta adesso? Sono per mia sorella, ovviamente.»

Mi sento le ginocchia molli, davvero, e calda dappertutto. Nessuno dei miei fratelli si sarebbe mai fatto cogliere, nemmeno morto, a comprarmi degli assorbenti. «È tutto?»

Lui alza gli occhi al soffitto e il rossore va dalle guance alle punte delle orecchie. «Aveva voglia di M&M's alle noccioline.»

Non so che cosa mi prenda, ma di colpo, ho voglia di passare del tempo con quest'uomo. Proprio adesso. «Forse le piacerebbe un sandwich di biscotto con le gocce di cioccolato e gelato. Potrei farli per entrambi.»

Mi studia, cauto. Quasi come se stesse pensando che normalmente non andiamo d'accordo. Ah-ah.

«Sono sincera» dico. «È carino quello che fai con lei. I miei fratelli non avrebbero mai...»

Lui mi interrompe. «Vero. Vieni pure con i tuoi sandwich al gelato. Voi due potete fare una chiacchierata tra donne.»

«Okay. Lascia che paghi e poi verrò.» Immagino di poter andare a fare una visita in fretta prima che arrivi il grosso della tempesta. Passeranno ore prima che le strade diventino impraticabili. Casa sua non è lontana dalla mia.

Wyatt fa un passo indietro, studiandomi per un momento, prima di annuire, e se ne va.

Nicholas si gratta la testa. «Quello è un po' strano, non credi?»

Torno con la mente ai fondatori hippy di Summerdale e alle tradizioni che manteniamo ancora oggi: spettacoli nella grande stalla rossa, le sfilate dei carri delle cose trovate, la cottura delle vongole in grandi pentole sul lago, anche se le vongole vengono da un negozio e non crescono nel nostro laghetto. Il postino che consegna *tamales*, tra le altre persone eccentriche in città. «In effetti, penso che sia perfetto per Summerdale.»

~

I biscotti sono pronti un'ora dopo e so che dovrei andare, ma sono nella mia stanza a passare in rassegna i vestiti appesi a un appendiabiti. La stanza è troppo piccola per una cassettiera e il minuscolo armadio contiene solo le giacche e le scarpe. Ciò che indosso adesso, felpa e jeans, non vanno bene. Voglio sembrare presentabile. Non sto cercando di farmi notare. Niente del genere. Ma è importante, una volta ogni tanto, avere un aspetto carino quando si esce.

Decido per un maglione morbido, verde, col lo scollo a V, jeans neri aderenti e gli stivaletti alla caviglia, neri, con il tacco alto. Jenna li definisce i miei stivali da primo appuntamento, perché non sono pratici da indossare, ma fanno risaltare le mie gambe. I primi appuntamenti sono generalmente imbarazzanti. Ovviamente, *questo* non è un primo appuntamento. Sto solo andando a trovare degli amici, una dei quali ha bisogno di un po' di conversazione femminile, mentre l'altro non è malvagio come sembrava. Mi sento nuovamente invadere dal calore. Non posso veramente pensare che l'uomo che compra gli assorbenti per la sorella sia Satana. Decisamente sembrava meno satanico oggi, perfino con la faccia rossa.

Mi fermo nel mio minuscolo bagno per una veloce ispezione allo specchio. Quando potrò finalmente permettermi un appartamento, il primo requisito saranno i ripiani. Questo bagno ha solo lo spazio per un lavello a piedestallo, il Wc e una piccola doccia. È tutto bianco, tranne il pavimento, a piastrelle bianche e nere a mosaico. Molto utilitaristico. Tolgo l'elastico che trattiene la coda e prendo la spazzola dall'armadietto dei medicinali, spazzolando i miei capelli lunghi, una delle mie caratteristiche migliori. Sono solo pratica. Quando fa freddo, avere i capelli sciolti mi tiene caldo il collo. Appena un po' di trucco per essere presentabile, uno spruzzo di profumo al caprifoglio e sono pronta per andare. Con le farfalle nello stomaco.

Mi metto una mano sullo stomaco e faccio un respiro profondo. «Non è un appuntamento.» Fisso i miei occhi nello specchio. «Calmati, non è un appuntamento.»

Esco dal bagno, prendo la borsa e i biscotti e vado alla scala che porta all'uscita posteriore del ristorante.

Sono a metà strada quando mi rendo conto di aver dimenticato il gelato. Torno a prenderlo ed esco di nuovo, ripensando mentalmente se ho bisogno di altro mentre mi affretto a scendere. Di solito non sono così sbadata.

Ci metto poco ad arrivare a casa di Wyatt in auto. Sarei potuta venire a piedi, ma dista un chilometro e mezzo lungo una stradina che attraversa una strada trafficata, con le auto che vanno ben oltre il limite di settanta chilometri l'ora, e la casa è in cima a una collina ripida. Inoltre si gela e indosso i miei stivali poco pratici. *Non* sono stivali da primo appuntamento. Sono solo stivali *regolari* che mettono in evidenza le mie gambe perché voglio essere presentabile per degli amici. Davvero.

Parcheggio nel suo viale e guardo il faro a destra. Adesso che ci stiamo parlando quasi amichevolmente, mi farebbe fare un giro lì dentro? È proprio il tipo di stranezza che mi piace. Prendo il sacchetto pieno di bontà e scendo dall'auto, individuando subito Palla di Neve, che guarda dalla finestra, abbaiando.

«Ehi, bellezza!» Suono il campanello e mi muovo nervosamente, con l'energia che mi scorre dentro.

La porta si apre dopo un momento e vedo Wyatt che tiene Palla di Neve sotto il braccio, come fosse un pallone da football. «Qual è la parola d'ordine?» Guarda a destra e a sinistra come se intorno ci fossero le spie.

Trattengo una risata. «Sandwich al gelato.»

«Può andare.» Mi fa segno con la testa di entrare mentre fa un passo indietro.

Entro, guardandomi attorno per vedere se ci sono stati cambiamenti. Niente di diverso in soggiorno. Sono stata qui un po' più di una settimana fa, quindi sono curiosa di sapere che cosa ha fatto nel frattempo la squadra di operai.

Wyatt depone a terra Palla di Neve. «Vado sopra per

un attimo, vai pure in cucina.» Me la indica e si affretta a salire.

Palla di Neve mi guarda speranzosa.

Vado in cucina e lei mi segue. Appoggio la mia roba sul ripiano dell'isola e mi accuccio per accarezzarla. «Che bel cucciolo sei» le dico. Lei scodinzola e si alza sulle zampine posteriori, appoggiando quelle anteriori sul mio petto. «Oooh, stai cercando di abbracciarmi?» Mi alzo, tenendola contro di me e accarezzando il pelo morbidissimo. Lei appoggia la testa contro il mio collo.

Wyatt riappare in cucina qualche momento dopo, dall'altra parte dell'isola, e mi fissa.

«Che c'è?» gli chiedo.

«Le piaci davvero. È il suo modo di abbracciare la gente: appoggia la testa sul collo e le zampe sulle spalle.»

Mi sposto per guardare Palla di Neve negli occhi. «Certo che ti piaccio. Io sono molto simpatica e ho portato da mangiare.» La metto a terra e lei si siede, guardandomi con un'espressione adorante.

Wyatt mi sorride e il mio respiro diventa affrettato. Quando non sogghigna beffardo è veramente stupendo. C'è qualcosa nei suoi capelli scompigliati in modo sexy, gli occhi colore del whisky e le labbra sensuali. Anche la barba è sexy. È vestito in modo informale, con una maglia termica blu, jeans sbiaditi e sneakers.

Mi rendo conto che lo sto fissando da un po' troppo tempo. «Mi piace la tua cucina. Hai scelto tu l'arredamento o hai assunto un arredatore d'interni?»

Lui allarga le braccia. «Ho fatto tutto io, baby.»

«Sono colpita.»

Prende il telefono dalla tasca dei jeans. «Vedo che cosa trattiene Kayla. Le ho detto che eri arrivata.» Preme un tasto e si porta il telefono all'orecchio. Un attimo dopo le chiede: «Scendi per i sandwich biscotto e gelato? Sono appena fatti». Scuote la testa. «Ti avevo detto di non mangiare tutti quegli M&M's. La confezione famiglia significa che ce n'è a sufficienza per più persone.» Ascolta per un momento. «Capisco che ne avessi voglia, ma... No, non sono arrabbiato. Okay, ciao.» Mi guarda. «Ha fatto il pieno di M&M's. Immagino che siamo solo noi due per i sandwich al gelato.»

«Nessun problema. Ne farò un po' e te li lascerò in freezer. Potrà mangiarli quando vuole.»

Mi metto al lavoro, togliendo gli ingredienti dal sacchetto. I biscotti si stavano ancora raffreddando quando sono uscita, quindi ho pensato che fosse meglio comporli qui. «Ho portato una paletta da gelato. Non sapevo se l'avessi.»

«Che cosa sono, un cavernicolo? Siamo perfettamente attrezzati qui, con le cose essenziali: paletta da gelato, tagliapizza, stecchi per arrostire i marshmallow.»

«Tranne i mobili.»

Lui inclina la testa. «Ho della roba in magazzino e comprerò altri mobili quando sarà finita la ristrutturazione. Prendo i piatti» dice andando verso un armadietto.

«Salve, Sydney.» Kayla appare in cucina indossando una felpa oversize, pantaloni enormi di felpa e infradito. Niente trucco, i capelli scuri raccolti in uno chignon disordinato. «Grazie per aver portato questa roba. Fino a un momento fa, Wyatt non mi aveva detto che avresti fatto i sandwich al gelato.»

Wyatt mette una pila di grandi piatti e tovaglioli sull'isola. Gli do un'occhiataccia. «Non puoi biasimarla se si è abbuffata di cioccolato, visto che non lo sapeva.»

«Pensavo che avesse più buon...» Smette di parlare quando Kayla gli rivolge un'occhiata raggelante. «Va tutto bene, potrai mangiarlo domani.»

Le sorrido. «Ne sto facendo parecchi, basteranno anche

per te.»

«Grazie» dice. «Non mi sento più me stessa ultimamente.» Va verso il lavandino e riempie un bicchiere d'acqua.

«Mi dispiace.» Wyatt ci aveva detto che aveva il cuore infranto, ma dev'essere stata una rottura difficile se è venuta dal fratello per farsi aiutare ed è rimasta così a lungo... Sono passate almeno due settimane. Le mie rotture si sono risolte abbastanza bene, con l'aiuto delle mie amiche. E, anche se avevano fatto male, ho sempre saputo che era la cosa migliore. Quando qualcosa non funziona è meglio tagliare i ponti.

Kayla apre il frigorifero. «Dov'è il vino?»

«L'hai bevuto tutto.»

«Qualcos'altro di alcolico?»

«Whiskey, quello buono. Sprecato per te, quindi non pensarci nemmeno.»

Lei sbuffa e mi chiede: «Hai un fratello maggiore prepotente?».

«Ho quattro fratelli,» confermo mentre spalmo il gelato su un biscotto, «due maggiori e due minori. Solo i maggiori fanno i prepotenti.»

«Prerogativa del maggiore» dice Wyatt con un sorrisetto. Non mi dà fastidio quel sorrisetto quando è rivolto a sua sorella.

«Sorelle?» chiede Kayla, venendo accanto a me.

«No.» Premo il biscotto sopra il primo sandwich di gelato.

«Oh, peccato.»

Mi volto verso di lei, sorpresa. «Perché?»

«Perché le sorelle hanno un legame speciale.»

Guardo verso Wyatt, che l'ha accolta in casa quando era triste e le ha comprato gli assorbenti. «Direi che tuo fratello sta facendo un ottimo lavoro. Non vedo sorelle qui a prendersi cura di te.»

Le trema il labbro e do un'occhiata preoccupata a Wyatt. I suoi occhi si addolciscono quando guarda sua sorella.

«Mi dispiace, non volevo toccare un tasto dolente.»

«Va tutto bene» dice Kayla. «Sono solo prese con la loro carriera. Una è a Chicago da un mese per lavoro e l'altra è in città per il suo lavoro importante, che richiede orari pazzeschi, ma vive anche con un tizio e non c'è spazio per me. Wyatt è tutto quello che ho.»

Risucchio il fiato, offesa per lui. *Tutto quello che ha?* Lui si limita a fare spallucce.

Le punto un dito addosso. «Sei *fortunata* ad averlo. Ora ringrazia tuo fratello per averti comprato gli assorbenti e il cioccolato. Diavolo, pensi che un qualunque altro fratello lo farebbe? I miei no.»

«Va tutto bene» dice Wyatt, alzando una mano. «Mi ha già ringraziato.»

Kayla spalanca gli occhi, sorpresa. «Non lo farebbero? Nessuno dei tuoi fratelli, nemmeno i maggiori?»

«Non credo proprio.» Non che glielo abbia mai chiesto. Sto cercando di immaginare Drew, il duro, che sfida la corsia degli assorbenti, o Adam, con la sua natura riservata. Già, non ce li vedo proprio.

«È un peccato» dice con la voce compassionevole. «A volte, quando hai più bisogno di assorbenti è il momento in cui ti senti malissimo e andare a comprarli è l'ultima cosa che vorresti fare.»

«Vero» confermo. «Immagino di aver sempre pensato di dover soffrire da sola per i crampi. Divento veramente irritabile. Violenta.»

«Okay, possiamo tornare ai sandwich di gelato?» chiede Wyatt. «Basta con queste chiacchiere da donne.»

Gli do il primo sandwich.

«Grazie» dice lui dando un morso aggressivo. Mastica

per un momento. «Veramente buono. Le gocce di cioccolato si fondono in bocca.»

«Ottimo contrasto con il gelato e perfetto per una tempesta di neve» affermo compiaciuta. «E tu che mettevi in dubbio quali fossero le cose essenziali per affrontare una tempesta di neve...» Mi do da fare per prepararne altri.

«Posso aiutarti?» mi chiede Kayla.

«Certo. Io aggiungo il gelato e tu premi sopra l'altro biscotto.»

Prendiamo il ritmo giusto per preparare i sandwich. Wyatt se ne va, dicendo che deve occuparsi di Palla di Neve.

«Allora, da quanto frequentavi il tizio che ti spezzato il cuore?»

Lei si china sopra l'isola, prendendo la testa tra le mani. «Wyatt te l'ha detto.»

«Solo perché ti ho vista piangere al ristorante, quindi mi sono chiesta se stessi bene. Ha solo detto che eri addolorata. Senza particolari. Ti ascolto, se ne vuoi parlare.» Le stringo la spalla. «Prometto di prendere sempre le tue parti e dire cose orribili sul tuo ex.»

Lei si raddrizza. «Lui è orribile.»

«Lo è la maggior parte degli ex.» Torno al lavoro, deponendo gelato su un biscotto e passandoglielo perché lo finisca.

Lei afferra un biscotto e lo copre. «Ha passato due mesi adulandomi, inondandomi di complimenti, fiori e bigliettini con paroline dolci. Roba super mielosa.» Le manca la voce. «E poi...»

Quando non finisce la frase per parecchi momenti, provo a indovinare. «Ti ha tradita.»

«No! Mi ha chiesto di sposarlo.»

Prendo dell'altro gelato, confusa. «Oh, e tu non volevi che lo facesse?»

Lei pianta un biscotto sopra il gelato prima ancora che glielo passi e lo spezza e ne mette in bocca un pezzo. «Oh, è buono. Li hai appena fatti?»

«Sì, direttamente dal tubo di pasta pronta.» Metto un altro biscotto sul sandwich e sposto quello rotto su un piatto per lei.

«Quindi mi ha chiesto di sposarlo, ho detto di sì e abbiamo deciso per un matrimonio segreto nel nostro ristorante italiano preferito, alla vigilia di Capodanno. Doveva essere così romantico. Conosceva il proprietario, abbiamo ottenuto che il sindaco celebrasse la cerimonia e hanno chiuso il ristorante in modo che fosse privato, solo per il matrimonio.» Sospira e toglie un altro pezzo di biscotto da quello che ho appena messo sul sandwich.

Sposto il biscotto rotto e ne prendo uno nuovo, passandoglielo. «Premi sopra questo. Perché doveva essere un matrimonio segreto?»

Lei fissa il nuovo biscotto. «Più che altro per risparmiare. Siamo entrambi all'università. Io per il master e lui per il dottorato.»

«Perché non aspettare fin dopo la laurea?»

«Non poteva aspettare. Almeno è quello che ha detto.» Mi guarda negli occhi, con le sopracciglia aggrottare per la confusione. «Voleva sposarmi il più presto possibile e poi non si è fatto vedere.» Afferra il biscotto nuovo, lo alza e lo scuote. Pezzetti di gelato finiscono sul ripiano. «Mi ha lasciato all'altare, quell'idiota!»

Non esattamente un altare, ma capisco. Il tizio si è tirato indietro dopo essere stato l'istigatore di un evento romantico. Non ha senso, ma chi capisce la mente maschile? Loro *pensano* di essere logici, ma, diciamocelo, la loro logica può essere contorta a causa delle emozioni, proprio come quella delle donne. Ovviamente, con l'aiuto delle emozioni le donne arrivano più spesso alla giusta conclusione. Gli uomini si incasinano. Dovrebbero creare un GPS emotivo per aiutarli a rimettersi in carreggiata.

«Ti ha detto perché l'ha fatto?» le chiedo.

«Ci ha ripensato perché era spaventato» esclama. «Davvero, l'idea di sposarci così in fretta era stata sua. Mi ha mandato un messaggio, tramite il proprietario del ristorante, che per compassione mi ha offerto di portar via gratuitamente il cibo che aveva preparato per il nostro matrimonio.»

Scuto la testa. «Fa veramente schifo. Qual è il piano per vendicarti?»

«Vendicarmi?» mi chiede come se non le fosse mai venuto in mente.

«Già. Devi fare qualcosa per vendicarti.»

Lei mi fissa. «Beh, Wyatt vuole prenderlo a calci, ma non ho intenzione di permetterglielo. Voglio solo che il mio ex pensi che ho voltato pagina.»

«Indossavi un abito da sposa o solo un bel vestito?»

La sua espressione diventa triste. «Un abito da sposa.»

«Uh-uh. Vendetta. Forse ha lasciato la sua camicia preferita a casa tua? Bruciala. Conoscete entrambi le stesse persone? Fai sapere a ognuna delle donne ciò che ha fatto. Nessuno vorrà più uscire con lui. Solo quelle pazze, che credono di poterlo cambiare. Se sei veramente arrabbiata e pensi di riuscire ad arrivare alla sua auto senza farti scoprire, potresti rigare la portiera del guidatore.»

Le sue sopracciglia schizzano verso l'alto. «Hai mai fatto cose simili?»

«Più che altro ho bruciato le cose di un ex. È catartico. Potrei anche aver fatto una bambolina voodoo e aver trafitto più volte i suoi gioielli di famiglia.» Alla sua espressione sbalordita, aggiungo: «Scherzavo!». *Non sono abbastanza brava per costruire una bambolina voodoo. L'ho solo immaginato in tutti i minimi particolari.*

Kayla si ficca in bocca un pezzo di biscotto e mi guarda ammirata. «Wow, Sydney, la tua mente vira verso il malvagio. Spero che non ti metta con Wyatt perché non mi piacerebbe proprio pensare a ciò che gli faresti.»

«Vorrei vendicarmi solo se mi spezzasse il cuore.» Sento il calore che mi sale dal collo. «Voglio dire, non che io sia... Che siamo... Sai...» Non posso esattamente dire che siamo amici. Non so che cosa siamo.

Lei abbassa gli occhi sul gelato che si sta sciogliendo sul biscotto di fronte a lei e rimette sopra il biscotto mezzo mangiato. Le do uno dei pezzi rotti di un altro biscotto di cui ha mangiato una parte per finire di coprirlo. «Ti hanno mai spezzato il cuore? Cioè, veramente a pezzi?»

Ahi. Dev'essere così che si sente. «Sì, qualche volta. Due volte dopo una relazione durata un anno. Sembra che sia quello il punto di svolta, un anno. E una volta alle superiori, ma non so se quello conta.»

Lei mi stringe il braccio. «Conta tutto.»

Finiamo di preparare i sandwich e finalmente ne prendo uno per me. Mi rendo conto che Wyatt non è più tornato in cucina.

«Dov'è tuo fratello?» le chiedo.

«Probabilmente a oziare sul divano con Palla di Neve. È dov'è di solito.»

«Oh.» Mi cadono le spalle e le raddrizzo immediatamente. Sembra che mi abbia invitato solo per parlare con sua sorella, non perché fosse interessato a me.

Va bene così. È un bene sapere subito queste cose prima di farsi delle idee e poi restare delusi.

In effetti, mi rende molto più facile avvicinarlo per parlare di affari. Ci ho lavorato, cercando di trovare delle condizioni che vadano bene a entrambi.

Sto *bene*.

8

Wyatt

Kayla e Sydney chiacchierano in cucina da un po' più di un'ora. Spero che sia servito. Non so ancora il nome del tizio che ha chiesto a Kayla di sposarlo in tutta fretta per poi scaricarla. Che cretino può fare una cosa simile? Ero fortemente tentato di origliare, nel caso Kayla si fosse lasciata sfuggire il nome, ma mi sono trattenuto. Aveva bisogno di parlare con una donna. Io faccio del mio meglio, ma comunque non ho le ovaie.

Sono quasi le sei e fuori è buio, quando Sydney infila la testa nella stanza del divano, dove mi sono accampato. «Ehi, vado, prima che la neve peggiori.»

Chiudo il laptop e lo appoggio in fondo al divano. Palla di Neve coglie l'opportunità per salirmi in grembo, mettermi le zampe spalle e appoggiare la testa contro il mio collo. Le metto una mano sul dorso, accettando l'abbraccio. «Come ti è sembrata?»

Syd si avvicina e io perdo la concentrazione, distratto dal modo in cui il maglioncino verde con il collo a V aderisce al suo corpo sexy. Lunghe gambe in jeans neri aderenti e stivali col tacco alto. Ha lasciato sciolti i capelli color Tiziano. Mi piace. Ha i capelli lunghi, arrivano oltre il seno spettacoloso, il tipo di capelli che ci si può avvolgere intorno al pugno come una fune di seta.

Lei parla a voce bassa. «Affranta, come hai detto, ed è così maledettamente dolce che non vuole vendicarsi.»

Alzo di scatto gli occhi su di lei. «Voglio vendicarla io.»

«Anch'io. Che stronzo.»

Le indico il cuscino accanto a me perché adesso abbiamo un obiettivo comune. Voglio continuare a parlarle. Non per via del suo maglione sexy, anche se, ovviamente, male non fa. Palla di Neve pensa che abbia indicato il cuscino per chiamare lei, quindi si siede. La sposto in grembo in modo che Sydney possa sedersi accanto a me.

Quando lo fa sento il suo profumo di fiori. Fiori dolci, come l'estate nel mezzo dell'inverno. Devo combattere contro il desiderio di chinarmi verso di lei e inalare forte.

Lei mi guarda negli occhi, ignara della mia crescente eccitazione. «Non posso dirti tutto ciò che mi ha riferito. Codice della sorellanza, sai.»

Concentrati. Potrebbero essere informazioni preziose. «Ti ha detto il nome del tizio?»

Lei inarca le sopracciglia. Da vicino, i suoi occhi sono castano chiaro con dei toni dorati. Mi ricordano il miele. Sydney dagli occhi color miele e il dolce profumo. Normale che mi attragga. Non è dolce, e mi piace, perché le donne dolci si offendono sempre per il mio modo diretto di parlare. Tranne Kayla, ma è abituata a me. Sydney sembra dolce come il suo profumo, ma ha una personalità ardente. *La voglio.*

«Non conosci il suo nome?» mi chiede.

Sbatto gli occhi un paio di volte, cercando di ricordare

di che cosa stessimo parlando. Ah, sì, l'ex di Kayla. «Non l'ho mai incontrato. Tutta la faccenda è stata una brutta sorpresa.»

Sydney scuote la testa. «In effetti, non mi ha detto il suo nome. Solo che è un dottorando.»

«Questo restringe il campo. Quanti ce ne possono essere nel programma di biostatistica? Ha detto che frequentano la stessa facoltà.» Sposto sul pavimento Palla di Neve, che mi rivolge un'occhiata risentita, e riprendo il laptop. A volte mettono i nomi dei dottorandi, se lavorano come assistenti.

Sydney guarda il laptop. «Non ha detto la stessa facoltà. Potrebbero essersi incontrati a una lezione interdisciplinare, o in caffetteria o roba simile.»

La ignoro. Sono a caccia. Ci sono due dottorandi che lavorano come assistenti. Tipi nerd, come quelli che piacciono a Kayla. Chiudo il laptop. «Ho due potenziali colpevoli, ma hai ragione, potrebbe essere di un'altra facoltà. Ha detto che si sono conosciuti online e poi ha scoperto che frequentavano la stessa università. Perché non può semplicemente dirmi il nome?»

Le luccicano gli occhi. «Che cosa hai intenzione di fargli?»

«Mi piacerebbe dargli un pugno in faccia.» Palla di Neve alza la testa da dove è accoccolata ai miei piedi.

Sydney annuisce con entusiasmo. Sanguinaria la tipa.

«Ma non ci ho ancora pensato.» Palla di Neve torna a raggomitolarsi e a dormire.

«Devi prenderlo a calci nelle palle» dice lei, come se fosse una cosa ovvia.

«Ricordami di non mettermi mai con te.»

Lei si alza e fa un passo indietro. «Non è un problema. Non sei il mio tipo. Per niente. In effetti, sei tutto l'opposto.»

Ignoro la frecciata e la profonda sensazione di delusione. In un certo senso pensavo che stessimo costruendo qualcosa. Parla parecchio con me ed è venuta due volte a casa mia. E non ho mancato di vedere le occhiate di apprezzamento quando è arrivata. Le piace quello che vede.

Mantengo la voce neutra, sapendo istintivamente che la sua reazione sarà incendiaria. «Ottimo, perché nemmeno tu sei il mio tipo.»

Lei incrocia le braccia, dando una bella spinta verso l'alto al seno con quel maglione aderente. «Probabilmente tu frequenti esclusivamente modelle.»

Agito stancamente le mani. «E attrici ed ereditiere. Tutte quelle che fanno parte della cerchia delle raccolte fondi.» Sospiro come se fosse una maledizione. Non che mi dispiaccia che le belle donne mi si buttino addosso. Vorrei semplicemente essere io, e non il mio conto in banca, quello che le attira. «Sono quelle le donne che incontro. In effetti...»

«Non voglio sapere delle tue donne» sbotta Sydney, con quegli occhi color miele che lampeggiano.

Sento il sangue scorrere veloce nelle vene. «Non sono mie, sono solo in prestito. Fammi indovinare, il tuo tipo sono i grossi atleti cretini.» *Esattamente il mio opposto.*

«Perché dovrebbe essere quello il mio tipo?»

«Lo sai.»

«No.»

«Ti interessa più la confezione del contenuto.»

Lei piazza le mani sui fianchi. «Quindi sono superficiale?» Ruota la testa e so di essere nei guai. «Perché *diavolo* tu pensi di conoscermi abbastanza bene da predire qual è il mio tipo va oltre la mia comprensione. Non mi conosci per niente.»

«Certo che ti conosco.»

«No, neanche per sogno.»

È talmente, totalmente falso che devo correggerla. Conto sulle dita. «Sei a bolletta, non hai il senso degli affari, hai un caratteraccio, perfetto a letto e terribile per gli affari, e qui si torna all'impresa che sta fallendo, e non sai quando arrenderti.» Davanti al suo silenzio, penso a un altro punto in modo da finire le dita. «Sei troppo testarda e indipendente e questo non ti è certo d'aiuto.» Tecnicamente sono sei punti, ma tengo alzata solo una mano.

Lei alza la testa. «Tu preferisci che le tue donne siano docili e dipendano da te.»

«Preferisco una donna di buon senso.»

Le sue guance diventano rosse. «Vai all'inferno!»

Mi mostra il dito medio ed esce marciando dalla stanza.

Devo veramente smettere di farla arrabbiare. Non è che stessi cercando di insultarla. È veramente troppo testarda e indipendente, cercando di mantenere a galla quel ristorante, ignorando tutti i mei suggerimenti e rifiutandosi di accettare un prestito da Harper. Immagino di capirne il motivo, visto che sono amiche d'infanzia, ma comunque... Il resto era tutto vero e lei lo sa.

Resto seduto lì per qualche momento, chiedendomi se raggiungerla e chiederle scusa. È venuta qua, durante una tempesta, per rallegrare mia sorella e ha portato i sandwich di biscotto e gelato fatti in casa.

Torno in cucina e trovo Kayla seduta sull'isola, che legge sul telefono. Palla di Neve mi segue.

Kayla alza gli occhi. «Sydney è uscita di corsa.»

Ignoro la fitta di senso di colpa «Stava solo cercando di arrivare a casa prima che la tempesta peggiori.»

Palla di Neve mi guarda ansiosa. Il suo istinto canino aveva approvato Sydney. Ho fatto un casino.

Sydney

Accidenti a lui! Mi ha ammorbidito con quell'atteggiamento protettivo da fratello maggiore e poi *zac!* Insulti a gogo. E pensare che sono venuta qua nel mezzo di una tempesta di neve con i sandwich al gelato per aiutare sua sorella! È così che mi ringrazia. Insultando me, il mio ristorante e il mio buon senso!

Basta. No ho avuto abbastanza del Tafano.

Perfino la neve che scende copiosa non riesce a spegnere il calore della mia rabbia. Esco proprio mentre la tempesta sta aumentando e gli alberi si piegano per il vento. Vado verso la mia vecchia Honda nera, spalanco il bagagliaio e prendo il raschietto per il ghiaccio. Parabrezza anteriore, posteriore, finestrini laterali. Ributto il raschietto nel bagagliaio e salgo in fretta al posto di guida. Merda. Ho lasciato la paletta da gelato nella sua cucina. Avrei dovuto portar via tutti i sandwich di gelato. Non merita i miei rifornimenti essenziali per le tempeste di neve. Adesso dovrò andare a casa senza niente.

Rabbrividisco e mi chiedo se sia il caso di tornare dentro a prendere la mia roba. Non voglio che si goda il mio cibo. Voglio che mangi la polvere. *Dimenticalo.* Voglio solo andarmene da qui. Metto in moto e alzo il riscaldamento al massimo. Giuro che è l'ultima volta che mi insulta e che sarò più che contenta se non lo vedrò più.

Avanzo lentamente, non voglio che le gomme slittino sulla neve fresca. Un *crac* mostruoso fende l'aria proprio un attimo prima che un enorme abete incomba sopra di me. Urlo mentre si schianta davanti alla mia auto, che trema per l'impatto. In orizzontale il tronco è quasi alto come la mia auto. Mi metto una mano sul cuore che sta cercando di uscirmi dal petto, con l'adrenalina che mi scorre nelle vene.

Avrebbe potuto uccidermi.

Oh, mio Dio.

Avrei potuto *morire*.

Ho le mani che tremano. Sbatto le palpebre un paio di volte, ancora sotto shock. *Okay, sono viva.* È la cosa più importante.

Il mio cervello riprende a funzionare. Non posso aggirare l'albero. È troppo massiccio e attraversa il prato davanti a casa. Ha mancato il faro per un pelo. Se non posso girarci attorno significa... Oh no. No, no, no. Non posso essere bloccata qui.

Wyatt è l'ultima persona che voglio vedere adesso, o mai.

Prendo il telefono e chiamo Drew. Ha un pickup che funziona bene nella neve. Appena risponde, sbotto: «Un abete è caduto di fronte alla mia auto e non posso aggirarlo. Puoi venire a prendermi?».

«Dove sei?»

Mmm. Vorrà sapere che cosa diavolo ci faccio a casa di Satana. Da quanto ne sa, è così che lo chiamo. Probabilmente avrei dovuto dar retta al mio istinto. «Sono ancora in città. A casa di amici sulla Route 15.»

«La Route 15 è un disastro. Coperta di alberi e rami. Eli è lì fuori con il reparto stradale. Non è sicura. E non tentare nemmeno di andare a casa a piedi. Resta lì. Quale amica?»

Lui sa che Jenna e Audrey vivono vicino al centro. Detesto ammettere la verità. Mi sento stupida per aver rischiato di uscire durante una tempesta di neve solo perché ero erroneamente attratta dall'uomo sbagliato.

«Syd, che amici?»

«Wyatt» ammetto.

«Puoi restare lì? Potrei parlargli io, dargli un avvertimento.»

Mi agito, imbarazzata all'idea del fratellone che interviene a mio favore. Posso occuparmi io di Wyatt. Non che lo voglia, ma posso farlo. «No, va tutto bene. C'è sua sorella. Starò con lei.»

«Che cosa ci facevi fuori con questo disastro?»

Stavo seguendo un uomo con gli assorbenti.

Sospiro. «Ero andata a trovare sua sorella. Sta passando un momento difficile.»

«Fatti sentire con me o Eli domani. Uno di noi verrà a prenderti appena le strade saranno sgombre.»

«Okay, grazie.»

Chiudo la chiamata e fisso l'abete che mi ha fatto il favore di non uccidermi ma mi obbliga a passare più tempo con l'ultima persona sulla terra che voglio vedere. Ci vorrà un po' prima che vengano a rimuovere l'albero. Faccio qualche respiro profondo, cercando di calmarmi in modo da affrontare Satana come una persona razionale.

Non riesco a credere che dovrò passare la notte con il mio mortale nemico! Accidenti a te, albero!

Sobbalzo sentendo bussare al finestrino.

Wyatt mi sta fissando. «Stai bene?»

9

———

Wyatt

Quel rumore orrendo che ho sentito era un abete gigantesco che crollava sul mio vialetto. È atterrato a pochi centimetri dall'auto di Sydney. Avrebbe potuto ucciderla.

Non sta reagendo, è solo seduta lì e fissa l'albero, sotto shock. Niente sangue, grazie a Dio. La neve portata dal vento mi sferza, gli alberi scricchiolano sotto le raffiche. La neve li ha appesantiti ed è più facile che si rompano o crollino.

Busso di nuovo al finestrino. «Sydney?»

Lei continua a fissare l'albero davanti alla sua auto. Forse ha subìto un colpo di frusta per aver frenato di colpo.

Apro la portiera. «Sydney, stai bene?»

Lei si volta lentamente a guardarmi. «Sì. Sto bene.»

Le tendo la mano e l'aiuto a scendere dall'auto, fermandomi per prendere la sua borsa e chiudere la portiera. Lei rabbrividisce, incrociando le braccia contro il freddo. «Non riesco ad aggirarlo. Drew dice che anche le strade sono impraticabili.»

«Okay. Torna dentro prima che ci cadano addosso altri alberi.» Le metto un braccio intorno alle spalle e l'accompagno in casa.

Chiudo la porta alle nostre spalle proprio mentre un grosso ramo cade qui vicino. Lei mi afferra, stringendomi forte in vita. *Puro istinto, niente di personale.* Dev'essere terrorizzata.

Lascio cadere la sua borsa e l'abbraccio, tenendole la testa contro il mio petto. Sembra "giusta" tra le mie braccia, come nessuna mai prima. *Okay, pensa. Di che cosa ha bisogno?* Ovviamente passerà la notte qui. Fuori non è sicuro. Allento la stretta, rendendomi conto di colpo di quanta forza di volontà ci vorrà per tenerla a distanza. Non mi approfitterò della situazione. È sconvolta e probabilmente per nulla contenta di essere bloccata qui. *È brutto che sia contento che resti qui un po' più a lungo?* Avrò una seconda chance di legare con lei, anche se le circostanze non sono ideali. Sydney mi piace.

Lei si stacca. «Scusami.»

«Nessun problema. Mi dispiace per prima. Non avrei dovuto dire tutte quelle cose sul tuo ristorante e il tuo buonsenso.» Anche se si potrebbe pensare che non sia stato molto ragionevole venirci a trovare durante una tempesta di neve, ma sono contento che l'abbia fatto, quindi tengo la bocca chiusa. E il suo ristorante *sta* fallendo, ma adesso non è il momento per le scomode verità. Sto cercando di fare pace in vista della lunga notte che abbiamo davanti. Non voglio una guerra.

«Okay» risponde lei piano.

Palla di Neve si avvicina. Dev'essersi spaventata troppo quando è caduto l'albero se non abbaia. La prendo in braccio. «Vuoi tenerla tu?» *Un cuscinetto peloso. Perfetto.*

«Certo.» Prende Palla di Neve e la stringe a sé. Palla di Neve si agita, scodinzolando felice. Sydney è stata approvata da Palla di Neve e dovrei pensarci seriamente. Ha ringhiato contro quasi tutte le mie ragazze. Non che Sydney sia la mia ragazza. Ma c'è decisamente un'attrazione chimica, anche se a volte sembra più un'esplosione.

Indico a Sydney di seguirmi nella stanza del divano. Mi segue camminando lentamente. La cucina è vuota. Kayla deve aver capito che me ne occuperò io. Probabilmente guardava dalla finestra e, conoscendola, ci stava dando del tempo da soli. È un po' che dice che è ora di smettere di sprecare il mio tempo con donne che non mi meritano. Lei adora il suo fratellone. Giustamente.

«Possiamo guardare qualcosa sul mio laptop, se vuoi» dico una volta sul divano. «Potrai dormire sul divano stanotte.» Non mi volto a guardare la sua reazione, sono sicuro che sia inorridita. Se n'è andata di corsa perché l'ho fatta incazzare e ora passerà la notte con me. Non *con me*. Vicino a me.

Sydney, normalmente impetuosa, resta in silenzio. Sta cominciando a preoccuparmi.

Le indico di sedersi. «Vado ad accendere il fuoco.»

Lei indica il divano. «Non posso occupare il tuo letto. Tu dove dormirai?»

Sono così lieto che sembri di nuovo normale che quasi sorrido. Alzo una spalla come se la cosa non avesse importanza. Avrei dovuto comprare un divano letto, ma come potevo sapere che Kayla si sarebbe fatta viva e avrebbe avuto bisogno del mio letto? E so che è mia sorella, ma mi sembra strano perfino *pensare* di dividere il letto con lei. «Mi inventerò qualcosa.»

«Cosa?»

Mi accuccio davanti al camino e butto qualche legnetto sui ceppi. «Posso dormire sul pavimento con un cuscino e usare il cappotto come coperta.» Mi sento decisamente dickensiano. *Eccomi, un Oliver Twist miliardario.*

La soluzione più ovvia, che non ho intenzione di menzionare, è mettere la minuta Kayla sul divano mentre io e Sydney occupiamo il letto al piano di sopra. Niente da fare. Lei è sconvolta per il pericolo appena scampato. E sono passate solo poche settimane da quando Sydney ribolliva alla mia semplice vista. Solo perché avevo fatto qualche critica costruttiva sul suo ristorante in grosse difficoltà.

La guardo girando la testa.

Lei si siede cautamente sul divano. «Beh, grazie per la tua ospitalità.»

«È naturale.» Aggiungo altri legnetti e accendo il lungo fiammifero. Sono contento di avere un camino. Non avrei mai potuto fare una cosa simile nel mio appartamento in città. «Almeno abbiamo i sandwich al gelato.»

Accendo il fuoco e scuoto il fiammifero per spegnerlo. La guardo di nuovo da sopra la spalla. «Che tu ci creda o no, ho anche del cibo vero.»

«Uhm, che cosa per esempio?»

Torno a occuparmi del fuoco e prendo un attizzatoio per spostare i legnetti. Sembra che il fuoco abbia raggiunto il ciocco. Rimetto l'attrezzo sul suo sostegno. «Ho degli avanzi di cibo cinese e abbastanza roba per fare due tipi di sandwich, al tacchino oppure burro di noccioline e confettura.»

Lei sorride e mi sento stringere lo stomaco. È splendida quando sorride. «Di che altro si può avere bisogno?»

Punto un dito verso di lei. «Sandwich di biscotti e gelato.»

«Allora siamo a posto. Grazie ancora per l'ospitalità. So che è un inconveniente per voi.»

«Un cadavere nel vialetto sarebbe stato un inconveniente. La tua compagnia è un piacere.»

Lei resta a bocca aperta, poi si affretta a chiuderla forte.

«Sono contento che non ti sia successo niente.»

«Anch'io.»

Passa il tempo di un battito e l'unico suono che si sente sono lo scoppiettio del fuoco e il vento che soffia tra gli alberi. Il sangue mi scorre forte nelle vene, il momento è all'improvviso carico di tensione.

Palla di Neve salta giù dalle braccia di Sydney e trotterella verso di me.

Sydney si alza e va alla finestra sul lato della casa, guardando oltre la tenda temporanea che ho installato. «La neve si sta veramente accumulando.»

Cerco il laptop e mi rendo conto che Kayla deve averlo portato di sopra con lei. «Vuoi che vada a prendere il laptop? Potremmo guardare qualcosa.»

«Va bene.»

Quindi immagino che ci parliamo. Probabilmente è meglio farlo da una certa distanza. Adesso, Palla di Neve è rannicchiata di fronte al fuoco. Vado a prendere il suo lettino dal lato del divano proprio mentre Sydney si siede in un angolo. Guarda oltre il bracciolo, osservandomi.

«Hai preso un lettino rosa con il monogramma per il tuo cane?» mi chiede.

Sento che sta trattenendo una risata. «L'aveva già quando l'ho presa. Inoltre, come farebbe a sapere qual è il suo letto se non ci fosse scritto il suo nome?»

Lei ride, una risata profonda che mi prende per le palle. Probabilmente mi piace quanto i suoi occhi lampeggianti e il suo temperamento fiero.

Attraverso la stanza, sollevo Palla di Neve e la metto nel suo lettino accanto al camino. Lei sospira. Non abbastanza vicina perché le scintille possano raggiungerla, ma abbastanza per sentirne il calore. Poi prendo dalla mensola una grande ciotola di plastica con gli attrezzi per la sua toilettatura e mi siedo a gambe incrociate sul pavimento accanto a lei.

«Andiamo con ordine» dico a Palla di Neve. «Conosci la routine.» La tiro in grembo e lei mi rivolge un'occhiata infastidita. Aggiungo una piccola quantità di dentifricio al sapore di pollo al suo spazzolino e mi metto al lavoro.

«Lavi i denti del cane?» chiede Sydney.

Io resto concentrato, assicurandomi di pulire ogni zanna fino alla gengiva. «Non può farlo da sola, no?»

«Immagino di no. Solo, non sapevo che si facesse.»

«È particolarmente importante per gli shi tzu per via del loro prognatismo. È facile che i denti si carino e poi il veterinario dovrebbe estrarli.» La sua precedente proprietaria mi ha insegnato tutto ciò che avevo bisogno di sapere.»

Sydney resta in silenzio. Sento che sta osservando la nostra routine serale. Devo completarla, prima di farmi distrarre da Sydney e dimenticarmene. Inoltre, le darà tempo per sentirsi a suo agio con me. Sono più parole che ci siamo detti senza che mi guardasse furiosa. Io non la guardo mai storto, sorrido. Specialmente quando qualcosa mi diverte. Sydney ammattisce quando lo faccio.

Finito con i denti di Palla di Neve, prendo una salviettina morbida per pulirle gli occhi e le orecchie, lei lo tollera con pazienza. È lo stesso rituale che sopporta da quando era un cucciolo. «Finito» dico a Palla di Neve. «Adesso puoi dormire accanto al fuoco.» La rimetto sul suo lettino e lei si raggomitola, contenta.

Ritiro gli attrezzi e mi volto a guardare Sydney, che sta controllando il suo telefono. «Lavo le mani e preparo la cena. Per ora c'è ancora solo un bagno. È al piano di sopra, se ne hai bisogno.»

«Grazie» mi risponde dolcemente.

Sono tentato di indagare su quella dolcezza, è la prima volta che la sento così, ma prima ho bisogno di lavarmi.

Dopo essermi lavato le mani nel bagno al piano di sopra, mi guardo allo specchio e mi liscio i capelli. Ho bisogno di farmeli tagliare. I miei capelli possono diventare ingestibili, con onde folte. Se li lasciassi crescere, assomiglierei di sicuro a Kayla. E parlando di lei...

Busso alla sua porta e poi la apro quando non risponde. È seduta sul letto con il mio laptop e gli auricolari.

Si toglie un auricolare. «Come va con Sydney? Si sta riprendendo dallo spavento?»

«Sì e passerà qui la notte. Non si può spostare l'albero né può uscire nella tempesta. Scendi con noi e porta il laptop.» Ho bisogno di qualcuno tra di noi in modo da non essere tentato di fare una mossa. Sydney è vulnerabile e scossa, ed è obbligata a restare qui. Non posso approfittarne.

Kayla ha un sorrisetto sulle labbra e gli occhi che scintillano maliziosi. «Oh, non so, forse vi piacerebbe conoscervi meglio» dice ammiccando esageratamente.

Sento una fitta di panico. «Si sentirà più a suo agio se ci sarai anche tu. Inoltre hai il laptop.»

«Dio non voglia che tu parli veramente con una donna e provi a conoscerla.»

«La conosco già abbastanza. E vuoi cenare, no? Quindi scendi. Potrai parlare con Sydney mentre io preparo.»

Lei agita le mani. «Posso prepararmi un sandwich in qualsiasi momento, o mangiare un po' di quel *lo mein* che è avanzato.» Mi guarda piegando la testa. «Allora come si fa per dormire?»

«Lei dormirà sul divano e io sul pavimento. Per favore, puoi scendere per un po'?»

«Ma non hai altre coperte. Come farai a restare al caldo?»

Chiaramente non ha intenzione di unirsi a noi.

Rinuncio. «Userò il cappotto.»

Kayla aggrotta le sopracciglia e poi si illumina. «So cosa fare. Le chiederò se vuole fare una specie di pigiama party con me. Possiamo dividere il letto e tu potrai restare sul divano.»

«Bene.» Mi volto per andarmene.

«Sei arrabbiato perché la volevi tutta per te?»

Mi volto. «Non sono arrabbiato. Ti ho chiesto di raggiungerci.» *Non volevo avere la tentazione a portata di mano e adesso non l'avrò. Nottata tra donne. Io sarò da solo con la mia compagna pelosa, come al solito. Bene.*

Vado alla porta.

«Non tutte sono come Julia» dice Kayla a voce bassa.

Mi blocco e poi scuoto la testa ed esco. Le mie sorelle credono che Julia mi abbia incasinato la testa e che sia il motivo per cui non ho una relazione seria da tre anni. Non è quello il motivo. Mi ha tradito? Sì. Ma mi è passata. In effetti, dopo due anni con lei, mi ero reso conto che il mio errore più grande era stato cercare di farmi una famiglia troppo presto. Si dovrebbero godere i vent'anni e incontrare tanta gente diversa. Divertirsi e tutta quella roba.

Ora che ho trent'anni è lo stesso. Perché diavolo no?

10

Wyatt ritorna con un'espressione irritata sul volto.

Dev'essere a causa mia. È irritato perché deve tollerare un'ospite inaspettata per la notte, che lo priverà del suo letto. «Non ti darò fastidio.»

Lo vedo trasalire come se l'avessi sorpreso. Probabilmente era soprappensiero. «Cosa?»

«Non voglio diventare un inconveniente. Mi farò un sandwich e giocherò sul mio telefono. Non noterai nemmeno che sono qui. E dormirò sul pavimento con la mia giacca invernale, okay? Tu potrai continuare a usare la tua solita roba e dormire sul divano.»

Lui mi fissa. «Di che diavolo stai parlando?»

«Di non diventare un fastidio?»

«Non sei un fastidio. E non dormirai nemmeno sul pavimento, ridicolo. Vieni. Andiamo a mangiare.»

Sembra ancora un po' incazzato per qualcosa. Forse Kayla gli ha dato sui nervi. So che i fratelli riescono a infastidirti molto in fretta.

Lo seguo in cucina. «Tua sorella sembra adorabile.»

«Già.» Picchietta sull'isola con entrambe le mani. «Allora che cosa vuoi per cena?»

«Qualunque cosa non voglia tu.»

Lui scuote la testa, borbottando tra sé e sé mentre va verso il frigorifero. Prende quattro contenitori di cibo cinese e li mette sull'isola, elencando il contenuto. «Scegli.»

«Posso avere un po' di tutto?»

«Certo.»

Wyatt prende i piatti e le posate. Poi mi fa segno di servirmi per prima. Sta parlando a monosillabi in quel modo che hanno gli uomini quando cercano di non dire che cosa li sta infastidendo. Non ci conosciamo abbastanza bene da fare pressioni, quindi lascio che rimugini, immaginando che gli passerà presto. È così con i miei tre fratelli e i tre uomini con i quali ho fatto abbastanza sul serio da capire i loro cambiamenti di umore.

Mi servo, attenta a lasciarne abbastanza per lui e Kayla.

Lui mette il mio piatto nel microonde senza dire una parola e poi si serve, riempiendo il suo piatto. Quando la cena è calda, mangiamo in silenzio seduti intorno all'isola della cucina. È un silenzio confortevole, in effetti, la stanza è calda e luminosa rispetto alla tempesta che sta ancora infuriando di fuori. In lontananza sento il ruggito del vento tra gli alberi.

«Spero che non resteremo senza corrente» dico.

La sua forchettata di broccoli si ferma a metà verso la bocca. «Sarebbe un disastro. Succede spesso?»

«Tre o quattro volte l'anno vuol dire spesso per te?»

«Sì.»

«Allora sì.»

«Allora perché l'agenzia immobiliare non me ne ha parlato? Avrei preso delle precauzioni.»

Avvolgo un po' di *lo mein* intorno alla forchetta. «Probabilmente erano talmente contenti di vendere finalmente questo posto che non volevano menzionare nessun fatto negativo. Il problema è il vento che spezza i rami e abbatte interi alberi, come hai visto, e cadono le linee elettriche. E ci vuole un po' prima che la società elettrica arrivi fin qua. E prima che possano intervenire, il reparto stradale deve togliere rami e alberi caduti, poi la società elettrica potrò occuparsi dei cavi. All'Horseman Inn abbiamo un generatore per le cose essenziali. Dovresti ordinarne uno per questa casa.» Mastico il *lo mein*. Sono sorprendentemente affamata, tenendo conto che ho mangiato un sandwich al gelato non molto tempo fa. Immagino che rischiare di morire abbia stimolato il mio appetito. Sono così grata di essere seduta qua, al caldo, nutrita, al sicuro dalla tempesta. Chi sapeva che potessi sentirmi così bene intrappolata con Wyatt Winters?

Wyatt fa una smorfia. «Qui siamo veramente in mezzo al nulla. Prima scopro che l'acqua viene da un pozzo e che ho una fossa settica e adesso devo farmi l'elettricità da solo. Poi che cosa ci sarà? Dovremo cucinare il cibo nel camino?»

«Sii pronto per tutto. Ovviamente non sei mai stato un boy-scout.»

Un angolo della sua bocca si alza in un sorrisino che fa sorridere anche me. Il suo malumore sembra essere passato, sostituito dal Wyatt che conosco e che amo. *Mi piace. Che mi piace. A volte.* «Ero troppo occupato a smontare computer e a costruire qualcosa di meglio.»

«Ah, eri uno di quei gatti di casa, rintanato nella tua caverna nel seminterrato a lavorare sui computer.» Tossisco. «Nerd.»

Lui mi punta addosso la forchetta. «Devi sapere che sono il primogenito e l'unico maschio e avevo la mia stanza in cui rifugiarmi. Comunque sono stato ripagato.

Ho venduto la mia prima startup a diciannove anni e altre due da allora.» Comincia a mangiare con gusto.

Mangio qualche altro boccone, riflettendo su quello che fa con il suo tempo libero. «Ho sentito che sei andato in pensione ma che ti occupi ancora di tecnologia nel tuo tempo libero, solo perché ti piace, giusto? Su che cosa stai lavorando adesso?»

«Niente da fare. Non voglio più essere incatenato a un computer. Ho visto la luce.» Stringe gli occhi e guarda il soffitto. «Ed è quella del sole.»

Rido. «Okay, quindi hai scoperto di poter uscire all'aperto, e adesso?»

«Sto restaurando questa casa.»

«E?»

«E poi mi rilasso.»

Bevo un sorso d'acqua. «È noioso.»

Lui mi guarda negli occhi e dice in tono sensuale: «Finora no».

Distolgo gli occhi, con le guance in fiamme. Era... Sexy. E aveva appena accennato a flirtare. Ho solo sentito le intenzioni nel basso ventre. No. Non è vero che desidero l'uomo cui ho intenzione di chiedere un prestito. Ora che ci stiamo parlando civilmente, dovrei affrontare l'argomento e poi dirgli come lo ripagherei con gli interessi. Non voglio che pensi che voglio i suoi soldi. Okay, sì, ma sarebbe una transazione vantaggiosa per entrambi. Se solo riuscissi a capire che cos'ho da offrire in cambio, che non sia un pezzo del mio ristorante. Quello è un limite che non ho intenzione di superare.

E non serve dire che manterremo strettamente professionali i nostri rapporti. Sesso e affari non vanno d'accordo. Non che Wyatt e io stiamo per fare sesso. Dio, è passato così tanto tempo che mi sta ossessionando. Devo iscrivermi a una di quelle app di appuntamenti per incontrare qualcuno.

Il fatto è che se supero quel limite, lui non mi rispetterà come donna d'affari. E il rispetto è *tutto*. Voglio essere presa sul serio. Conosco il mio campo. Mi sono solo trovata in una situazione difficile.

Sento che mi sta fissando. Non sta mangiando. Mi sta solo studiando. Siamo abbastanza vicini da cogliere il suo profumo pulito e il lieve odore di fumo di legna. Mi cade lo sguardo sulle sue labbra sensuali. Lecco le mie. Noto di colpo il silenzio teso, ricco di possibilità e vedo i suoi occhi ardenti, proprio come nei miei sogni. Mi manca il fiato e sento un brivido di eccitazione percorrermi la schiena. *Di' qualcosa!* «Allora che cosa succederà quando avrai finito i lavori?» La mia voce risuona un po' acuta. Mi schiarisco la gola. «Comprerai un'altra vecchia casa da restaurare?»

Wyatt ritorna alla sua cena, mangiando un boccone di pollo. «Non lo so. Non ci ho ancora pensato.»

Finisco la cena con i pensieri che rimbalzano nella testa. E adesso? Conversazione intima accanto al fuoco? Guardare un film insieme sul suo laptop? Abbracciarlo di nuovo? Era così bello essere tra le sue braccia. Come se niente potesse toccarmi in quel rifugio sicuro. E questo dall'uomo che pensavo fosse stato messo sulla terra per infastidirmi.

Datti una calmata, Syd. Chiedigli il prestito. Mantieniti professionale.

Wyatt sparecchia e poi mi dice: «Andiamo, torniamo all'unico posto dove ci si può sedere in questa casa».

Lo seguo sul divano e guardo il fuoco scoppiettante. Palla di Neve è raggomitolata nel suo lettino davanti al camino. «Deve piacerle stare vicino al fuoco perché non ha nemmeno cercato di elemosinare il cibo in cucina mentre mangiavamo.»

«Dorme sempre dopo la sua routine serale. La sua cena è alle tre e non si aspetta nient'altro fino al mattino.»

Guardo il divano. Ci sono tre cuscini. Mi siedo su quello vicino al bracciolo, per mantenere una distanza professionale. Lui si siede accanto all'altro bracciolo e mi rivolge un sorriso a labbra strette, a disagio. Mi fa sentire ancora più un'ospite indesiderata. Merda. Come faccio a chiedergli un prestito quando sembra così a disagio?

Torno alle chiacchiere. «Sei salito in cima al faro?»

Lui ridacchia e agita le dita verso di me. «Vuoi dire il mio covo segreto?»

Mi sposto cautamente verso di lui. «Com'è?»

Mi guarda malizioso. «Giuri che non lo dirai a nessuno?»

«Oooh, c'è qualcosa di buono nascosto lì.» Alzo una mano. «Lo giuro.»

Wyatt si china in avanti, dicendo in tono misterioso: «Non è un faro».

«No? Accidenti, che delusione. Ovviamente non avrebbe avuto senso, qui, lontano dal mare.»

«È una torre idrica e l'ultimo proprietario l'ha fatto sembrare un faro perché gli piacevano i fari.»

Una torre idrica ha molto più senso in un terreno agricolo. «Mistero risolto.» Arriccio il naso. «Penso che lascerò che resti un mistero per il resto della città. È più divertente così.»

«Certo che lo farai. Hai fatto un giuramento di sangue.»

Inarco le sopracciglia. «Non proprio, ma il tuo segreto è al sicuro con me. Mi chiedo come mai nessuno lo sappia.»

Si tira indietro, allargando le braccia sullo schienale. «Per saperlo bisognerebbe venire nella proprietà e indagare da vicino. Non credo che il precedente proprietario avesse molti visitatori. Era vedovo e suo figlio era morto giovane. Ho cercato la sua storia.»

«È triste. Dev'essersi sentito solo.»

«Probabile. Spero avesse un cane.»

Sorrido. «Non ti avevo mai immaginato come il tipo di uomo con un cagnolino bianco chiamato Palla di Neve.»

«Stai dicendo che il nome non è adatto? Sembra una palla di neve.» Palla di Neve alza la testa, guarda stancamente Wyatt e torna a dormire.

«No, sei tu quello che non quadra.»

«Perché? Che tipo di cane dovrei avere?»

Immagino immediatamente il cane dall'aspetto compiaciuto che ho visto una volta in un meme, senza rimorso dopo aver mangiato il sandwich del suo proprietario. «Un alano.»

«Perché?

«Uhm, nessun motivo.»

Lui si china verso di me e sembra più affascinante che arrogante. Il mio polso accelera come un matto. «Dai, puoi dirmelo.»

«Perché tu, uhm, a volte sembri soddisfatto e compiaciuto come quell'alano nel meme che aveva leccato il burro di noccioline dal sandwich del suo proprietario mentre lui non guardava. Prima, cioè, quando ti ho visto al mio ristorante. Adesso no, adesso sei okay.» *Bel salvataggio. Chiedigli del prestito.*

Lui stringe le labbra, con gli occhi che brillano divertiti. «Non sono compiaciuto. Ho solo ragione.»

Mi scaldo immediatamente. «Che tu critichi non significa che tu abbia ragione.» *Ti rende solo arrogante, sicuro della tua cosiddetta superiore conoscenza.*

«Sydney, Sydney, Sydney, non ti sto criticando. Ti sto dando consigli utili per il tuo ristorante. Potrebbe migliorare in molti modi. Io lo so e lo sto facendo sapere anche a te. Prego.»

Lo guardo stringendo gli occhi.

Lui mi punta il dito addosso. «Stavo aspettando quello sguardo a occhi stretti. Lo stato naturale della tua faccia quando ci sono io.»

Irrigidisco le spalle. Mi dico di calmarmi. Mi ha accolta e nutrita. Mi sta dando il suo letto. Non che io abbia intenzione di accettarlo. Il punto è che non voglio litigare con lui. Voglio arrivare a un accordo d'affari. Come fa un uomo a essere generoso e irritante allo stesso tempo?

Lui sogghigna e giuro che lui sappia quanto mi infastidisce quel sorrisetto. Vuole il litigio. Mi rifiuto. Sono qui come ospite a casa sua e sarò cortese e gentile. Rilasso i pugni.

«Allora,» dico fintamente allegra, «che cosa facciamo adesso?» È il mio modo discreto di dire che dovremmo smettere di parlare perché ci porterà solo a un furioso litigio e poi, a che punto sarei? Sono bloccata qui con un uomo che sembra metà angelo e metà demone.

«Ti offrirei un drink, ma ho finito il vino grazie alla sbronzona al piano di sopra e dubito che ti piaccia il whisky.»

«Perché lo credi?»

«Le donne tendono a preferire i drink dolci e fruttati. Non che tu sia un tipo dolce, anche se i tuoi occhi mi ricordano il miele.»

Nascondo un sorriso, sentendomi calda dentro. Era quasi un complimento. I suoi occhi mi ricordano il whisky, ma lo tengo per me. «La maggior parte degli uomini pensa che io sia abbastanza spigolosa da permettermi un drink forte.» Che posso dire? Non chiederò scusa perché sono una donna forte che dice ciò che pensa.

Lui indica la mia testa. «Spigolosa vorrebbe dire capelli

con le punte e piercing. Tu devi frequentare il parrucchiere regolarmente come mia sorella Paige. Una massa di capelli color Tiziano appena ondulati.»

Immagino che avere sorelle significhi che conosca le sfumature di colore dei capelli. Sono veramente lusingata dalla sua descrizione. «Io vado dal parrucchiere una volta l'anno per un taglio. Questo è il mio colore naturale.»

Lui allunga la mano come se volesse toccarli, poi la lascia cadere. «Wow. Paige ucciderebbe per avere i tuoi capelli. Per i suoi ci vuole un'intera squadra per gli highlight e per acconciarli e non so nemmeno io che cos'altro.»

Arrossisco, con le ciglia che fluttuano. «Grazie.»

«Inoltre i tuoi vestiti aderiscono sempre alle tue curve come se volessi far sapere al mondo che sei una donna sexy. Le persone spigolose hanno qualcosa da dimostrare. Tu sei solo sicura di te stessa.»

Resto a bocca aperta a quel complimento oltraggioso anche se sento una fitta di calore. Pensa che sia sexy.

Wyatt continua come se non avesse appena detto una cosa lusinghiera, quasi provocante. «Solo un fatto incontrovertibile. Chiedi a chiunque.»

È come se avesse elaborato un'argomentazione logica sul perché non sono spigolosa. Mi vede come una donna bella, sexy, sicura di sé. Non ho mai ricevuto un complimento migliore in tutta la mia vita. Anche se il whisky è perfetto per una fredda serata d'inverno, non lo chiedo. Le mie difese stanno crollando già così. Non ho bisogno che anche le mie inibizioni volino fuori dalla finestra.

«Grazie, Wyatt.»

Lui piega la testa, con gli occhi che si addolciscono. «È un fatto.»

Vorrei avvicinarmi, sentire di nuovo le sue braccia intorno a me. Il cuscino in mezzo a noi sembra uno spazio enorme da attraversare. Sembra che non riesca a muovermi. Wyatt è il tipo che lo direbbe, se mi volesse più vicina. Basta vedere il modo semplice in cui ha parlato del "fatto" che sono una donna sexy con dei magnifici capelli.

Aspettate, che cosa sto pensando? Non ho intenzione di superare quel limite con una persona con cui ho intenzione di fare affari. Di colpo ho paura che riesca a vedere tutti i diversi impulsi che scorrono dentro di me: il desiderio di avvicinarmi, la necessità di non superare i limiti.

Mi concentro sul fuoco, su qualunque cosa che non sia la mia intensa attrazione. Quei complimenti mi hanno fatto sentire tenera. «Capisco perché Kayla abbia bevuto tutto il vino. È una parte integrante dell'elaborazione della rottura, insieme al gelato o al cioccolato. Io mangerei mezzo chilo di gelato al cioccolato...»

«Cioccolato, l'antidepressivo naturale per le donne.»

«Uh-uh, e poi brucerei ogni fotografia o souvenir in effige di quella relazione.»

Lui si china in avanti. «Lo fai spesso?»

«Non spesso.»

«Momento della verità. Quanti compagni seri hai bruciato in effige?»

«Tre ex seri. Uno più che altro per la catarsi. Era il mio ragazzo alle superiori. Siamo andati in due college diversi e questo è quanto.»

«Perché hai rotto con gli altri due?»

«Uno perché litigavamo di continuo ed era ovvio che non stesse funzionando, e uno perché...»

Mi guarda, aspettando che continui.

Deglutisco forte. «Solo perché.»

Lui fissa il fuoco. «Non dirmi.»

«Ha detto che non era più innamorato di me.» Mi avvolgo le braccia intorno alla vita, abbracciandomi da sola. Quella rottura è stata dura.

Lui si volta a guardarmi. «Eri ancora innamorata di lui?» chiede e la voce è sorprendentemente gentile.

«Beh, sì. È stato uno shock sentirlo.»

Wyatt scuote la testa. «Probabilmente ti stava tradendo.»

«Cosa?»

«Sto solo dicendo: come fa una persona a essere innamorata e poi di colpo non esserlo più? Probabilmente c'era un'altra.»

Rifletto, sconcertata. «È perfino peggio. Non ho mai fatto domande. Ho solo voltato pagina.»

«La mia ex è andata a letto con il mio ex-migliore amico. Adesso sono sposati.»

Spalanco gli occhi. L'ha detto in modo così diretto, semplice, ma deve aver fatto male. «Oh merda. Come l'hai scoperto?»

«Un giorno sono arrivato a casa ed erano entrambi lì, seduti al tavolo da pranzo, con la faccia seria. Hanno detto che avevano una cosa da dirmi.»

«No! Ti hanno teso un'imboscata sul tuo terreno? Che cosa hanno detto?»

«Lei ha detto che non era più innamorata di me. Vedi, questa roba non succede solo a te. E poi hanno aggiunto che si amavano, che era una cosa seria e che avevano intenzione di sposarsi.»

«Che cos'hai fatto quando hanno sganciato quella bomba? Io avrei visto rosso.»

«Io divento freddo quando sono furioso, quindi li ho ringraziati per avermelo detto, poi li ho mandati fuori e ho detto loro che non volevo più vedere nessuno dei due. Poi me ne sono andato. Ho venduto la casa, abitavo in California, e mi sono trasferito a Manhattan. Non volevo niente che mi ricordasse quei due.»

«Quanto tempo fa è successo?»

«Tre anni fa.»

Probabilmente non ha più avuto una relazione seria da allora. Sarebbe difficile fidarsi, dopo un doppio tradimento. «Wow, è perfino più tremenda della mia storia.»

Lui fa un sorriso sghembo. «Vinco io.»

È un sorriso triste e ho voglia di abbracciarlo. Sento un'ondata di emozione per tutto ciò che ha condiviso. È sorprendentemente aperto e sincero. Mi fa venire voglia di parlare di più, di scoprire tutto ciò che c'è da sapere su di lui. Mi piace, davvero. E non nel modo professionale che intendevo. Non va bene. Lo so, ma non riesco a evitare che mi risucchi. Quanti uomini avrebbero accettato di essere vulnerabili in questo modo?

Wyatt cambia argomento. «Sei sempre vissuta a Summerdale?»

«Per la maggior parte della vita. Mi sono trasferita per andare al college e ho vissuto a Hoboken per un po' per lavoro prima di venire a casa per gestire il ristorante. E tu? Sei cresciuto in California?»

«Nel New Jersey. Mia madre è professore di Storia all'università di Princeton. Mio padre era un professore di matematica.»

«Quanti anni avevi quando lo avete perso?»

«Tredici.» Si batte il petto con entrambe le mani. «Ecco l'uomo di casa.»

Mi si stringe il cuore. Conosco quella sensazione. Io mi ero assunta il compito di cucinare e pulire come faceva mia madre e mi occupavo dei miei fratelli minori. Ero la donna di casa. «Mia madre è morta quando avevo dodici anni, quindi ti capisco. Ero l'unica ragazza e le sue responsabilità sono ricadute su di me. Voglio dire, volevo aiutare, cercando di far sembrare che fosse ancora con noi. Era un'infermiera e mio padre...» Mi manca la voce. «Dio, è passato un anno e sembra solo ieri.» Sbatto le palpebre per ricacciare le lacrime. Detesto piangere. «L'Horseman Inn era suo. Io sono la quarta generazione. L'aveva ereditato Drew, il maggiore dei miei fratelli, ma ha detto che era un pozzo senza fondo e sono intervenuta io per salvarlo.»

Wyatt resta in silenzio, con gli occhi dolci.

Faccio un respiro profondo per calmarmi.

«È dura perdere un genitore» dice dopo un momento. «Mio padre è morto d'infarto all'improvviso; è successo dal nulla, e non c'era più, proprio nel momento in cui si stavano scatenando tutti gli ormoni adolescenziali.» Alza gli occhi al soffitto. «Tempismo perfetto, papà.» Torna a guardarmi. «Ma mi sono dimostrato all'altezza, mi sono preso cura delle mie sorelle e ho aiutato mia madre quando ne aveva bisogno.»

Ora capisco perché Kayla sia corsa da lui durante la crisi e perché aveva pensato che fosse normale che Wyatt si occupasse di procurarle gli assorbenti. Lui si è *sempre* preso cura di lei. Kayla sembra giovane. Doveva essere piccola quando era morto il padre.

«Io sono stata fortunata: avevo due fratelli maggiori e mio padre è subentrato, diventando un genitore più presente. Loro si sono presi cura di me mentre io mi occupavo della casa e del mio fratellino più piccolo.»

«Tre maschi ti hanno cresciuto durante la tua adolescenza?» mi tira una ciocca di capelli. «Capisco perché sei una dura.»

Sorriso apertamente. «Non sono dura, sono forte.»

«Okay, Sydney. Te lo sei guadagnato. Condividerò il mio whisky con te.» Si alza e mi offre la mano. «È quello buono, da assaporare.»

Fisso la mano che mi offre, il suo invito ad avvicinarmi. Esito. Il mio cervello mi grida di mantenere le distanze. Ma il resto di me? È inesorabilmente attirato.

Appoggio la mano sulla sua e il calore avviluppa la mia

più piccola mentre mi aiuta ad alzarmi. «Mi assicurerò di farti rapporto sulla qualità al palato e sulla sua essenza.»

«Mmm. Mi piace quando parli *whiskese*...»

I nostri sguardi si incrociano per un momento, densi di significato, prima che mi dia uno strattone, portandomi in cucina.

11

____

Davanti a un bicchierino di whisky costoso, ridiamo come pazzi delle bravate dei nostri fratelli minori. Io ho dovuto dirgli di quando Caleb, a sei anni, aveva mostrato le chiappe al pubblico durante la recita scolastica perché aveva pensato che fosse più divertente della noiosa recita e ho dovuto giurare sulla mia vita di non ripetere alcune delle cose che avevano fatto le sue sorelle. _Ih-ih, ma io so quello che so, Kayla, Paige e Brooke!_

Adesso siamo piuttosto rilassati e sorridiamo un sacco.

Wyatt si china verso di me sopra l'isola della cucina. «Vuoi che strappi il laptop dalle grinfie di Kayla per guardare un film o qualcosa?»

Rido. «Può stare con noi.»

«È quello che le ho detto» dice Wyatt raddrizzandosi. «Probabilmente è tutta presa da uno dei suoi show. Sta facendo una maratona da quando è stata lasciata all'altare, per così dire. Tecnicamente è stata lasciata a un tavolo.»

Reprimo una risatina. Lui agita le dita rivolte verso di me, sorridendo.

Fa un gesto magnanimo. «Oppure potremmo continuare a parlare.»

«Di che cosa?»

«Non lo so. Non è quello che piace alle donne, parlare?»

Fingo di schiaffeggiarlo, agitando una mano davanti alla sua faccia. «Per essere un uomo con tre sorelle, sei piuttosto sessista.»

«Non sono sessista. Io *capisco* le donne perché ho tre sorelle. A loro piace parlare.»

«Non tutte le donne sono come le tue sorelle.»

Lui unisce le mani come se stesse pregando e guarda in alto. «Grazie a Dio.»

«Sei fortunato che Kayla non ti abbia sentito» dico ridendo.

Wyatt sorride. «Lo so. Allora, sembra che torniamo al divano per altre chiacchiere, chiacchiere, chiacchiere.» Poi sospira a lungo, anche se i suoi occhi scintillano di buonumore. Viene dalla mia parte e poi mi fa segno di precederlo.

Mi siedo sul cuscino accanto al bracciolo, come prima, e lui in quello in mezzo, proprio vicino a me. Mi piace. Ha un buon profumo, di bosco, e mi sento più legata a lui dopo aver parlato tanto. Il whisky mi fa sentire bene e rilassata. O forse è solo il fatto di averlo vicino.

«Allora, che cosa c'è di nuovo nella vita di Sydney Robinson?»

Mi piace sentirgli dire il mio nome completo con la sua profonda voce baritonale. E giusto anche. Non quella roba di Cindy. «Niente di nuovo. Ho passato gli ultimi sei mesi cercando di far diventare l'Horseman Inn un'impresa di successo che avrebbe reso orgoglioso mio padre.»

Wyatt ha un accenno di sorrisetto sul volto. «Eppure non vuoi accettare nessuno dei miei utili suggerimenti.»

Nonostante il whisky, quel sorrisetto mi irrita. «La nostra birra è buona.»

«La vostra birra fa schifo. Inoltre devi migliorare il menu.»

Alzo una mano. «Non voglio litigare con te.»

«E allora non farlo.»

Mi sposto per guardarlo in faccia. «Stai cominciando a farmi incazzare.»

«Perché? È un fatto incontrovertibile. Quel posto ha bisogno di miglioramenti, quindi miglioralo.»

«Non è così facile! Siamo quasi al fallimento. Mio padre... Lascia perdere.»

«Tua padre ti ha lasciato dei debiti, giusto? Non è assolutamente possibile che tu possa averlo portato a quel punto in soli sei mesi, oltretutto senza aver speso nulla per i miglioramenti. Stai cercando di proteggere la sua memoria proprio come lui aveva protetto te nascondendo i suoi guai finanziari.»

Resto a bocca aperta per la sorpresa. «Come fai a sapere che li aveva nascosti?»

Lui fa spallucce. «È quello che avrebbe fatto un padre iperprotettivo. Perché vi voleva bene e non voleva che vi preoccupaste. Mio padre aveva fatto lo stesso con noi. Aveva investito in borsa e alla fine aveva perso un sacco di soldi. Strano, analitico com'era, comprava e vendeva più che altro per impulso emotivo. Comprava azioni in crescita e vendeva nel panico quando crollavano. Ho visto i rendiconti. Mia madre è riuscita poco per volta a farci uscire dai debiti. Fortunatamente, le mie sorelle e io abbiamo potuto frequentare gratuitamente il college a Princeton, dato che mia madre era una docente. Ha funzionato tutto. Quant'è alto il tuo debito?»

«Duecentomila. Sto facendo dei pagamenti mensili, ma se ne mancherò uno, la banca comincerà il procedimento per il pignoramento. Ho già mancato tre pagamenti l'ultimo trimestre. Ogni mese ci arrivo a malapena. Sono a posto con il pagamento di gennaio grazie alla raccolta fondi della vigilia di Capodanno. Per febbraio, non lo so.» Espiro rumorosamente. «È veramente stressante sopravvivere un mese per volta, senza sapere per quanto tempo riuscirò a tenerlo in vita.»

Wyatt ascolta tutto senza fare una piega. «Certo. Inoltre hai bisogno di altri soldi per una ristrutturazione.»

«Sì, se decido che è quella la strada.»

«È la strada che devi prendere se vuoi sopravvivere.» Alza una mano. «Potrei aiutarti. Potrei investire nella tua impresa, ma dovremmo essere soci alla pari. Voglio poter dire la mia.»

Me lo aspettavo, ma in me tutto si ribella. L'Horseman Inn è della mia famiglia, niente outsider. *È ora di negoziare.*

«Un'altra cosa. Non puoi fare l'arrabbiata e perdere il controllo mentre lavoriamo insieme. Per me non funzionerebbe e sinceramente è il motivo per cui non ti ho offerto prima il mio aiuto. Certo, è divertente, se non c'è niente in gioco.»

«Divertente?» gli faccio eco, incredula. «La mia rabbia era legittima.»

«Ma io non voglio affrontare una battaglia ogni volta che dovremo fare un cambiamento. Ovviamente, per salvare quel posto ci vogliono cambiamenti importanti. Lo status quo non sta funzionando.»

Mi irrito. Come se fosse colpa *mia* se in passato abbiamo litigato. Mi contraddice apposta. Allento le mascelle contratte. Devo dimostrarmi superiore, fargli vedere come posso essere professionale.

«È una bella offerta, Wyatt, ma non voglio un socio. Speravo in un prestito che avrei ripagato con gli interessi.» *Un prestito a lungo termine.*

«Allora vai in banca.»

Mi blocco. *Harper non gli ha già parlato della mia situazione?* Sta cercando di intrappolarmi con la logica e obbligarmi a cedere una quota. «Ho già provato con le banche.»

«Niente da fare, eh? Non mi sorprende. Le banche non vogliono prestare soldi a chi è già fortemente indebitato. Sono stranamente riluttanti.»

Fisso nel vuoto davanti a me, cercando di capire se c'è qualcosa su cui potrei fare leva. Detesto che abbia lui tutto il potere. I suoi soldi. Ma è il mio ristorante. Ogni altro Robinson se l'è cavata bene da solo. Beh, tranne papà, ma sono sicura che non sia stata colpa sua. La città era in una fase di transizione, quando molte famiglie se ne stavano andando, a volte dopo la pensione, e non molti prendevano il loro posto. Le famiglie giovani hanno cominciato a notare Summerdale solo di recente. Probabilmente perché la nostra scuola superiore è stata classificata tra le migliori dello Stato.

«Ecco la verità» mi dice. «Stai gestendo quel posto da sei mesi e sta andando a fondo. Coinvolgimi e avrà successo. Ho lanciato da solo tre aziende di successo. L'ultima l'ho venduta a un social media gigante per un importo ridicolmente alto. Per non parlare della mezza dozzina di imprese in difficoltà per cui ho fatto da consulente e investitore, riportandole in utile. Io faccio il mio lavoro e va meglio per tutti.»

«Che modestia» borbotto.

«Sono solo fatti» dice semplicemente Wyatt. «Conosco il mio mestiere.»

Mi volto verso di lui, cercando di non far traspirare la disperazione dalla mia voce. «Non ho bisogno di un socio, ho solo bisogno di un prestito.»

«I soldi arrivano con me. Non investo alla cieca in un'azienda, senza poterne avere il controllo. Per favore, non dirmi che sei un altro dei falsi amici che sono interessati solo ai miei soldi.»

«No! Ovviamente no. Non te l'avrei nemmeno chiesto se non fossi sull'orlo del pignoramento.»

Lui studia il mio volto. «Bene.»

Penso che a questo punto sia ancora più importante che resista all'attrazione. Superare quel confine gli farebbe pensare che lo sto usando. Perché dev'essere lui la soluzione di tutti i miei problemi e il primo uomo da cui sono attratta da molto, molto tempo?

«Allora?» mi chiede.

Mi alzo, mettendo un po' di distanza tra di noi. «Devo essere io la proprietaria. È l'eredità della mia famiglia.»

Lui piega la testa di lato. «Così testarda. Anche questo è un tratto di famiglia?»

Ignoro la provocazione. Non ho intenzione di cambiare idea sulla faccenda della proprietà. Vado verso il camino, fissando le fiamme che danzano. So che è una brava persona, altrimenti non si sarebbe preso cura di sua sorella. E anche del cane! Guardatela, tutta viziata, raggomitolata nel suo morbido lettino monogrammato. Le ha lavato i dentini. Potrebbe funzionare, con una giusta trattativa. Solo non so che cosa posso offrirgli in cambio.

«Dove hai preso Palla di Neve?» gli chiedo.

Lui le dà un'occhiata. «Bel cambio di argomento. Allora abbiamo finito di parlare della tua situazione disperata?»

Tengo gli occhi fissi su Palla di Neve perché sono sicura che adesso Wyatt abbia un sorrisetto sul volto. «Ero solo curiosa di sapere come mai avevi un cagnolino così carino.»

«Per farla breve: la sua proprietaria, una vecchia signora, è morta.»

Mi volto verso di lui. «Voglio la versione più lunga.»

Sul suo volto appare l'ombra di un sorriso e vengo

nuovamente attratta da lui. Attraverso la stanza e mi siedo accanto. Dev'essere solo il sorrisetto strafottente che mi fa ammattire.

«Viveva nell'appartamento sotto il mio, in città. Ci vedevano spesso in ascensore perché portava a spasso Palla di Neve all'ora in cui io uscivo per andare a pranzo. Io accarezzavo Palla di Neve e parlavamo un po'. Io e Mary Pat, voglio dire. Palla di Neve non sa parlare.» Io rido e lui sorride. «Un giorno ho notato che Mary Pat non c'era. Era fragile, aveva più di ottant'anni, quindi mi sono preoccupato. Ho bussato alla sua porta e mi ha detto che non si sentiva bene, quindi mi sono offerto di portare io Palla di Neve a fare la sua passeggiata. Stavo uscendo comunque e un cagnolino così piccolo non ha bisogno di lunghe passeggiate. Niente di che.»

Sento una stretta al cuore. Un uomo generoso che non vuole vantarsi per ciò che ha fatto. «Sono sicura che l'abbia apprezzato.»

«Già. È quello che aveva detto. Il cane si era abituato a me, immagino, e Mary Pat diventava sempre più debole. Avevo tentato di farla andare da un medico o almeno di mettermi in contatto con la sua famiglia, ma aveva rifiutato. Ho scoperto dopo che aveva un cancro ai polmoni all'ultimo stadio ed era stanca degli ospedali. Diceva sempre che il suo corpo era stanco e che non c'era niente che si potesse fare. Andavo da lei tutti i giorni per dar da mangiare e far fare una passeggiata a Palla di Neve e controllare lei. Quando alla fine è andata in ospedale, ho portato Palla di Neve nel mio appartamento. Mary Pat è morta in ospedale qualche giorno dopo.»

«Mi dispiace.»

Lui annuisce. «Era una donna gentile. Sono andato al suo funerale e ho tentato di dare Palla di Neve a suo figlio, che viveva nell'Oregon, ma il suo condominio non ammetteva animali e comunque lui non la voleva. Sua figlia viveva su nel Maine e aveva già sei figli e due cani, quindi non se la sentiva di prendere un altro animale. Mi hanno chiesto di trovare una nuova casa per Palla di Neve.» Fa spallucce. «Non è stata una decisione difficile. Tutta la sua roba era già a casa mia.»

Sento il cuore che si scioglie. «Mi piace questa storia. Un lieto fine per Palla di Neve. Sai che ciò che hai fatto è meraviglioso, vero?»

Wyatt si strofina la nuca. «Palla di Neve era abituata a me. Che cosa avrei dovuto fare, rifilarla a uno estraneo?»

È una persona perbene, ragionevole e di buon cuore. Di colpo so che cosa posso offrirgli. «La storia che mi hai raccontato mi ha fatto capire che cosa posso darti in cambio. Come tu hai aiutato la tua vicina, io posso aiutare te. Che ne dici? Tu mi fai un prestito e io sarò a tua disposizione finché non lo avrò ripagato. Posso sovraintendere gli operai, portare a spasso il tuo cane, qualunque cosa di cui tu abbia bisogno.» Sono così contenta della mia soluzione, che andrebbe a vantaggio di entrambi, che la sua risposta mi prende alla sprovvista.

«Qualunque cosa? E se dicessi che mi serve un'amante?»

Resto a bocca aperta, senza parole, anche se il mio cuore accelera per l'eccitazione.

Lui sogghigna. «Ah, no, scherzavo. O divento socio altrimenti niente da fare. Non ne abbiamo già parlato?»

Vorrei prenderlo a calci. E al contempo vorrei baciarlo. *E se non avesse scherzato? Amante a pagamento?* Mi prendo mentalmente a sberle da sola. *Che cosa stavi pensando? Non sei in vendita.*

Wyatt mi rivolge un lento sorriso sexy come se sapesse che cosa sto pensando e si china verso di me, mormorando: «Ah, Sydney, l'espressione dei tuoi occhi rivela molto».

Sento un brivido percorrermi la schiena. «Stavo solo pensando. Allora niente da fare. Siamo a un punto morto.» La mia voce suona sospirosa.

Le sue parole risuonano calde sopra le mie labbra. «Allora, nessun rapporto professionale?»

C'è un momento di tensione palpabile, sento il cuore che batte nelle orecchie. Se supero questa linea è finita. Non ci sarà più alcuna possibilità di lavorare insieme. Sesso o affari, desiderio o necessità. Quale è più forte? Non riesco a pensare quand'è così vicino. È tutto incasinato nella mia mente.

«Wyatt» sussurro. «Non posso.»

Si tira indietro. «Che cosa non puoi?»

Non posso baciarti. Non posso lavorare con te. Non posso rinunciare al controllo della mia impresa. Non so più quale *non posso* sia più importante. Il mio corpo vibra per il desiderio e il suo sguardo cerca il mio.

Wyatt indica tra di noi. «Sono confuso. È perché non vuoi lavorare con me oppure...»

Gli afferro la testa e lo bacio. Un bacio forte e breve, come se dovessi togliermi il pensiero. Non riesco a resistere all'impulso.

La sua reazione mi stupisce. Mi restituisce il bacio, le labbra scivolano sulle mie in una carezza che mi toglie il fiato, prima di appoggiarle più fermamente. È tenero, eppure sicuro come se se lo aspettasse, se fosse inevitabile. Alza una mano per appoggiarmela sulla guancia, con il pollice che accarezza il punto sensibile proprio sotto l'orecchio. Le farfalle prendono il volo, mi viene la pelle d'oca. Gli metto le braccia intorno al collo e mi lascio andare. Sento il calore invadermi mentre la sua lingua esplora. Le sue mani mi accarezzano le spalle e scendono lungo la schiena, fermandosi vicino al mio sedere. Mi sento invadere dal desiderio, come una pulsazione insistente.

Wyatt interrompe il bacio, strofinando il pollice sul mio labbro inferiore. «Sydney.» Mi studia, con un atteggiamento rilassato ma serio. «Allora...» Lo dice lentamente, come se dovessi io finire la frase.

Gli fisso la bocca. Voglio di più. È così sbagliato? Non siamo in affari insieme. Mi ha offerto di aiutarmi a condizioni che non posso accettare. Quindi significa che non ci sarà un accordo.

Mi rivolge un lento sorriso sensuale. «Che cos'era?»

«Cosa?»

«Mi hai baciato.»

«Anche tu.»

«E?»

Aggrotto le sopracciglia. «Sai, rendi tutto irritante e difficile.»

Wyatt mi mette la mano dietro il collo e mi tira vicino. «Perché stai sfoderando gli artigli?» Ha il solito sorrisetto strafottente sulle labbra mentre mi scosta i capelli dalla faccia.

Lo diverto. Al diavolo.

Lo bacio di nuovo, rudemente, basta giochini. Lui risponde al fuoco col fuoco. La bocca diventa imperiosa, la lingua che scorre sulla mia. Ciò che era cominciato come una scintilla diventa un inferno di desiderio. Scendo con le mani in fondo alla sua maglia e le infilo sotto. Il palmo incontra pelle calda, passando sopra addominali sodi e poi un ampio torace. Le sue mani scivolano dalla nuca alle spalle, ai fianchi e poi al sedere. E mi tira sotto di lui sul divano, con la coscia infilata tra le mie che causa una frizione deliziosa. Sto pulsando per il desiderio, voglio di più.

Tiro la sua maglia e lui interrompe il bacio, si siede e se

la toglie passandola dalla testa. È favoloso, muscoli definiti con una spolverata di peli che spariscono in una linea sottile sotto la cintura. L'eccitazione aumenta e poi mi blocco, sentendo qualcuno che mi fissa. Incontro i grandi occhi curiosi dello shih tzu. Palla di Neve vuole sapere che cos'è questa attività. Mi rendo conto di colpo che siamo in bella vista, in una stanza senza porta. E sua sorella è al piano di sopra.

Gli metto una mano sul petto proprio mentre lui si china per un altro bacio. «E Kayla?»

«Sta guardando il suo show preferito e ha gli auricolari. Non preoccuparti per lei.»

Lo allontano con uno spintone, mi alzo, riprendo la sua maglia e gliela getto. «Niente da fare, siamo in bella vista.»

La maglia resta nelle sue mani, la pelle è dorata e i piani sodi del suo corpo stupendo mi tentano disperatamente. «Dov'è il tuo senso dell'avventura?»

«Non sono per il sesso in pubblico.»

«Stavamo per fare sesso? Pensavo stessimo solo pomiciando.»

Le mie guance si infiammano. Oops. Immagino non fossimo sulla stessa lunghezza d'onda. Di solito non mi muovo così in fretta, ma mi sta tentando da settimane, non sto con nessuno da troppo tempo ed era così... Così... Tanto che tutto ciò cui riuscivo a pensare era la sua pelle sulla mia, sensuale, e la soddisfazione finale. Adesso sarebbe il momento giusto per filarmela alla chetichella, se non fossimo intrappolati qui dalla tempesta di neve.

Wyatt si rimette la maglia. «Non avevo capito, ma ci sto. Credimi. Che ne dici di metterti sotto la coperta mentre vado a prendere un preservativo in camera mia?»

Do un'occhiata al divano, a metà tra il desiderio e l'agitazione.

Mi tira verso di lui prendendomi per la cintura finché

siamo uno contro l'altro e mi avvolge le braccia intorno. «Dimmi esattamente qual è il problema e io lo risolverò.»

Mi tiro indietro, agitando freneticamente le mani. «Non è così che voglio interrompere il mio periodo di magra! Oltretutto sono sicura che Palla di Neve ci guarderebbe con attenzione!» Palla di Neve piega la testa sentendo il suo nome. «Visto? È già orribile che per me siano passati dieci mesi e che il mio ex non riuscisse a farmi venire.» Mi metto le mani sui fianchi, pensandoci. «Non era completamente colpa sua. Mi ero detta che era il tipo di uomo che *avrei* dovuto volere, serio e responsabile. Non mi innervosiva in nessun modo, quindi la relazione era tranquilla e confortevole.» Stringo gli occhi guardandolo. «A quanto pare preferisco uomini arroganti che mi fanno ammattire metà delle volte.»

«Eccellente. Vado...»

«Ehi, gente, che succede?» dice Kayla entrando nella stanza con il laptop.

Lascio cadere le mani lungo i fianchi. *Grazie al cielo siamo vestiti.* «Non molto, stavamo solo parlando.»

Wyatt mi dà un'occhiata divertita.

«Volete guardare un film con me? Il mio show mi fa piangere troppo.»

L'espressione di Wyatt diventa immediatamente più dolce, comprensiva. Mi guarda per chiedere il mio parere. Non sopporta che sua sorella pianga. Perfino davanti alla possibilità di fare sesso (speravo ancora di capire come), la sua famiglia viene al primo posto. Sono molto legati. Proprio come me e la mia famiglia.

«Certo, sembra una bella idea» dico a Kayla, cercando di sembrare cortese. Sono sia irragionevolmente irritata per la brusca fine dell'eccitazione sia intenerita dal fatto che Wyatt tenga tanto alla sua famiglia. Wyatt mi rivolge uno sguardo di apprezzamento. *Sì, già, tanto non è che potessimo fare qualcosa, qui, in bella vista.* È meglio così. Comunque stavo affrettando troppo le cose. Mi sono solo eccitata molto in fretta. Di solito il desiderio non mi fa diventare irragionevole se non viene soddisfatto.

Ci sediamo tutti e tre sul divano con Kayla in mezzo. «Bello,» dice Kayla, sospirando, «mi sento già meglio.»

«Bene» risponde Wyatt. «Ora scegli qualunque film che non sia una commedia romantica.»

12

___

Wyatt

Continuo a dare occhiate di nascosto a Sydney mentre *Mamma Mia* scorre sullo schermo. Decisamente una commedia romantica, ero in minoranza. Quel bacio, intenso, famelico. Il suo profumo dolce, insieme a qualcosa di solo suo, era inebriante. Sapevo che sarebbe stato così. Il modo in cui battibeccavamo... Sentivo la tensione.

Appena la possibilità di fare affari insieme è sparita, mi sono buttato.

E mi ha baciato *lei*.

Normalmente mi prendo tutto il tempo, non volendo mai fare pressioni a una donna per arrivare a un rapporto fisico, quindi sono rimasto sorpreso quando ha cominciato a lamentarsi del sesso in pubblico. Dal primo bacio al sesso? Diavolo, sì! Se è quello che vuole lei, io ci sto. Mi piace moltissimo e ammiro la sua grinta. E sono maledetta-mente stanco di donne frivole cui interessa più che tipo di auto guido di quello che penso. Non che Sydney sia d'accordo con tutto quello che dico, ma lo prende sul serio.

Colgo il suo sguardo e lei apre leggermente la bocca. *Sì, mi vuole.*

Gli affari sono affari e non si tratta più di quello. Niente campanelli d'allarme. Nessun conflitto d'interesse. Solo due adulti consenzienti che si annusano da quasi due mesi. Sono preoccupato per i suoi debiti? Sì. Ma lei vuole fare le cose a modo suo e lo rispetto. Alcune imprese non sono più vitali ed è importante sapere quand'è l'ora di tirarsi indietro. È intelligente. Capirà che cosa deve accadere. Solo, non sarà con il mio aiuto. E, in effetti, ne sono lieto. Adesso non devo preoccuparmi che mi voglia solo per i miei soldi.

Un momento. Non sta usando il sesso per ottenere i miei soldi, vero? Detesto perfino pensarlo, ma sono stato scottato troppe volte. La guardo di nuovo e lei sorride, con le guance lievemente rosate, come se ricordasse il nostro bacio.

Guardo in avanti. Okay, non ho intenzione di chiuderla qui prima di darle una possibilità. Starò attento. Manterrò le cose informali. E se poi dovessi scoprire che è solo un espediente, beh, sarà la fine.

Anche se mi sento spinto a salvarla. Non questa volta. Ho imparato la lezione nel modo più duro. Nel frattempo, perché non godermi quello che sta offrendo?

Oltretutto, ha l'approvazione di Palla di Neve. Che altro potrei chiedere? Ah.

Appena finisce il film mi alzo, batto le mani e le strofino. «Io sono esausto. È ora di andare a letto. Chi vuole andare in bagno per primo?» Guardo mia sorella, sperando che capisca l'antifona, vada a prepararsi e poi a letto in modo che possa fare la mia mossa. Sydney non può lamentarsi di essere in bella vista se Kayla sta dormendo. E abbasserò le luci. Si potrebbe addirittura dire che è romantico. Cosa che farò.

«Non ho uno spazzolino da denti, né altro» dice Sydney.

«Vieni con me» dice Kayla. «Puoi prendere in prestito la mia roba. Beh, non lo spazzolino, per quello puoi usare un dito.»

Vanno insieme al piano di sopra.

Guardo Palla di Neve che dorme profondamente nel suo lettino accanto al fuoco. Non ci darà fastidio. Comunque, sarà meglio che la porti fuori per farle fare pipì. Copro il fuoco, lasciando che si spenga lentamente.

Qualche minuto dopo, mi sto gelando il culo mentre Palla di Neve è ferma nella neve e mi guarda storto.

«Prima farai quello che devi, prima tornerai nel tuo lettino.»

Lei mi volta la schiena.

Non ho messo la giacca perché avevo fretta. Sento le palle che si raggrinziscono. «Fai pipì» le ordino.

Lei annusa intorno e poi guarda verso i boschi, alzando le orecchie.

«Sbrigati.» Volto la schiena al vento gelido e torno a guardarla. «Sì, c'è un cervo e ci sono altre bestie. Vuoi tornare nel tuo lettino, giusto? Fai quello che devi fare.»

Finalmente si decide.

«Brava ragazza. Brava, brava, brava.» La prendo in braccio e mi precipito dentro. Rabbrividisco violentemente al cambio di temperatura. La rimetto sul suo lettino, afferro la coperta dal divano e me l'avvolgo intorno. Che cosa non si fa per un cane.

Sento risate femminili venire dal piano di sopra. È bello che vadano d'accordo. Non potrei mai frequentare qualcuno che non piaccia alle mie sorelle. La tensione familiare sarebbe insopportabile. Le mie sorelle non esiterebbero a dire la loro. A voce altissima.

Cammino avanti e indietro per un po', agitato, poi

sistemo il cuscino e la coperta sul divano, puntando a una sessione "sotto coperta". Una mossa falsa e rotoleremmo giù. Stirarsi un tendine è una possibilità concreta. Ci sono alcune posizioni che funzionerebbero, ma non è l'ideale. Sono abituato ad avere a disposizione un letto king-size. Peccato che sia in magazzino.

Poco dopo Sydney torna indossando una mia vecchia t-shirt di Princeton che le arriva oltre i fianchi e un paio di pantaloni di felpa di Kayla che le arrivano ai polpacci. Normalmente io dormo con i boxer, quindi non ho niente di mio da darle. È fottutamente adorabile.

Vado da lei, guardandola da capo a piedi. «La tua metà superiore sembra si sia ritirata e quella inferiore che tu sia un gigante. Una stranissima illusione ottica.»

«Grazie» dice un po' seccamente. «Il bagno è tutto tuo.»

«Certo.» Mi chino verso di lei e le sussurro all'orecchio: «Poi saremo finalmente soli».

Lei arretra di un passo. «Uhm, già, niente da fare.»

Mi insospettisco immediatamente, ricordando le risate femminile che ho sentito. «Kayla ti ha detto qualcosa di me?»

«Ad esempio?»

«Non lo so.»

«C'è qualcosa che dovrei sapere?»

«No.» Tranne che Julia mi ha distrutto e che non ho più preso nessuna sul serio da allora. Inoltre, ci siamo scambiati i nostri racconti di guerra di ex orribili che pretendevano di amarci quando non era vero.

Lei stringe gli occhi, sospettosa.

Alzo le mani. «Sono innocente.»

«Mmm. Suppongo che se avessi oscuri segreti non ti confideresti con la tua sorellina, visto che la vizi.»

«No, mi prendo cura di lei.»

«È una donna adulta.»

«Sta solo passando un brutto momento. Ha bisogno di me.»

Sydney continua a guardarmi. «Dimmi, come mai Kayla dorme nel tuo letto e tu ti arrangi in un divano troppo corto per la tua statura, su cui invece lei starebbe comoda?»

«Ti ho detto che sta passando un brutto momento...» dico indicando il piano di sopra, «con tutto quel piangere e il resto. Chiunque sarebbe sconvolta se il fidanzato l'avesse lasciata all'altare.»

«Okay, ma mi ha detto che è qui da più di due settimane.» Fa spallucce e giocherella con l'orlo della maglia di Princeton. «Forse potreste scambiarvi di posto mentre lei recupera, ecco tutto.»

Si accende una lampadina e leggo tra le righe. Sta dicendo che il sesso sarebbe possibile se fossimo insieme nel mio letto, con Kayla al piano di sotto. Ma se caccio Kayla dalla stanza per fare sesso, poi lei non tornerebbe più nella mia stanza e resterebbe sul divano chissà per quanto. Non è la soluzione ideale, con tutti i lavori in corso. Non la voglio da sola quaggiù con un mucchio di uomini sconosciuti che lavorano vicino. Sì, sono iperprotettivo. Specialmente con lei perché è la piccola di famiglia.

«Buonanotte, Wyatt» dice Sydney con intenzione.

Devo aver esitato troppo a lungo. «Okay, ho capito.» Mi volto e corro fuori dalla stanza, diretto al piano di sopra.

«Non so di che cosa parli!» grida Sydney.

«Aspetta!» Mi piace il modo in cui scherza con me. La maggior parte delle donne fa di tutto per accettare tutto quello che dico, rispondendo a tutto con paroline dolci, e so che è perché pensano solo a se stesse. A ciò che posso dare loro.

Vado in bagno per la mia solito routine prima di andare nella mia stanza. Busso.

«Entra» dice Kayla. È già infilata sotto le coperte e sembra così giovane e fragile.

Okay, allora non posso cacciarla fuori. Basta guardarla. Piano B. Sedurre Sydney tanto da non farle nemmeno notare che siamo su un divano. O forse contro la parete. Potrebbe funzionare.

«Ehi, dovevo solo prendere una cosa.» Mi accuccio sul mio borsone nell'angolo e prendo dalla scatola una fila di preservativi. Tre vuol dire essere ottimista, ma non si sa mai.

«Wyatt!»

Rimetto i preservativi nella scatola con aria colpevole. «Che c'è?»

Lei si mette seduta. «Che cosa stai facendo?»

«Niente, dormi.»

«So che aspetto ha un preservativo.»

Li prendo di nuovo, li infilo nella tasca posteriore e mi alzo. «Beh, uhm, buonanotte.»

«Sydney dice che non state insieme.»

«Non ancora, ma lo vorrebbe.»

«Tu come fai a saperlo?»

Ha discusso profusamente di privacy. Mi desidera. «Lo so e basta.»

Lei scuote la testa. «La mamma ha sempre detto che il sesso è migliore quando si ama qualcuno.»

Reprimo la rispostaccia che vorrei darle perché mi piacerebbe crederle. «La mamma è una donna intelligente.»

Kayla spalanca gli occhi, seria. «Sei innamorato di lei?»

Indico la porta. «Devo proprio andare. Hai tutto quello che ti serve?»

Lei dà una pacca sul letto. «Vieni qua. Smettila di

cercare di uscire. Sono preoccupata per te. Da quanto io mi ricordi, hai sempre avuto relazioni orribili.»

Abbasso la testa, sapendo che non lascerà perdere. Le sorelle possono parlare fino a sfinirti. Mi siedo sulla sponda del letto. «Non preoccuparti. Palla di Neve ha approvato Sydney.» Penso al carattere forte e risoluto di Sydney, a quanto sia decisa a mantenere in vita le tradizioni della sua famiglia e mi ricorda di stare sul chi vive. Non so fino a dove arriverebbe per salvare il suo ristorante.

«Siete già usciti insieme?»

«Qualche volta.» Se si conta che mi sono fatto vivo per mesi al suo ristorante e i nostri continui battibecchi. Il modo in cui si è data una pacca sul sedere, rivolta verso di me, è una delle volte che preferisco.

«Okay, è un buon inizio. Penso che la mamma abbia ragione. È per quello che aspetterò il matrimonio.»

Sbatto gli occhi. Sta aspettando il matrimonio. Una vergine di ventiquattro anni. Penso immediatamente al tizio che l'ha lasciata all'altare. Scommetto che voleva sposarla per poter finalmente fare sesso, ma poi non è riuscito ad accettare di essere legato. Merda. Non posso dirglielo.

«Wyatt?»

«Buon per te.»

Lei si torce le mani e dice con un filo di voce: «Ripensandoci, penso che fosse per quello che Rob era così ansioso di sposarmi».

Rob. Ho finalmente un nome. Dottorando. Stessa università. Adesso posso restringere la ricerca, rintracciarlo e prenderlo a calci in culo. «Se è quello il motivo, allora stai meglio senza di lui.» Era decisamente quello il motivo. Che altra ragione poteva avere per volerla sposare così in fretta per poi tirarsi indietro?

Kayla sospira. «Lo so.»

Mi alzo. «Okay. Vado a...»

«Penso che sia un errore aspettare. Pensi che abbia rovinato tutto?»

Rifletto attentamente prima di parlare. Non voglio che si senta peggio di quanto sia ora. «Dovresti fare quello che ti sembra giusto per te. Se è aspettare il matrimonio, allora è quello che dovresti fare.»

Kayla arriccia le labbra. «Immagino che *non* aspettare non abbia funzionato meglio per te.»

«Sesso e amore non sempre vanno di pari passo. Per me almeno.»

Kayla scuote lentamente la testa. «Forse dovresti accettare il suggerimento della mamma e aspettare l'amore e io dovrei fare il contrario, così gli uomini non vorrebbero sposarmi in tutta fretta solo per fare sesso.»

Apro la bocca e la richiudo. Francamente parlare di sesso con la mia sorellina non rientra nelle mie abitudini e l'ultima cosa che voglio è darle un cattivo consiglio. «Pensaci ancora un po'. Magari parlane con Paige o Brooke.» Sarebbe meglio consultarsi con le sorelle in una situazione simile.

Lei aggrotta la fronte. «Loro non credono sia giusto aspettare. Dicono che la mamma non sa di che parla perché si è sposata molto giovane e che mi sto perdendo qualcosa.»

«Mmm, davvero? Uhm.» Sto sprofondando nell'imbarazzo. È la mamma che si è occupata di parlare di sesso. Non mi piace nemmeno *pensare* alle mie sorelle che fanno sesso o non lo fanno ma ne parlano. *Adesso posso andare?*

Kayla continua: «Affermano che la mamma l'ha detto solo perché non voleva che restassimo incinte e finissimo per lasciare la scuola».

Probabilmente è vero. Nostra madre è astuta. Per me, si

è limitata a mettere una scatola di preservativi nella mia stanza quando ho avuto la prima ragazza alle superiori, Tara, dicendomi di tenerlo coperto. Cosa che ho fatto. Mamma non ha mai parlato di sesso e amore nella stessa frase. Due pesi e due misure. Forse pensava che fossi innamorato. Più che altro ero innamorato del sesso anche se Tara mi piaceva. Molto. Dopotutto mi aveva permesso di fare sesso con lei.

Do qualche pacca sulla testa a Kayla, cosa che lei detesta. «Bella chiacchierata. Buonanotte.»

Kayla scende dal letto e strappa via la coperta. Poi tocca alle lenzuola. *Meraviglioso, mi sta lasciando il letto.* Ributta la coperta sul letto e prende un cuscino, poi si ficca le lenzuola sotto il braccio.

«Prenderò io il divano» dice. «Fatti il letto con la tua roba. Sydney e io dormiremo insieme. Ci stiamo entrambe sul divano, dormendo una di testa e l'altra di piedi.» Va alla porta.

«Oppure...»

Kayla volta la testa e mi sorride. «Lascerò scegliere a lei.»

Sydney

Mi sistemo sul divano usando il cuscino e la coperta di Wyatt e osservo Palla di Neve raggomitolata nel suo comodo lettino. Ho lasciata accesa la luce in sala da pranzo, attenuandola, in modo che Wyatt ritrovi la strada. So già che finirò stipata sul divano con lui perché non riesco a resistere all'attrazione. Ne ho avuto un assaggio e da allora muoio dal desiderio. Non ho mai saputo di poter desiderare tanto qualcuno. So che non succederà, ma il mio corpo dice una cosa diversa, nonostante sua sorella al piano di sopra, questa stanza senza porte e noi due stipati su un divano. Mi sono perfino rimessa i jeans per avere un aspetto più sexy, i pantaloni di Kayla non mi donavano proprio. Una volta che ci saremo liberati di questo folle desiderio, dovrò dormire sopra di lui per non cadere dal divano. O buttarlo giù a calci. Dio, a che cosa penso quando la libido vince sulla testa.

«Ciao.»

Mi affretto a sedermi sul divano, sorpresa di vedere Kayla. Grazie al cielo non sono nuda! Ha in mano un cuscino e delle lenzuola. Wyatt ha mandato giù sua sorella a dormire con me? Pensavo che fosse eccitato quanto me. «Dov'è Wyatt?»

«Gli ho restituito il suo letto. Non mi andava che dormisse sul pavimento quaggiù.»

Sono ridicolmente delusa. «Ah.»

Mi sorride. «Pensavo che potessimo dormire insieme.» Si appollaia sul bracciolo. «Io potrei dormire sul pavimento, oppure potremmo dormire una di testa e una di piedi. Non siamo molto alte, né tu né io, quindi potrebbe funzionare. Potremmo restare alzate fino a tardi per chiacchierare tra ragazze, come faccio con le mie sorelle.»

«Chiacchiere tra ragazze» ripeto. Non è che non abbia mai passato la notte con le mie amiche, ma, accidenti, pensavo che Wyatt volesse stare con me. Ha mandato giù sua sorella senza nemmeno darmi il bacio della buonanotte. È inaccettabile.

Mi alzo dal divano. «Grazie, ma puoi prendere tu il divano. Devo andare a parlare con tuo fratello.»

Lei annuisce. «Okay. Solo una cosa. Wyatt fa veramente schifo in fatto di relazioni. Dovresti stare con lui solo se ti piace veramente. Non è necessario che lo ami, per ora, ma pensaci, okay? Per lui ne varrebbe la pena.»

Sbatto gli occhi un paio di volte, senza sapere che cosa dire. Ero spinta dal desiderio e adesso lei sta entrando nel territorio delle emozioni. Non riesco a immaginare che Wyatt e io possiamo funzionare a lungo andare, visto come ci diamo sui nervi a vicenda. E anche se normalmente non voglio avventurette casuali, sono qui e ne ho bisogno.

«Capito» dico dopo un po'.

«Buonanotte.»

«Notte.»

Salgo e sbircio dalla porta aperta della stanza di Wyatt. Sta allargando una coperta scozzese blu sopra il letto. Si volta lentamente e sorride lentamente. «Hai scelto me.»

Chiudo la porta alle mie spalle. «Invece di passare la notte con tua sorella?»

«Sì. Ha detto che ti avrebbe lasciato la scelta di dormire con me o con lei.»

Scuoto la testa. «Voi due siete così strani. Sono venuta qua perché non mi hai nemmeno augurato la buonanotte.» Indico il piano di sotto. «Mi hai solo lasciata lì con lei.»

Lui fa il solito sorrisetto strafottente. «Sei di nuovo stizzita con me, Cindy?» Mi rendo conto di colpo che è il suo modo di scherzare: il sorrisetto, la scelta delle parole, chiamarmi con il nome sbagliato.

Sto al gioco, alzando il mento come se fossi veramente arrabbiata mentre tutto ciò che voglio è avvicinarmi e andare molto sul personale. «Sì.»

Viene verso di me, guardandomi come se fossi la sua preda. Sento il corpo che si scalda, anticipando l'impatto.

13

———

Wyatt mi spinge contro la porta, intrappolandomi con le mani ai lati della testa. «E sei salita solo per rimproverarmi per le mie cattive maniere?»

«Sì.» La mia voce esce un po' sospirosa.

Lui sorride, si china verso di me e parla vicino alle mie labbra, scaldandole. «Mi vuoi.»

«Sì.»

Le nostre labbra si uniscono per un bacio bollente, ricordandomi esattamente il motivo per cui sono salita: la passione. La cosa che mi è mancata per tutta la vita senza che nemmeno lo sapessi, fino a lui. Sa di menta, profuma di fresco, di bosco, e la sensazione è meravigliosa, con il suo corpo muscoloso premuto contro il mio. Mi bacia come se avesse tutta la notte. Ed è così, qui in questo posto senza tempo, con la tempesta di neve che ci intrappolerà per stanotte e fino a tardi domani. *Domani.*

Interrompo il bacio. «Cosa succederà dopo?»

Wyatt alza la mano e me la mette sulla guancia, accarezzandola. Mi appoggio, amando il suo tocco, non troppo leggero, solo giusto, fermo, sicuro. «Che cosa vuoi dire?»

Metto la mano sopra la sua, togliendola dalla mia guancia, in modo da potermi concentrare. «Non riuscirei ad affrontare l'imbarazzo del mattino dopo. Non so per quanto saremo bloccati qui. Potrebbe durare fino al tardo pomeriggio.» È sia un avvertimento sia una preoccupazione. Se è una cosa *una tantum*, normalmente vorrei andarmene appena possibile.

Wyatt mi passa il naso sul collo, facendosi strada verso l'orecchio. «Povera Sydney. Potresti veramente dover affrontare il tuo amante al mattino.»

«E sua sorella.»

Wyatt alza la testa, fissandomi con i suoi occhi colore del whisky. «Faremo sesso anche al mattino. Così non sarà imbarazzante. E quando avrò finalmente finito con te, sarai così rilassata che non riuscirai nemmeno ad alzare un dito, figurarsi esprimere un barlume di malcontento.»

Espiro un po' tremante. «Punti molto in alto.»

Lui chiude a chiave la porta, e il clic della serratura significa che ci siamo. «So di potercela fare. E se mia sorella te lo chiede, dille che sono importante per te. È sentimentale quando si tratta di queste cose.»

Lo fisso. Siamo così vicini che respiriamo la stessa aria. Dev'essere per quello che mi sento un po' stordita. Noi mi rendo conto che me l'ha detto per avvertirmi che è solo una cosa casuale. Quello che sta veramente dicendo è che lui non è sentimentale quando si tratta di sesso. Sembra che siamo d'accordo. A lungo andare finiremmo per ucciderci.

«Solo sesso.» La mia voce è più forte di quanto intendessi. «Va bene.»

Wyatt mi mordicchia il labbro inferiore. «Allora passiamo alla roba buona.» Si muove così in fretta che non ho il tempo di reagire. Mi solleva prendendomi in braccio. Mi depone sul letto e mi copre con il suo corpo, con l'ombra di un sorriso sulle labbra, prima di ricominciare a baciarmi. Sono finiti i baci lenti, che dovevano durare tutta la notte e questa aggressività è esattamente ciò di cui ho bisogno. Allargo le gambe, tirandolo più vicino. Il desiderio esplode mentre i nostri corpi si incastrano e torna la pressione, il bisogno di averlo dentro di me.

Gli passo le dita tra i capelli folti. Mi piace la sensazione, come amo il peso e il calore del suo corpo sopra il mio. Lui mi tiene il volto e la sua bocca mi rivendica con la barba morbida che struscia su di me. Il bacio continua, urgente e selvaggio, i miei fianchi si muovono ciecamente sotto di lui, chiedendogli silenziosamente di più.

Wyatt si siede sui talloni e si toglie la maglia. Io mi metto immediatamente seduta, esplorando il suo corpo con le mani.

«Aspetta» mi dice, senza fiato. Prende il telefono dalla tasca e preme qualche tasto. «Ho la sensazione che sarai rumorosa.» Un momento dopo risuona una canzone lenta e sexy. Appoggia il telefono sullo scatolone che sembra funga da comodino.

Stringo le labbra. «Lasciami indovinare. È la tua playlist per il sesso.»

«Ho premuto riproduzione casuale.» Mi mette la mano sulla nuca e ricomincia a baciarmi. «Tocca a te.» Mi toglie la maglia e slaccia il gancio anteriore del reggiseno. «Bello» dice in tono riverente, spingendomi di nuovo sul materasso.

Sospiro mentre lascia una scia di baci dalla clavicola al seno, fermandosi ogni tanto per mordicchiare e assaggiare. La barba struscia, aumentando la sensazione. Mi bacia tutto intorno al seno prima di prendere in bocca un capezzolo. Il mio respiro si frammenta quando succhia, creando una scia diretta di piacere fino al mio sesso. Sto pulsando dentro i jeans, con le dita infilate tra i suoi capelli. La pressione aumenta, bollente.

«Wyatt» dico ansimando. «I jeans devono sparire. Tutto.»

Lui abbandona il mio capezzolo, dopo un ultimo lento assaggio e mi guarda. «Tutto a tempo debito.» Poi mi bacia l'altro seno, sempre girando intorno. Sto per protestare che ho troppo bisogno di lui per andare piano, quando la sua mano scivola in basso, per slacciare il bottone e la cerniera dei jeans. *Sì!* Le dita scivolano sotto le mutandine e quasi grido per il sollievo.

«Sei così bagnata» dice, togliendo la mano dalle mutandine e portandosi le dita alla bocca per assaggiare.

Resto senza fiato e di colpo divento folle di desiderio. Lo allontano a sufficienza per spingere i jeans e le mutandine oltre i fianchi. Cerco di togliermeli, ma non posso farlo con lui quasi sdraiato su di me. «Via!» gli ordino.

«Io o i jeans?» chiede con un sorrisetto.

«Wyatt!»

«*Qualcuno* è prepotente. Dieci mesi devono essere un tempo *veramente* lungo senza fare sesso.»

Stringo le labbra. Probabilmente per lui non è passato altrettanto tempo.

Finisce di togliermi jeans e mutandine e li getta sul pavimento. Cerco di toccarlo, ma resta appena fuori dalla mia portata, inginocchiandosi ai miei piedi. Mi accarezza i polpacci, facendo scivolare lentamente le mani verso l'alto. «Perché hai aspettato tanto, Sydney? Sei bella, intelligente, vivace. Tutti ti vorrebbero.»

Sento i suoi occhi caldi su di me. È così dolce e non voglio ammettere la verità. Perché allora sembrerebbe che il mio ex mi abbia annientato dicendomi che non mi amava più, quando in realtà ero solo molto presa dal mio lavoro e tutto il resto. Non so che cosa dire, quindi non dico niente. Invece, ricomincio a muovermi, sperando che colga il suggerimento e si dia da fare.

Si stende sopra di me e mi bacia. «Okay, ragione di più per prenderci tutto il tempo.» La sua bocca lascia una scia ardente dalla gola fino al fianco, dove si ferma. Inserisce le mani tra le mie cosce e poi mi sorprende, spingendomi in alto una gamba e baciandomi dietro il ginocchio. Risucchio il fiato. È un punto squisitamente sensibile. Nessuno mi aveva mai baciata lì.

«Sei così sensibile» mormora, continuando a baciare l'interno della gamba e salendo verso l'alto.

Afferro le lenzuola. So dove sta andando e lo voglio. Disperatamente.

Mi bacia il fianco e scende, allungando la lingua, stuzzicandomi. «Ho bisogno di assaggiarti.»

«Sì, sì.»

Le sue dita si infilano tra le mie gambe, aprendole gentilmente, prima di abbassare la testa e dare una lunga leccata.

«Ancora» sussurro senza fiato.

«Sto solo cominciando» mormora e le parole vibrano calde contro la mia area più sensibile.

«Sì» dico sospirando. E poi non ci sono più parole. Il piacere mi inonda mentre Wyatt prende il comando con perizia. Mi lascio andare completamente mentre mi guida lentamente, languidamente in una spirale crescente di piacere. I miei fianchi si muovono per conto loro, persa nell'estasi. Gli passo le dita tra i capelli, tenendolo contro di me e poi di colpo li afferro quando la sua bocca diventa famelica.

«Ah, ah, ah» ripeto sempre più forte, scossa dall'intensità mentre precipito verso l'orgasmo. Wyatt infila le dita mentre succhia dolcemente ed esplodo con un grido sorpreso. Il piacere mi travolge, onde elettriche che si irradiano dal centro del mio piacere fino al cuoio capelluto e giù fino alle dita dei piedi. Lui resta con me, prolungando il piacere, lentamente, dolcemente finché ricado molle, con un sospiro.

Metto una mano sulla sua testa stupenda, meravigliosa. «Grazie.»

Lui sorride. «Prego, bellezza. Piacere mio.» Risale lungo il mio corpo, disseminando baci e lo abbraccio. Poi allargo le gambe, completamente pronta per la seconda parte.

Lui mi succhia il labbro inferiore. «Aspetta.» Estrae una striscia di preservativi da sotto il cuscino.

Mi appoggio al gomito, guardandolo aprire il pacchetto. «Bel nascondiglio.»

«Non volevo essere troppo sfacciato e lasciarli sul cuscino perché ti guardassero in faccia, aspettandosi qualcosa.» Ammicca. «Scherzo. Li stavo nascondendo nel caso di un diverso visitatore.» Se lo infila e si guida dentro lentamente.

Alzo i fianchi, attirandolo più in profondità e gli avvolgo le gambe in alto sulla vita. È grosso, e il mio desiderio aumenta.

Wyatt grugnisce e intreccia le dita con le mie, fissandomi negli occhi. «È fantastico.»

«Sì. Ancora, più forte.»

Wyatt si spinge fino in fondo e gemiamo entrambi. Comincia a muoversi con un ritmo lento, continuando a baciarmi, ma ho bisogno di qualcosa di più. Gli mordo il labbro abbastanza forte da farlo ansimare.

Lui alza la testa, fissandomi con occhi ardenti. «Più forte, eh?»

Annuisco. Wyatt mi lascia andare le mani e gli accarezzo immediatamente la schiena muscolosa, apprezzandone la potenza trattenuta. Infila una mano tra di noi, strofinandomi velocemente mentre continua a spingere.

«Sì, sì, sì...» La mia è una cantilena senza fine.

Wyatt mi morde il collo e gemo. «Sei una che parla. Lo sapevo.»

Rido e poi respiro affannosamente mentre il piacere comincia a crescere. «Non lo sono mai stata» ansimo. «Sei bravo.»

Mi guarda intensamente, continuando a spingere e ad accarezzarmi con le dita magiche. «Sono meraviglioso.»

«È vero» dico con la voce che sta diventando acuta. «Sto...»

«Lo so.» Ricomincia a baciarmi, coprendo il mio grido quando l'orgasmo mi colpisce come un tornado. Ondulo impotente contro di lui, con il corpo che si contrae. Lui impreca, solleva la mia gamba, aprendomi di più mentre le sue spinte si fanno più forti e veloci. Onde d'urto di piacere al calor bianco mi tolgono il fiato. Wyatt emette un gemito, con la testa che si arcua all'indietro con il suo orgasmo mentre continua con le sue spinte. Io gemo piano, ogni suo movimento sta scatenando altro piacere dentro di me. Finalmente, lascia andare la mia gamba e si appoggia a me.

Mi sforzo di riprendere fiato. La realtà torna lentamente. Ho appena fatto sesso con un uomo che sta veramente cominciando a piacermi. Lo stesso uomo che mi faceva ammattire. Potrebbe essere pericoloso. Mi attira e mi fa arrabbiare, a volte contemporaneamente.

Per favore, non renderlo imbarazzante. Ha giurato che non lo sarebbe stato, ma tutti i pensieri che si affollano nella mia mente mi rendono difficile rilassarmi.

Wyatt alza la testa. «Oh no, proprio no.» Rotola via e mi volta sul fianco, poi si appoggia alla mia schiena. «Tu, mia loquace regina del sesso, non avrai abbastanza energia per andare fuori di testa.»

Regina del sesso? Sono troppo lusingata per parlare.

La sua voce romba al mio orecchio, procurandomi un brivido delizioso. «Ti ho sentito quando ti sei irrigidita, ho visto la tua espressione spaventata.» Mi solleva la gamba e la mette sopra la sua. «No. Niente da fare, non dopo tutto il mio buon lavoro.»

Non riesco a credere che mi capisca così facilmente. «Stavo solo...» Resto senza fiato, in silenzio per lo shock, quando infila le dita tra le mie gambe. Arcuo la schiena contro di lui. Il suo tocco è troppo intenso, è troppo presto. E poi addolcisce il tocco, muovendo le dita in cerchi lenti e smetto di pensare. Il piacere mi annebbia il cervello; tutto il mio corpo si rilassa, sapendo che mi porterà dove ho bisogno di andare.

«Dio. Mi piace sentire che ti lasci andare» dice, burbero. «Te lo sei meritato.»

Mi mordicchia l'orecchio e le sue dita si fermano. «Ho guadagnato la tua fiducia?»

«Con la tua competenza hai guadagnato il mio orgasmo.»

«E tu ti sei appena guadagnata un orgasmo extra.»

«Sì, grazie.»

Wyatt ridacchia cupo e poi mantiene la sua promessa. Una volta, due volte, alla terza volta sto tremando, chiedendo l'orgasmo.

«Aspetta» ringhia. «Non ancora.»

Respiro affannosamente, ammutolita, con il corpo arcuato, le dita che scavano nella sua spalla dietro di me. Wyatt mi succhia il collo, aumenta il ritmo e io esplodo, tremando mentre il piacere mi invade. Lunghi momenti dopo, crollo, completamente floscia.

Mi bacia la tempia e riappoggia la mia gamba sul letto.

«Meglio. Mi piaci molle e soddisfatta.» Scende dal letto e mi rimbocca la coperta. «Tornerò tra qualche minuto per il prossimo round.»

Gemo, troppo sazia per volere di più. *Sonnolenta.* Sembra che non riesca a tirar fuori le parole.

Sento la porta che si chiude e chiudo gli occhi. Mi addormento immediatamente.

Wyatt

La mattina seguente scendo dal letto senza fare rumore per portar fuori Palla di Neve e darle da mangiare. Poi metto il suo lettino accanto al divano in modo che possa stare con Kayla. Ho ricevuto un messaggio dal caposquadra che mi avverte che oggi non sarebbero venuti. Le strade sono ancora impraticabili. Ottimo per me, perché avrò Sydney tutta per me.

Torno di sopra proprio mentre Sydney sta uscendo dal bagno. Deve essersi spazzolata i capelli perché quando l'ho lasciata nel letto questa mattina aveva i capelli folli e disordinati. Potrei averci avuto qualcosa a che fare. Scommetto che si è lavata i denti, pronta per un'altra sessione di sesso con me. Come faccio a saperlo? Mi sta mangiando con gli occhi nella maglia a maniche lunghe e jeans che mi sono messo e indossa solo la mia maglia di Princeton. Se pensasse che abbiamo finito sarebbe completamente vestita.

Sydney alza una mano con un gesto imbarazzato. «Uhm, ciao. Non sapevo dov'eri andato.»

«Mi stavo prendendo cura del cane.» Indico la stanza. «Dopo di te.»

Lei arrossisce, strofinandosi il lato del collo, dove c'è una bruciatura da barba. «È strano?»

Mi avvicino e l'afferro, mordendole il collo. Lei strilla, sorpresa. Le do una sculacciata. «È ora di andare a letto, combinaguai.»

Lei torna nella mia stanza, sorridendo. «Io sono una combinaguai? Nossignore, è lei signore...»

Ringhio e la sollevo, buttandola sul letto. Lei si limita a ridere e mi apre le braccia. Sento un'ondata di affetto per lei a quella vista. Sono tentato di abbracciarla e tenerla stretta, ma ricordo le regole del gioco. Informale. È la strada più sicura.

Mi tolgo in fretta i vestiti e poi faccio lo stesso con lei, salendole sopra e inchiodandole i polsi sul materasso.

«Voglio stare io di sopra questa volta» dice Sydney.

«Devi guadagnartelo.»

Sydney ondula i fianchi contro di me, sorridendo maliziosa. «Lo farò, fidati.»

Mi sdraio sulla schiena e la tiro sopra di me. «Hai intenzione di torturarmi, vero?» chiedo, con finto orrore.

«Non più di quanto tu abbia torturato me.»

Emetto un gemito. Ho decisamente rallentato i suoi orgasmi e poi ho spinto perché ne avesse ancora. Sarà indubbiamente cattivella.

Sydney mi passa le mani e poi la bocca sul torace, mordicchiando e leccando. Quando finalmente raggiunge la mia erezione, dura come la roccia, smetto di respirare. Avvolge la mano intorno alla base, poi la bocca.

Mi fissa con gli occhi che brillano e quasi vengo in quel momento. Comincia la tortura con una lunga succhiata. Afferro i suoi capelli, come se potessi controllare qualcosa. Sono già a metà strada mentre la sua bocca continua la lenta tortura.

Gemo a lungo. Non c'è altro che la sua bocca calda e bagnata e la pressione aumenta, il piacere aumenta.

«Aspetta» dico ansimando. «Voglio venire dentro di te.» Prendo l'ultimo preservativo da sotto il cuscino.

Sorprendentemente, lei mi lascia andare, con un sorriso sexy. «È quello che voglio anch'io.»

Appena infilato il preservativo, si arrampica e si impala su di me. *Cazzo*. Afferro stretti i suoi fianchi, ho bisogno di controllarla, rallentarla.

Sydney geme piano mentre la muovo lentamente in modo costante. Mi afferra le spalle, con gli occhi chiusi per il piacere.

«È così bello» mormoro.

Sydney apre gli occhi, fissando i miei, un momento intensamente intimo che mi prende alla sprovvista. Come se riconoscessimo la persona vera dietro le difese. Deglutisco forte, sopraffatto dall'ondata di emozioni, con le mani ancora strette sui suoi fianchi.

I suoi occhi diventano dolci. «Wyatt, continua.»

Perdo la presa sui suoi fianchi e lei comincia immediatamente a cavalcarmi. Sempre più velocemente. Il suo bel seno rimbalza, respira affannosamente. Sono perso in un torrente di piacere e bisogno. La sua fretta diventa la mia e so che non potrò resistere ancora per molto. Sydney grida il mio nome mentre viene, con il corpo che si contrae ritmicamente intorno a me. Le afferro i fianchi, spingo ancora una volta e poi esplodo, inondato di piacere.

Sydney resta sdraiata sopra di me e la tengo stretta, consumato ed esausto. È così bello tenerla tra le braccia. È così bello tenerla abbracciata.

Qualche momento dopo, alza la testa e mi chiede: «Sono stata troppo rumorosa?».

Mi metto a ridere. «Nessuna musica sexy avrebbe potuto coprirti.»

Lei mi dà uno schiaffo sul petto. «Sapevo che era la tua playlist per il sesso.»

«Sì, sei stata troppo rumorosa. Proprio come adesso.»

Lei abbassa la voce. «Pensi che ci abbia sentito?»

«Sono sicuro di sì. Sente il postino a un chilometro di distanza.»

Sydney aggrotta le sopracciglia, confusa.

Le passo il dito lungo il naso. «Si sa che i cani hanno un udito eccellente.»

Sydney stringe gli occhi. «Sai che non era quello che intendevo.»

«Mia sorella sta dormendo e gli operai oggi non possono venire a causa delle condizioni delle strade.»

Lei traccia dei circhi sul mio petto. «Quindi significa...»

Le passo una mano sui capelli setosi. «Sì, potrai soddisfarmi sessualmente per ore.»

Sorridendo, dice: «Non è imbarazzante come pensavo sarebbe stato, sai, dopo».

«È perché non lo permetterò.» La faccio rotolare sotto di me e la bacio, scostandole i capelli dal volto. Dio, quant'è bella. «E se dopo dovessi procurarmi qualche imbarazzo, ti ritroverai esattamente di nuovo qui. È quello che vuoi? Perché è ciò che voglio io.»

Sydney sorride e bacio quella bocca sorridente. *Finché siamo a letto, è tutto perfetto. Spero che la tempesta duri una settimana.*

14

———

Sydney

Mi sento tutta calda e soddisfatta, una cosa che non avrei mai pensato di essere con un uomo precedentemente conosciuto come Satana. Se non avessi potuto conoscerlo sul suo terreno, non credo che avrei smesso di essere furiosa abbastanza a lungo per scoprire il cuore d'oro nascosto sotto il suo atteggiamento presuntuoso. Lui fa quel sorrisetto quando pensa che qualcosa sia divertente. E, chiaramente, trova che battibeccare con me sia *follemente* divertente. Non c'era cattiveria. Io l'ho preso sul personale perché è il mio punto debole: l'eredità e la storia della mia famiglia sulle mie spalle, un ristorante sull'orlo del fallimento, tutta quella roba cui sto cercando di non pensare in questo momento. Voglio solo godermelo.

Sospiro e appoggio la testa sulla mano, appoggiandomi all'isola della cucina, guardandolo mentre mi prepara la colazione. Mette due waffle nel tostapane e sta cuocendo le salsicce nel microonde.

Mi serve la colazione qualche minuto dopo. «Scommetto che non sapessi che il tuo superlativo amante era anche un cuoco sopraffino.»

Combatto contro l'impulso di dirgli scherzosamente che cucina come fa l'amore: alla svelta e con facilità. Sono terribile, Wyatt è veramente fantastico. Invece mangio un boccone di waffle.

Wyatt mi mette la mano sulla nuca e stringe. «Non pensare che non abbia notato quel commento furbastro che hai trattenuto.»

Mastico e ingoio. «Chi, io?»

Wyatt mi bacia. «Sì, tu, mia fiera piccola strega.»

«Ah! Io ti chiamavo Satana in segreto.»

Reagisce sorridendo. «Allora siamo proprio una bella coppia.»

«Ma come siete carini» dice allegramente Kayla, entrando in cucina. Indossa ancora la felpa rossa e i pantaloni con cui ha dormito.

Io arrossisco immediatamente. «Buongiorno.»

Wyatt mi tira contro il suo fianco e mi offre la sua salsiccia, come se stesse veramente tentando di darmela da mangiare. *Simbolo fallico, l'avete notato?* Lo guardo storto e lui fa il suo sorrisetto.

Grazie al cielo, Kayla non se ne accorge mentre prende un waffle dal freezer e lo mette nel tostapane.

Mi stacco a forza da Wyatt e do un delicato morsetto al waffle, cercando di far apparire la situazione completamente normale. *Solo la mattina dopo aver fatto sesso con tuo fratello.*

Kayla prende un bicchiere d'acqua prima di rivolgersi a me. «Immagino che i miei indumenti non fossero comodi, eh?»

Indosso la maglia oversize di Princeton e i calzoncini di basket di Wyatt. «Erano un po' piccoli per me.»

Arriccia le labbra. «Uhm.»

Mi rivolgo a Wyatt, con le guance che scottano. Aveva giurato che non sarebbe stato imbarazzante e sembra che lo stia diventando ogni minuto di più. Mi tira vicina la testa e mi bacia la tempia. «Non è adorabile con la mia roba?» chiede a Kayla da sopra la mia testa. «La buona notizia è che Sydney è innamorata di me, quindi è tutto okay.»

Quasi mi soffoco con la saliva. Vorrei negarlo, ma Wyatt fa il suo sorrisetto e mi rendo conto che sta solo alleggerendo l'atmosfera.

«Già. E meno male,» dico tornando alla mia colazione, «perché lui mi adora. È disgustosamente tenero.»

Kayla batte le mani. «Oh, Wyatt! Sono così felice per te. Dopo Jul...»

«Sai una cosa?» dice Wyatt, premendosi un dito sulle labbra. «Dovresti restare sul divano da ora in poi, Kayla.»

«Ah» dice lei con uno sguardo d'intesa. «Capito. Nessun problema.» Prende il suo waffle con un tovagliolino e il suo bicchiere d'acqua. «Sembra che ti vedremo molto di più, Sydney.» Sorride e si volta per andarsene.

«Metti la sveglia alla sette in punto» le dice Wyatt mentre se ne sta andando. «Non ti voglio al piano di sotto quando arriveranno gli operai.»

Lei si irrigidisce e si volta. «Sono sicura che andrà tutto bene.» Si volta sui tacchi ed esce per andare nella stanza del divano.

«Era una conferma?» le grida Wyatt.

Nessuna risposta.

«Perché?» gli chiedo.

Wyatt tiene gli occhi fissi sul punto in cui lei è appena uscita dalla cucina. «Perché Kayla è in un momento vulnerabile e non voglio che debba affrontare l'attenzione indesiderata di uomini che non conosce.»

«Sono dei viscidi?» chiedo.

Lui fa una smorfia. «No, sono okay, ma non vanno bene per Kayla.»

«Che cosa c'è che non va, Belzebù?»

Lui sorride e mi tira vicino, coccolandomi, baciandomi il punto sensibile dietro l'orecchio e procurandomi un brivido. «Niente.»

Mi tiro indietro e lo guardo. «È un problema che tua sorella, una persona adulta, non voglia che le si dica a che ora si deve alzare e che deve nascondersi al piano di sopra quando c'è la squadra di operai?»

«Riesci a crederci? Normalmente resterebbe comunque di sopra, nella mia stanza, quindi che differenza fa?»

«Mmm, vediamo, che cosa potrebbe essere? Forse che non le piace essere comandata a bacchetta dal fratellone?»

Wyatt abbassa lo sguardo sulla mia bocca, mi passa il pollice sul labbro inferiore, premendo. Dopo un momento, dimenticata la colazione, ci stiamo baciando. Mi solleva prendendomi in vita e mi mette sopra l'isola.

Mi allarga le gambe e mi tira vicino finché siamo allineati. Sento il calore che si accumula tra le mie gambe. Wyatt infila le mani sotto la t-shirt, salendo lungo i lati. «Mi stai creando una dipendenza.»

Sento un brivido caldo. «Non sono certa che sia una buona idea.» Poi lo bacio di nuovo. L'attrazione è troppo forte.

«Ho dimenticato le vitamine!» gorgheggia Kayla entrando.

Mi tiro indietro di scatto, sorpresa.

Wyatt non si muove, lascia le mani dov'erano, vicine al mio seno. Le spingo in basso e a quel punto lui mi tiene per i fianchi. «Davvero, nanerottola?» dice Wyatt a Kayla da sopra la mia spalla. «O sei arrabbiata con me perché ti ho detto di stare alla larga dalla squadra?»

«Sono sicura che se avessi anche appena accennato a

essere irritata saresti venuto di corsa» replica lei, prendendo le vitamine dall'armadietto.

Wyatt si acciglia. «È per la tua protezione, emotiva e altro.»

Lei sbuffa, borbottando sottovoce mentre si allontana. «Oddio, non che mi interessino gli uomini in questo momento.»

Wyatt si volta e le urla dietro. «Sono loro che sono interessati a te!»

«Ci sei andato un po' pesante» dico.

Lui scuote la testa, abbassando la voce. «In questo momento è un disastro. Inoltre è vergine.»

Gli do uno spintone. «No! Te l'ha detto lei?»

«Già, mi dice un mucchio di cose che non vorrei sentire. Sta aspettando il matrimonio, come le ha detto nostra madre.»

«Quanti anni ha?»

«Ventiquattro.»

«Wow.»

«Già.» Si avvolge i miei capelli intorno al pugno. «Quanti anni avevi la tua prima volta?»

Faccio una smorfia. «Non credo che tu lo voglia sapere.»

«Certo che voglio saperlo. È il motivo per cui l'ho chiesto.»

«Tu quanti anni avevi?»

«Diciassette.»

Guardo un punto oltre la sua spalla, leggermente imbarazzata perché io ero più giovane. Non so perché sia imbarazzata. Era stato consensuale e avevamo una relazione. «Sedici, quasi diciassette.»

Lui mi pizzica il mento. «Qualunque cosa tu abbia fatto in passato è okay. Mi interessa solo il presente.»

Gli metto le braccia intorno al collo, sorridendo. «Bene.»

«Ti era piaciuto?»

«Che cosa?»

«Il sesso con il tuo ragazzo delle superiori.»

Ci penso. Stipati sul sedile posteriore della sua auto, l'ondata di calore, la fine che era arrivata troppo in fretta. «Mah. Non avevo termini di paragone. Era okay.»

«Per me è stato fantastico, anche se sospetto che per lei lo fosse stato molto meno. Non ero l'amante che conosci oggi.»

Aggancio le caviglie dietro la sua schiena. «Ed è tutto ciò che mi interessa adesso.»

Mi solleva e mi preme contro di sé. «Torniamo di sopra.»

Rido e indico la nostra colazione lasciata a metà. «E i nostri waffle?»

Wyatt mi mordicchia il collo. «Li rifarò freschi.»

«Perché hai detto a Kayla che sono innamorata di te?»

Lui comincia a salire le scale, per niente affaticato perché mi sta portando in braccio. «Lei crede che il sesso e l'amore dovrebbero andare di pari passo e mi ha detto di aspettare che ci fosse l'amore. Verginella che non ha la più pallida idea.»

Rido, ma sembra una risata vuota.

Wyatt mi rimette in piedi in cima alle scale, mi appoggia la mano sulla guancia con gli occhi colore del whisky che frugano nei miei. Gli butto le braccia intorno al collo e lo bacio con passione. Abbiamo questo momento e ne ho bisogno. Dovrà bastare.

Mi guida verso la sua camera senza mai interrompere il bacio e superiamo incespicando la soglia, sbattendo la porta alle nostre spalle.

Sono impazzita? Dopo essermi lamentata con chiunque volesse ascoltarmi che quest'uomo è Satana, adesso mi piace talmente stare con lui che non ho nemmeno voglia di andare a casa. È quasi imbarazzante.

Non abbiamo litigato nemmeno una volta da quando abbiamo fatto sesso. Era quello il problema? Solo un accumulo di tensione sessuale? Oppure è il fatto che non abbiamo parlato di nient'altro, tranne le nostre storie? Immagino che lo scoprirò. Mi ha chiesto di fermarmi da lui stasera, dopo il lavoro. Finisco di lavorare a mezzanotte. Sì, è ovviamente un appuntamento con uno scopo preciso, ma diavolo, il sesso è fenomenale. Se è tutto ciò che è, sono sicura che si spegnerà da solo molto presto. Perché non goderselo finché dura?

Anche se ci sono delle volte in cui mi sciolgo, quando mi guarda negli occhi con calore.

Chiamo Drew più tardi quella mattina per sapere come vanno le cose di fuori. Spero di riuscire a tornare a casa *con* la mia auto, ma ne farò a meno, se necessario. Sono sicura che i taglialegna saranno occupati per giorni.

Mi risponde e sembra senza fiato. «Ehi, Syd. È caduto un albero sul mio garage. C'è Adam con la sua motosega che mi sta aiutando toglierlo.»

«Il tuo fuoristrada è okay?»

«Sì. L'albero ha danneggiato il tetto ma non è entrato. Eli dice che la Route 15 è pulita.»

«Okay. Posso chiamare qualcun altro per farmi dare un passaggio.»

«Aspetta.» Lo sento parlare con nostro fratello. «Adam ha quasi finito qui. Dopo verrà lì per occuparsi dell'albero che sta bloccando la tua auto e a quel punto sarai libera.»

«Perfetto, grazie.» Lo saluto e torno in soggiorno, dove

c'è Wyatt, seduto sul divano. Kayla è al piano di sopra. «Adam arriverà tra un po' con la sua motosega per togliere l'albero, poi potrò andarmene.»

«Perché quella faccia lunga?»

Mi appiccico un sorriso sul volto. «Sono contenta.» È ridicolo essere triste perché il nostro tempo magico sta per finire. Dovrei essere felice che ci sia stato. E se non andrà avanti per molto, vorrà dire che non era destino.

Wyatt mi fa segno di avvicinarmi, piegando un dito. Vado da lui e mi siedo.

Wyatt mi tira in grembo, e mi rannicchio contro di lui, appoggiando la testa al suo petto con un sospiro. «Ti mancherò.» Si sposta, guardandomi negli occhi. «Forza, dai, ammettilo. Non vuoi andartene perché sono il miglior amante che abbia mai avuto e detesti l'idea di tornare a lavorare.»

Rido, ma non ammetto niente. «Non ho un antistress come questo da... Sempre.»

Lui ridacchia. «Potrei tagliarti le gomme in modo che debba restare più a lungo. Ti aiuterebbe?»

Gli do uno spintone sulla spalla. «Psicopatico.»

Lui mi guarda con calore e sento nascere una bolla di pura felicità. «Mi mancherai anche tu.»

Adam arriva poco dopo. Wyatt gli apre la porta, con Palla di Neve alle calcagna, e io lo seguo. Adam indossa un berretto di lana grigio scuro sui capelli corti castani, una giacca di pile nera e stivali da lavoro. È alto, muscoloso ma snello e riservato. Un lupo solitario. Di solito lavora da solo e si associa con una squadra formata da padre e figlio per i lavori più grossi.

«Adam» lo saluta calorosamente Wyatt. «Grazie per

essere venuto in soccorso. Non ho né un'ascia né una motosega nascoste nel mio faro.»

Adam gli sorride. «Giusto.» Poi alza il mento rivolto a me. «Lieto di vederti tutta d'un pezzo. Quell'albero ti è caduto maledettamente vicino.»

«Lo so. È stato terrificante.»

Indica la porta con il pollice. «Mi metto al lavoro. Volevo solo farti sapere che ero arrivato. Una volta fatto a pezzi l'albero, vorrei un po' d'aiuto per rimuoverlo. Ti dispiace se torno a prendere il legno con un paio dei miei uomini e il mio furgone? È una bella pianta.»

«Tutta tua, amico» dice Wyatt. «Voglio vedere che cosa ne ricaverai.» Si rivolge a me. «Tuo fratello è un vero artista.»

Adam abbassa la testa, imbarazzato dal complimento, ed esce.

Sorrido a Wyatt. «Lo penso anch'io. Sei andato a vedere il suo laboratorio?»

«Sì. E ho anche guardato il suo portfolio online. È il motivo per cui l'ho assunto.»

«Tra un lavoro e l'altro, ha costruito una magnifica casetta sull'albero per il suo vicino. Da piccola l'avrei adorata.»

«L'ho vista, con le persiane alle finestre e il lucernario. Come ho detto, un vero artista.»

Sorrido a trentadue denti, fiera di mio fratello. «Ti ringrazio a nome suo. Non se la cava bene con i complimenti. Penso che i suoi standard siano ancora più elevati.»

«Come tutti gli artisti.»

Una volta sgombrata la strada, so che il mio tempo è finito. Respingo in fondo alla mente la sensazione di terrore. Si torna al lavoro in un posto che sta affondando, tirandomi con sé. «Devo prendere la borsa» dico. Siamo ancora fuori.

Wyatt si rivolge a Adam. «Vuoi entrare per un caffè?»

«Certo.»

Resto per un momento a bocca aperta prima di seguirli all'interno. Wyatt deve piacere a Adam. Normalmente è il tipo che fa il suo lavoro e se ne va. Non si ferma per un caffè o per fare due chiacchiere. Le mie difese si sbriciolano ancora un po'. Che Adam l'approvi è significativo. Lui lascia avvicinare solo le persone che ritiene degne di fiducia.

I due sembrano parlare delle possibilità per l'abete. Wyatt chiede se sarebbe difficile usarlo per fare delle sedie a dondolo per il suo portico.

«È il legno ideale» dice Adam e poi si lancia in una spiegazione sorprendentemente particolareggiata sulle sue caratteristiche.

Wyatt accende la caffettiera. Io mi siedo attorno all'isola con Adam. Palla di Neve si alza sulle zampe posteriori e annusa agitatissima gli stivali di Adam. Probabilmente sente l'odore della bava del suo bulldog. Adam allunga la mano e la gratta distrattamente dietro le orecchie mentre parla.

Quando Adam finisce la sua rapsodia sul legno di abete, Wyatt dice: «Mi piacerebbe ordinare qualche sedia a dondolo, allora. A meno che tu voglia usare il legno per te».

«Ne prenderò qualche pezzo. Ma ce n'è abbastanza per tutti.»

«Che cosa avevi intenzione di costruire, prima che io pretendessi sgarbatamente le sedie a dondolo?»

Adam sorride. *Un altro sorriso!* «A me piace lasciare che il legno mi parli. Che mi dica che cosa vuole diventare.»

«Sei così zen!» dico ridendo.

Poco dopo, Wyatt serve il caffè e resta in piedi dall'altra parte dell'isola. «Com'è la situazione lì fuori?»

Io bevo un sorso di caffè.

Adam avvolge le mani intorno alla tazza. «Il reparto stradale ha liberato le arterie principali. Alcune delle strade secondarie sono ancora ingombre di rami caduti, ma ci si può girare intorno.»

Rivelo a Adam che il faro, in realtà, è una torre idrica, ma scopro che glielo aveva già detto Wyatt. Immagino che si siano parlati parecchio. Non ne avevo idea.

Entra Kayla. «Mmm, caffè appena fatto.» Si ferma, guarda mio fratello al mio fianco e i suoi occhi castani diventano enormi. Arrossisce e alza una mano imbarazzata per lisciarsi i capelli. Sono terribilmente scompigliati e indossa ancora la felpa rossa sbiadita e pantaloni di felpa sformati. «Non sapevo che avessimo compagnia.»

«Non hai sentito la motosega?» le chiede Wyatt.

Kayla non riesce a smettere di fissare Adam. Mio fratello sembra altrettanto folgorato.

Faccio le presentazioni.

«Salve» dice Adam tendendole la mano.

Kayla gliela stringe brevemente, arrossendo furiosamente. «È un piacere conoscerti. Di solito non ho l'aspetto di una che è appena rotolata giù dal letto. Ovviamente. La gente si veste. Ma, uhm. Vedi...» Se la dà a gambe.

C'è un sorriso sulle labbra di Adam mentre la guarda andar via.

Wyatt indica le scale da dove Kayla è salita al piano di sopra. «Mi scuserei per mia sorella, ma hai una sorella anche tu. Sai come funziona.»

«Io non mi scuserei mai perché indosso una tuta» dico. «Se qualcuno viene a casa mia e non gli piace come sono vestita, beh, sono problemi suoi.»

«Sì, beh, Kayla non è una strega» dice Wyatt con un sorrisetto.

Adam inarca le sopracciglia, curioso.

Scuoto la testa. «Io lo chiamo Satana. A volte Belzebù.»

«Vezzeggiativi» dice Wyatt. «È pazza di me.»

Adam si volta verso di me, con una domanda negli occhi.

Io agito una mano con indifferenza. «La verità è che *lui* è pazzo di me.» Punto il dito su Wyatt. «Ah!»

Lui sorride. «Sai veramente come ferire un uomo.»

Adam si alza. «Sarà meglio che vada. Syd, vuoi che aspetti per assicurarmi che la tua auto sia a posto per andare, o va bene così?»

«Va tutto bene. Grazie per il tuo aiuto.»

Lui annuisce, guarda le scale ed esce. Palla di Neve lo segue, con Wyatt dietro di lui. Sento la porta chiudersi dietro di loro e sospiro. Adesso è veramente ora di andare.

Kayla sporge la testa dal pianerottolo, con i capelli spazzolati, completamente vestita con maglione e leggings. «Adam se n'è già andato?»

«Sì, ma non preoccuparti, tornerà la settimana prossima per lavorare sulle librerie. È un mastro falegname. Potrai guardare quanto vorrai.»

Lei si passa una mano sui capelli già perfettamente a posto. «Non stavo fissando, vero? Oh Dio. È così imbarazzante. Sono solo rimasta sorpresa! Non sapevo che avessimo compagnia» borbotta tra sé e sé tornando di sopra.

«È single» grido.

Lei si volta. «Non sto cercando un uomo! Mi è solo sembrato gentile.»

«E l'hai capito da un *ciao*?»

Lei volta sui tacchi senza dire altro.

15

Tre settimane dopo

Wyatt

Non riesco quasi a credere com'è andata bene con Sydney
dopo la nostra partenza burrascosa. Adesso non litighiamo
più. Praticamente vive a casa mia. I miei genitori avevano
avuto una storia d'amore velocissima e appassionata e
avevano cominciato a vivere insieme dopo un mese.
Sydney dice che suo padre aveva chiesto a sua madre di
sposarlo al loro primo appuntamento. A volte è così che
va. Tutto ciò che so è che sono più felice di quanto sia stato
da tanto, tanto tempo. Comunque sono cauto. Sono stato
scottato troppe volte da donne che volevano qualcosa da
me e se c'è qualcuno che avrebbe bisogno di avere qualcosa è Sydney. I suoi problemi di soldi sono una fonte
costante di stress. Non vuole entrare in affari con me e,
adesso che stiamo insieme, sono d'accordo che è meglio
così.

Sono venuto a prenderla per il nostro appuntamento e

sono nel parcheggio del ristorante. Si è presa una rara serata libera di giovedì. La porterò in un bel ristorante messicano-ebraico in città. Appena sale in auto, vengo avvolto dal suo profumo di caprifoglio e donna sexy. Adesso so qual è il suo profumo: caprifoglio. Sento immediatamente una fitta di desiderio. Non resisto alla tentazione di baciarla.

Lei sorride e toglie un sacchetto argentato dalla sua borsa gigante. «Ti ho preso una cosa.»

Lo fisso, con la gola inaspettatamente stretta. È la prima donna che mi regala qualcosa *da anni*. Le donne vogliono *sempre* qualcosa da me, più che altro gioielli costosi, a volte viaggi di lusso o shopping. Chiedono, chiedono e prendono, prendono. Sydney non ha chiesto nulla e adesso mi sta facendo un regalo. Sta *dando*, non prendendo.

Quando parlo, la mia voce è roca. «Syd, non dovevi.»

«Aprilo!»

Metto da parte la carta velina ed estraggo una tazza che dice: BEL DEMONIO. Ci sono piccole corna da diavolo sopra le parole.

«Ti piace?» mi chiede.

Le metto la mano sulla nuca, tirandola vicina e la bacio. Appoggio la fronte sulla sua. «La adoro.» *E penso di amare te.*

Sydney mi prendo il volto tra le mani. «Bene. Adesso nutrimi.»

«Sai che cosa significa?»

«Che cosa?» mi chiede, con un sorriso sulle labbra.

«Basta sesso occasionale. Possiamo solo avere il tipo serio adesso.»

Il suo sorriso diventa più ampio e gli occhi si addolciscono. «Wyatt.»

È ufficiale.

Dopo la rivelazione della tazza, comincio immediatamente a dire a tutti che Sydney è innamorata di me, dal cameriere del ristorante messicano-ebraico, all'addetto al parcheggio in città e poi, il giorno dopo, a mia sorella, al barista e allo staff di Sydney. Lo dico di fronte a lei perché la fa arrossire ed è divertente, ma in realtà sto solo aspettando che lei lo confermi prima di ammetterlo io.

Le cose si stanno muovendo in fretta con Sydney, ma non riesco a farne a meno. È come quando si sta smanettando su un programma che continua a impallarsi e d'improvviso comincia a funzionare senza intoppi. Magia. È così con Sydney. Andiamo d'accordo su tutto.

È il primo sabato di febbraio e Sydney non ha detto una parola su come farà a pagare la rata del mese. Mi fermo regolarmente al ristorante. Il bar attira una bella folla nei fine settimana e le sue serate delle donne e quella dei quiz hanno parecchi clienti, ma non basta. Non voglio che si stressi mese dopo mese, cavandosela a malapena. Io dono generosamente alle persone che amo, anche se non l'ho detto in modo diretto. In ogni caso subentrerò io per risolvere il problema. Non sono affari. Quel momento è passato. È un regalo per la donna che adoro.

Apro la porta di vetro della Robinson Martial Arts Academy in una vecchia casa rivestita di assicelle bianche e vado verso l'ingresso principale. È quasi mezzogiorno di sabato e spero che trovare il fratello maggiore di Sydney durante la sua pausa pranzo. È lui che aveva ereditato l'Horseman Inn e voleva venderlo. Sydney mi ha detto che Drew e Caleb lavorano qui insieme il sabato, la giornata più piena. Il dojo è di Drew. Caleb lavora qui quando non è in città per uno dei suoi impegni come modello. Sydney parla spesso dei suoi fratelli. Sono molto legati, cosa che mi piace, perché lo è anche la mia famiglia. Quando si perde un genitore da giovani, i fratelli si avvicinano di più.

C'è una fila di sedie di plastica nera in una piccola area d'attesa, che accoglie più che altro dei papà. Una classe di venti ragazzini, maschi e femmine sui dieci anni, sta eseguendo una serie di mosse mentre Drew e Caleb li osservano. In un momento o nell'altro, ho visto tutti i fratelli all'Horseman Inn. Di solito per guardare una partita e passare del tempo al bar, ma Eli a volte suona anche la chitarra acustica. I ragazzini sono su una piattaforma rialzata blu che mi ricorda quelle, un po' elastiche, che usano i ginnasti come pavimento. Intorno ci sono corde flessibili bianche e sulla parete è montata una lunga serie di specchi per permettere alla classe di vedersi.

Drew abbaia qualcosa che non capisco. *Giapponese?* Sembra *kata* qualcosa. Caleb e i ragazzi cominciano un'altra serie di movimenti coreografati, che finisce con un pugno e un calcio. Sia Drew sia Caleb hanno una cintura nera sull'uniforme da karate. I ragazzini hanno perlopiù cinture arancio o viola e sembrano molto seri.

«Bene» dice Drew. «Ripetete quel nuovo *kata* ogni giorno.»

«Sì, Sensei» risponde in coro la classe.

«Ci vedremo la settimana prossima.»

Tutti i ragazzini si inchinano verso di lui prima di uscire dal ring in una fila ordinata. I ragazzi parlano tra di loro, ma non a voce troppo alta. Sono sorpreso di vedere come sono educati.

Drew e Caleb seguono la classe giù dalla piattaforma. Caleb mi vede per primo. Ha un taglio a spazzola e un viso apertamente amichevole. «Ehi, Wyatt, che ci fai qui? Vuoi iscriverti a qualche corso?»

«No, in effetti speravo di parlare con Drew.»

«Wyatt» dice Drew quando scende dal materassino. «Che succede?»

«Volevo parlare con te, se hai un minuto. In privato.»

Lui annuisce. «Dammi qualche minuto.»

Resto indietro mentre Drew e Caleb si intrattengono con i genitori e salutano gli allievi.

«Il prossimo corso comincia tra un quarto d'ora» dice Drew, tornando da me. «Vieni nel mio ufficio.»

Lo seguo dietro l'angolo verso il piccolo ufficio con una vecchia scrivania di legno e una sedia da ufficio di rete nera. Mi fa segno di occupare la sedia di plastica davanti a lui. Mi siedo, improvvisamente innervosito dalla sua espressione dura mentre mi guarda, con gli occhi castani diretti, le mascelle strette e coperte da un velo di barba. È la prima volta che ci parliamo a faccia a faccia e l'espressione sembra minacciosa. *Sa che vado a letto con sua sorella?*

Mi schiarisco la gola. «Sto frequentando Sydney. Te ne ha parlato?»

Lui si appoggia allo schienale, con un'espressione imperscrutabile. «No.»

«Uh. Okay. Beh, è così. Allora, so che il ristorante non se la sta cavando bene. Ho un piano per aiutarla, ma vorrei parlarne con te perché so che l'avevi ereditato tu.»

«Ho trasferito la proprietà a suo nome.»

«Ah.» Questo rende tutto più difficile. Sydney è testarda, il suo unico difetto, ma posso aggirare l'ostacolo. Continuo, immaginando che potrebbe sostenermi se accetterà il mio piano. «Voglio aiutarla. Potrei comprarlo, liberarla dai debiti e poi vorrei restaurarlo, ammodernarlo e assumere un nuovo chef. I ristoranti dal campo alla tavola sono molto popolari in questo periodo ed è qualcosa che potremmo riuscire a fare in questa zona.» Ci sono abbastanza produttori vicini. Terrei Sydney come manager. Ovviamente, come proprietario, avrei voce in capitolo.

Lui resta appoggiato allo schienale, studiandomi.

«Oppure potremmo essere co-proprietari. Accetterei di tenere il suo nome sul certificato di proprietà.»

Il silenzio è snervante. *Quest'uomo è fatto di ghiaccio?* Non riesco a capire se sta per prendermi per il collo o se è d'accordo con il mio piano.

Continuo. «Dice che se mancherà un pagamento andrà incontro al pignoramento. Detesto vederla stressata mese dopo mese. Io posso sistemare le cose.»

Drew si raddrizza, fissandomi con gli occhi scuri penetranti. «Hai parlato del tuo piano con Sydney?»

«Sì, ma lei, uhm, non è completamente d'accordo.» *O per niente. E io ho cambiato il piano da un prestito a un acquisto diretto perché sono pazzo di lei.*

Ancora un silenzio snervante.

«So che non vuole perdere quel posto e voglio aiutarla a tenerlo. Ho buoni precedenti nel rigenerare imprese sull'orlo del fallimento.»

«Mi sembra vada bene.»

Respiro di sollievo. «Grande! Sono contento che tu sia d'accordo.» Mi alzo. «Grazie per avermi dedicato il tuo tempo.»

«Ma dovrai convincere Sydney» aggiunge.

Vado verso la porta. «Ci riuscirò.»

Contrae le labbra. «Da quanto ne so, tu eri Satana.»

Sorrido. «Mi chiama Belzebù. Carino, vero? È ovvio che è innamorata di me.»

Lui inarca le sopracciglia.

Me ne vado dopo quell'ultima frase, ridacchiando tra me e me. Sto dicendo a tutti che è innamorata di me. Mi fa sentire meglio, visto che io mi sto già innamorando di lei.

~

Sydney

Finisco di controllare i preparativi in cucina con George, il vecchio chef affidabile che lavorava con mio padre. Oramai va per i settanta, ma è ancora contento come una Pasqua di comandare in cucina con l'aiuto di due sottocuochi.

«Non preoccuparti, Sydney» dice, mescolando una salsa di pomodoro. «Potrei farlo nel sonno. Cucino qui da prima che tu nascessi.»

«Lo so, ma devo comunque fare il giro. Grazie, George!»

Vado verso la sala da pranzo, ancora vuota dato che non sono ancora le cinque. Oh! C'è Drew al bar. È presto per lui. Di solito si ferma verso le sette o più tardi. Giuro che passa metà del suo tempo a controllarmi e non gliene importa nulla della partita che c'è in TV. Indossa una maglia blu a maniche lunghe, con jeans e stivali da trekking. Ha i capelli castani lisciati all'indietro, come se avesse appena fatto una doccia. Come sempre ha bisogno di radersi.

Vado da lui sorridendo. «Non hai un asciugacapelli a casa tua?» Troppo virile per quello. La sua casa con tre stanze da letto mi ricorda una caserma: pochi mobili, ordinatissima, tutta beige e nera.

«No.»

«Te ne prenderò uno.» Ficco il dito nei suoi capelli bagnati. «Sei fortunato che non si formi il ghiaccio con queste temperature gelide.»

Lui mi studia nel suo modo intenso. Non gli sfugge molto. «Sei di buonumore.»

Distolgo gli occhi, non voglio ammettere che vado a letto con Satana. Cioè, quante volte mi sono lamentata di lui? Sanno tutti che mi faceva ammattire. L'ho detto alle mie amiche, ovviamente, visto che passo tutto il tempo libero con lui. È talmente meraviglioso. Non posso lamentarmi per niente. Si assicura sempre che io abbia un orgasmo per prima e anche solo il fatto che io *abbia* un orgasmo significa che è a un altro livello rispetto al mio ex. E non è tutto. Mi porta fuori quando abbiamo una serata libera e cucina per me a casa sua quando non è possibile. Certo, sono pasti semplici, fatti usando il tostapane o il microonde, ma si prende cura di me. Secondo la mia esperienza, la maggior parte degli uomini si aspetterebbe che fossi io a prendermi cura di loro. È un bel cambio di passo. Parliamo per ore. Ed è anche affettuoso. È tanto di più di quanto mi aspettavo.

«Syd?»

«Eh?»

«Posso dirti qualcosa in privato?»

Il mio buonumore svanisce. Drew non vuole mai parlarmi in privato. «Sembra serio» riesco a dire. «Va tutto bene? Si tratta di Adam? Eli? Caleb?» Ho il cuore che batte forte, temendo che sia successo qualcosa di brutto a uno dei miei fratelli.

«Niente del genere.» Si alza. «Perché non ci sediamo a quel tavolo nell'angolo?»

Guardo il tavolo nella sala posteriore, lo stesso che sceglie sempre Wyatt. «Perché lì?»

Lui mi precede. «Perché è privato.»

Sa di me e Wyatt? Ha affrontato Wyatt in una mossa iperprotettiva da fratello maggiore? Dio che imbarazzo. Spero veramente che non si tratti di quello.

Lo seguo al tavolo d'angolo e mi siedo davanti a lui.

«Oggi ho visto Wyatt» mi dice.

«Che cosa gli hai detto?» Trattengo il fiato, pregando che non sia troppo imbarazzante. E se gli avesse detto di andarci piano con me perché avevo avuto una rottura traumatica? O se lo avesse avvertito che se mi avesse fatto del male lo avrebbe preso a botte? Muoio dalla voglia di mandare un messaggio a Wyatt, per sentire la sua campana perché Drew a volte non è aperto e non dà particolari.

«Gli ho detto che il suo piano era buono, ma che doveva convincere te. Syd, penso che dovresti accettare.»

«Che piano?»

«Sto parlando di questo posto.»

Resto immobile, basita. «Che cos'ha detto?»

«Non lo sai? Aveva detto che te ne aveva parlato.»

«Perché è venuto da te?»

«Pensava che fossi io il proprietario.»

Stringo i denti. «Quindi ha agito alle mie spalle per impadronirsi del mio ristorante?»

«Vuole solo salvarlo, quindi lasciaglielo fare. Dice che puoi restare per dirigerlo e come co-proprietaria.»

«Certo che lo dirigerò io e *sarò* la proprietaria. *L'unica* proprietaria.»

Drew scuote la testa. «Ecco il piano.» Poi lo descrive, punto per punto, dicendo esattamente ciò che intende fare Wyatt. Non gli avevo detto che non intendevo che si impadronisse del mio ristorante? Ho detto che avrei risolto in qualche modo. Ho ancora tempo. È solo il primo sabato del mese. Sto facendo un tentativo con un'altra banca. Come osa Wyatt agire alle mie spalle?

Mi alzo. «No.»

«Pensaci» dice Drew.

«L'ho già fatto e adesso...» Alzo gli occhi verso il soffitto e scuoto la testa. «...è ancora no.»

«Siediti» mi ordina Drew. È abituato a dare ordini e a essere ubbidito.

Lo guardo furiosa.

«Per favore» aggiunge a denti stretti.

Ricado sulla mia sedia. «Che c'è? Non c'è altro da dire.»

«Dimmi perché non vuoi accettare la sua offerta. Risolverebbe tutto.»

«Perché fa parte della storia della nostra famiglia, non della sua! I Robinson sono proprietari di questo posto da generazioni. Non lo lascerò a un estraneo.»

Lui guarda sopra la mia spalla. «Ecco che arriva il tuo estraneo e penso che ti abbia sentito.»

Mi alzo e vedo Wyatt e Kayla a un metro di distanza.

La nostra cameriera, Ellen, anche lei qui dai tempi di mio padre, mi guarda. «Tu e Drew avete intenzione di cenare a quel tavolo d'angolo oppure va bene se do a Wyatt il suo tavolo?»

«Non è il suo tavolo» dico a denti stretti.

Wyatt lo indica. «Mi siedo lì ogni volta che vengo qui.»

Drew gli passa accanto e fa un cenno di saluto con la testa. Kayla fissa Drew con gli occhi spalancati, avidi di curiosità, osservandolo mentre ritorna al bar.

Io mi fermo davanti a Wyatt. «Ciao, Kayla, puoi occupare il tavolo. Arriverò tra un minuto.»

Wyatt inalbera il suo sorrisetto. «Problemi, strega?»

16

Sta sorridendo e adesso io non sto giocando. Indico il tavolo d'angolo. «Questo non è il tuo tavolo. Non sarà mai il tuo tavolo. Questo ristorante è mio fino all'ultima ragnatela nell'angolo buio in cantina.»

«Disgustoso, e lo so. Chiedere il mio tavolo era un modo di dire.»

Abbasso la voce mentre una famiglia si siede vicino nella sala da pranzo adiacente. «Che cosa diavolo pensavi di fare, agendo alle mie spalle e parlando con Drew?»

«Credi veramente che questo sia il momento e il posto per farlo? Hai dei clienti.»

«Bene, saliamo a casa mia.»

Wyatt mi tira una ciocca di capelli. «Così presto? Non ho nemmeno ancora cenato.»

Mi sento ribollire. «Ci vorranno cinque minuti.»

«Non so se ce la farò così in fretta, ma farò del mio meglio.»

Stringo le labbra per non urlare. Non farei una bella figura davanti ai clienti. Invece mi rivolgo a Kayla. «Wyatt tornerà tra cinque minuti.»

«Okay, vado a ordinare un drink. Wyatt, ti prenderò una birra.»

«Solo acqua» le risponde lui.

Perché pensa che la mia birra faccia schifo. È abituato alle birre d'alta gamma in città, dove i drink partono da venti dollari. E che cosa importa quando hai miliardi da buttare e ottenere quello che vuoi ogni volta che lo vuoi?

Gli afferro la mano e lo tiro attraverso la cucina verso la scala posteriore che porta di sopra.

«Salve a tutti» dice Wyatt allo staff della cucina. «Sto con lei. È innamorata di me.»

Salgo di corsa i gradini, per niente divertita. «Smettila di dire a tutti che sono innamorata di te. Non è corretto in un posto di lavoro.»

Lui mi dà una bottarella sul sedere. «Mi dispiace. Prometto che mi limiterò agli amici e alla famiglia.»

«Non devi dirlo a nessuno!»

Apro la porta e mi dirigo alla mia stanza lungo il breve corridoio. Lui si ferma sulla soglia, considerando lo spazio minuscolo. Ci sono solo un letto singolo, un comodino e uno stand porta-abiti su ruote.

Lui dà un'occhiata in giro. «Dov'è il resto?»

«C'è solo questa stanza e un bagno. La stanza principale serve da magazzino per il ristorante.»

Lui entra e si siede accanto a me sul letto. «Guarda che coperta femminile.»

È una coperta rossa a fiori bianchi. *Deve proprio commentare tutto?*

«Okay. Basta parlare del mio appartamento di merda» dico. «È temporaneo. Smettila di tentare di aggiustare tutta la mia vita.»

Lui alza le mani. «Se vuoi vivere in un appartamento di merda, a me sta bene. Purché resti regolarmente a casa mia. Ehi, magari potrebbe vivere qui Kayla e tu potresti semplicemente spostare il tuo... Uhm...» Guarda lo stand portabiti, con gli indumenti appesi e un mucchio di roba semplicemente gettata sopra. «Potresti semplicemente preparare una valigia.»

Resto a bocca aperta. Vuole che mi trasferisca da lui?

Lui alza una spalla con indifferenza, guardandomi negli occhi con calore. Il cuore comincia a battermi forte a quello sguardo caloroso. «È solo un'idea.»

Sento il bisogno urgente di baciarlo. A volte è troppo accattivante, ma poi ricordo che sono arrabbiata. «Dobbiamo mettere in chiaro alcune cose.»

«Sono d'accordo.»

«Davvero?»

«Assolutamente. Voglio risolvere il problema al più presto, come ho detto a tuo fratello.»

Stringo i denti. «Perché sei andato da Drew agendo alle mie spalle, invece di parlarmi dei tuoi piani?»

«Te ne ho parlato settimane fa, la notte in cui sei rimasta intrappolata a casa mia. Non eri esattamente d'accordo. E non ho forse parlato più e più volte di quello che il concetto "dal campo alla tavola" potrebbe fare per il tuo ristorante?»

«Sì e non è che non sia d'accordo, ma non è una priorità in questo momento.»

«Inoltre il tuo chef è un amico di famiglia che non può imparare uno stile di cucina completamente nuovo.»

«Sono sicura che potrebbe imparare, se volesse...» *Probabilmente no.* Il punto è che sarebbe un insulto chiederglielo. Ed è con noi da quando mio padre aveva assunto la direzione del ristorante, anni e anni fa.

«Quindi lascerai morire questo posto a causa del tuo attaccamento a ciò che era. Sei tu quella al comando adesso. Puoi puntare a una diversa fase di successo.»

Apro la bocca e poi la chiudo. Sembra quasi che sia

dalla mia parte adesso, dicendo che sono io al comando. «Esattamente, sono la proprietaria.»

«E io potrei essere co-proprietario. Hai bisogno di me. Non è nemmeno un prestito. Il debito sparisce. Io voglio che tu sia felice.»

Faccio un respiro profondo. Le sue intenzioni sono buone, lo vedo, ma il modo in cui ha agito continua a non andarmi a genio.

Wyatt si sposta verso di me. «Drew sapeva che questo ristorante non funzionava ed è il motivo per cui voleva venderlo. Tu sei intervenuta, ma è ancora un disastro anche se non è colpa tua. Lascia che lo sistemi. Puoi continuare a essere il direttore, se vuoi.» Al mio silenzio, continua. «Saremmo una società. E aggiungeremo nella guida per i dipendenti che fraternizzare tra colleghi è caldamente raccomandato.»

«Non esiste una guida per i dipendenti.»

«Allora ne scriveremo una e inseriremo bello chiaro che i soci possono fare sesso sfrenato ogni volta che ne hanno voglia.»

Nascondo un sorriso. È divertente, ma questo non è il momento. «Non puoi avere un pezzo dell'impresa che è della mia famiglia da generazioni. Niente esterni. Solo Robinson.»

«Direi che ora io sia più un *interno*» dice con un sogghigno. Sta facendo un gioco di parole sessuale.

Balzo in piedi. «È una cosa seria.»

Si alza anche lui e mi appoggia la mano sulla guancia, fissandomi negli occhi. «Syd, è quello che sono: uno che sistema le cose. È così che ho ottenuto Palla di Neve. E sì, adoro la mia bella cagnolina con il suo pelo morbido. Ecco, l'ho detto. È la stessa cosa con le mie sorelle. Le adoro e sistemo tutto ciò che è rotto.»

Il mio cervello unisce i punti. Lui sistema le cose per

quelli che ama, me inclusa. Vorrei protestare che non ho bisogno di aiuto, ma ho la gola chiusa per l'emozione per ciò che sta veramente dicendo. Diceva a tutti che io ero innamorata di lui perché è *lui* che è innamorato di *me*. Quando il mio ex ha smesso di amarmi, ho passato fin troppo tempo a chiedermi che cosa ci fosse di sbagliato in me perché avesse smesso di amarmi. Forse, alla fin fine, non ero io il problema. E la verità è che sono innamorata di Wyatt ma sono stata troppo codarda per dirlo.

«Syd?»

«Non è vero che mi ami. È troppo presto.» *Per favore, di' che mi ami.*

Lui mi bacia. «Okay.»

Capisco che mi sta dando un contentino e divento tutta calda e smielata dentro perché so che segretamente mi ama. Sento lo stomaco che fa una capriola. «Non dirlo se non ci credi.»

«Non ti mentirò mai, a meno che tu mi chieda se il tuo sedere sembra grasso in quei jeans. In quel caso la risposta sarà sempre no. Ci sono già passato e la porta mi è sbattuta sul sedere mentre mi buttavano fuori a calci.»

Guardo i suoi occhi color del whisky che scintillano di buonumore. «Non puoi sistemare tutti i miei problemi. Me ne sto occupando io.»

«Come?»

«È un problema mio, okay? Non voglio coinvolgerti. Non sto con te per i tuoi soldi e non ho intenzione di cambiare idea sulla proprietà del mio ristorante. Mi hai capito?»

«Ti sento.» Mi mette le mani sul sedere e mi tira verso di lui. «Tu mi senti?»

Sorrido, riluttante. «Giura che non interferirai nel mio lavoro a meno che non te lo chieda.»

Wyatt continua a fissarmi negli occhi. «Chiedimelo.»

«No.»

«Sei così maledettamente testarda.»

Si china verso di me per un bacio e gli metto una mano sul petto. «Wyatt.»

«Okay, okay. Non interferirò.»

E poi mi bacia di nuovo e non posso farne a meno: gli metto le braccia intorno a collo e lo bacio anch'io.

A mezzogiorno di lunedì ho la risposta dalla banca: no. È ora che vada da Harper, anche se la cosa mi fa star male. Wyatt era ben intenzionato, ma il suo aiuto pone delle condizioni che semplicemente non posso accettare.

Preparo un contratto per un prestito a lungo termine da parte di Harper e, dato che sono veramente ansiosa, una lettera in cui dichiaro esattamente quali sono i termini che si può aspettare da me, inclusi aggiornamenti regolari sui rendiconti finanziari del ristorante e sulla possibilità di ripagarla più in fretta se la situazione migliorerà. Siamo amiche da sempre e voglio chiarire che non voglio approfittarmi della sua fama. Harper ha lavorato duramente e non si merita gli approfittatori che vengono attratti dalla sua natura dolce e generosa. Ho comunque la nausea se ci penso. Harper ha parecchio in ballo in questo momento, con il matrimonio imminente, il bambino e la nonna che sta invecchiando, quindi se non potrà darmi l'intero importo, andrà comunque bene. Mi darà un po' di tempo per costruirmi una base di clienti.

Sono a casa per la mia giornata libera. Mi alzo e guardo fuori dalla finestra la fila di alberi radi e poche case. Senza le foglie, riesco a vedere fino al Lago Summerdale. C'è silenzio là fuori, la neve copre ancora tutto. Sul lago c'è un sottile strato di ghiaccio. Se gelerà a sufficienza, metteranno una bandiera verde per indicare che è sicuro per il pattinaggio. Oggi è solo una brutta giornata in pieno inverno. Eppure, ogni volta in cui sono con Wyatt, sembra che la primavera sia proprio dietro l'angolo. Una sensazione di giubilo spumeggiante. *Amore.*

Scuoto la testa e prendo il telefono dalla tasca della felpa. Ultimamente, sono così sulle nuvole, la testa va continuamente a Wyatt. Ieri, a casa sua, abbiamo fatto gli *s'mores* nel camino e abbiamo riso e parlato tanto. Ho assillato Kayla perché mi raccontasse storie su Wyatt mentre cresceva. Mi ha raccontato che prima di andare a scuola passava un mucchio di tempo a sistemarsi i capelli, facendo ammattire le sue sorelle, che dovevano usare il bagno. Due bagni per quattro persone. Urla a non finire. E giura che usciva esattamente com'era entrato. Diceva che a quei tempi era quello lo stile. Ah!

Il mio telefono suona mentre l'ho in mano. Stavo ancora sognando a occhi aperti. È un messaggio di Wyatt. *Kayla andrà a casa per una visita. Sai che cosa significa.*

Sorrido.

Wyatt: *Sydney nuda sull'isola della cucina.*

Scherza sempre dicendo che vuole avermi in cucina. Potrei aver allungato un po' le mani guardandolo preparare i pasti per me.

Gli rispondo: *Che ne dici di Wyatt nudo sull'isola della cucina?*

Funziona anche quello. A che ora arrivi? Devo assicurarmi di avere abbastanza burrito da microonde.

Di nuovo messicano?

Sempre messicano. A che ora? Devo preparare.

Vorrei chiedergli che cosa sta preparando, ma penso sia meglio di no. Probabilmente vuole farmi una sorpresa.

Io: *A che ora mi vuoi lì?*

Wyatt: *Adesso.*

Mi porto la mano al cuore, invasa dal calore. Adoro che non faccia giochetti, fingendo di non essere interessato a me. Mi ama. L'ho sentito quasi fin dall'inizio, per il calore nei suoi occhi, ed è solo aumentato giorno dopo giorno.

Io: *Posso essere lì tra un'ora.*

Wyatt: *Palla di Neve è irritata di dover aspettare tanto, ma le farò sapere che è solo perché vuoi lavarti i capelli, depilare le gambe e tutta quella roba in previsione di una sosta prolungata sotto le luci della cucina, nuda.*

E non sa che ho già fatto tutto quello che ha elencato.

Io: *Potresti almeno fingere di non sapere tutta questa roba da ragazze?*

Wyatt: *Colpa delle mie sorelle. So tutto (non per mia volontà).*

Io: *Ci vediamo presto.*

Wyatt: *Mai abbastanza presto. Era Palla di Neve. È sempre entusiasta di vederti.*

Fisso il telefono, sorridendo. *Oh, Wyatt.*

Scuoto la testa, rendendomi conto che sono qui a sorridere al mio telefono non so da quanto tempo. Chiamo Harper, che per fortuna risponde.

«Ciao Harp. Sono Sydney.»

«Va tutto bene? La tua voce suona un po' strana.»

«Sì, bene. Sto bene.» *Felice.* È strano sentirmi felice mentre sto per fare la telefonata che temevo. «Il ristorante non va bene però. Detesto chiedertelo, ma ho mancato tre pagamenti e se...»

«Non dire altro. Consideralo fatto. Sarò lieta di farti un bonifico per l'intero importo.»

«Sei sicura? Sono duecentomila dollari. So che hai il matrimonio e il bambino...»

«Tranquilla, ho un bel gruzzolo da parte. Sai che non ho mai vissuto in modo stravagante.»

Mi si riempiono gli occhi di lacrime. «Grazie. Ti restituirò tutto. Ho preparato i documenti e una lettera che descrive tutte le condizioni. Non voglio che i soldi si mettano tra di noi, okay? Sarà come una vera transazione d'affari e ti terrò informata continuamente.»

«Certo. So che posso fidarmi di te.»

«Non te l'avrei chiesto se la situazione non fosse così grave. Non ho mai voluto che pensassi che mi stavo approfittando di te perché sei famosa. So che c'è chi l'ha fatto e non ti ha trattato...»

«Seriamente? Syd, per tutto questo tempo ho pensato che non volessi mischiare gli affari con l'amicizia. Credevi veramente che potessi pensare che ti stavi approfittando di me? Sei stata la mia più fiera sostenitrice, la più accesa, durante tutti gli alti e bassi della mia vita.»

Ingoio il groppo di emozioni che mi si è fermato in gola. «Stai dicendo che sono una lingua lunga?»

«Sì! Quando facevamo insieme i provini per gli spettacoli del club del teatro e assegnavano sempre a me la parte principale, anche se anche tu eri fantastica e molto più divertente, tu dicevi a tutti di aspettare, che un giorno sarei stata una stella!»

«Sei una stella!»

«Pensi che sarei arrivata dove sono oggi senza la tua incrollabile fiducia in me?»

Io scuoto la testa. «È stato solo il tuo talento. Non avevi bisogno di me.»

«Col cavolo! Sapevo che mi avresti sempre coperto le spalle. Tu, Jenna e Audrey siete come sorelle per me.» La sua voce si incrina. Le scende una lacrima. «Oh, merda, adesso mi stai facendo piangere.» Harper fa una risatina. «Mi dispiace, sono gli ormoni della gravidanza. Piango per un nonnulla in questi giorni. Non voglio che passi un altro momento preoccupandoti. Niente si metterà mai tra me e le mie sorelle onorarie. Siamo sorelle per la vita.»

Sorelle per la vita. Mi esce un singulto, le lacrime scendono copiose, e io di solito non sono una che piange. Ma Harper è figlia unica e io avevo solo fratelli. «Maledizione, guarda che cosa mi fai fare con questa faccenda delle sorelle.» Prendo un fazzolettino e mi asciugo le lacrime mentre restiamo al telefono tirando con sul naso.

«Oh, Syd. Se avessi saputo che cos'era che ti preoccupava tanto, ti avrei fatto piangere prima.»

«Ah-ah.»

«Seriamente, tra me e Garrett stiamo andando bene. Possiamo permetterceli. Farò trasferire l'importo sul tuo conto oggi stesso. Dammi le tue informazioni e le passerò alla mia contabile.»

«Okay e ti manderò per e-mail i documenti che ho preparato. Aspetta.» Prendo i documenti dal cassetto del comodino. Lei ripete le mie informazioni bancarie due volte e poi parliamo un po' del matrimonio che ci sarà sabato, il giorno di San Valentino. Josie Abbot sarà la sua matrona d'onore. Non vedo l'ora di conoscerla. È un'attrice famosa e molto divertente.

«Di nuovo grazie, Harp. Chiamami, per qualunque cosa ti serva. Potrei tenerti la mano in sala parto o farti da babysitter o controllare il Generale Joan tutte le settimane. Qualunque cosa.» Il Generale è la sua anziana nonna.

«Sceglierei controlli quotidiani al Generale Joan per un anno.»

Deglutisco forte. «Davvero?» Sua nonna è dura come l'acciaio e non sarebbe divertente andarla a trovare tutti i giorni. Probabilmente mi farebbe pulire la cantina, sovraintendendo con il suo occhio di falco, abbaiando comandi. Sarebbe dovuta entrare nell'esercito.

Harper ride. «Stavo scherzando. Non mi devi niente. Voglio solo che tu sia felice.»

«Sono felice, in effetti. Le cose vanno veramente bene con Wyatt.»

«Non mi sorprende affatto.»

«Non ricordi che lo chiamavo Satana? Mi faceva veramente ammattire.» Non riesco a mettere molto calore nella voce, sentendomi come mi sento adesso, tutta calda e affettuosa.

«Ma per favore! Le scintille tra di voi rischiavano di mandare a fuoco il ristorante. Ti avevo detto che era una brava persona.»

«Già, è vero.»

«Aww, ti piace proprio, vero?»

Mi dimeno un po'. «Sono innamorata di lui e viceversa.»

«Sono così felice per te! La prossima volta in cui avrai una giornata libera, voi due dovreste venire in città a trovarci. Saremo a casa mia ancora per un paio di mesi prima di trasferirci nella casa nuova a Brooklyn. Stiamo facendo fare dei lavori. Se ne occupano Garrett e i suoi fratelli, dato che in gennaio il lavoro per loro rallenta.»

«Glielo dirò. Mi sembra una buona idea. Grazie ancora.»

«Prego. Ci sentiremo presto, sorella. Ciao.»

Mi lascio ricadere sul letto, sospirando di sollievo. Problema risolto. E non ho nemmeno avuto bisogno di Wyatt.

Poco dopo vado a casa di Wyatt. Suono il campanello e lui viene ad aprire con Palla di Neve infilata sotto un braccio. Indossa una camicia azzurra con i primi due bottoni slacciati che mettono in mostra un petto dorato e virile, pantaloni grigio scuro e scarpe di pelle. Il modo in cui tiene Palla di Neve è sexy e insieme attento. Le mie ovaie fanno un balletto. Quest'uomo sarà perfetto come padre. Non siamo ancora a quel punto, ma mi piace il potenziale. Di colpo, vorrei gettargli le braccia al collo. Resisto, imbarazzata per essere andata così avanti con i miei pensieri. «Ciao.»

Lui fa in fretta un cenno con la testa. «Svelta, entra. Non voglio che bruci la cena.»

«Stai cucinando?»

«Già.» Mi bacia. «Sono contento che tu sia qui, andiamo.» Mette a terra Palla di Neve che trotterella dietro di lui verso la cucina.

Mi tolgo la giacca e l'appendo a un gancio in anticamera. Mi prendo un momento per controllare se ci sono pelucchi sul mio maglione di cachemire viola. Era stato il regalo di Natale di mio padre, due anni fa. Sempre tanto generoso, anche quando non avrebbe dovuto. Ho i jeans e i miei stivaletti eleganti alla caviglia con tacco alto. Non sapevo che avrebbe cucinato una cena speciale, ma mi accerto sempre di farmi bella prima di venire.

Vado in cucina proprio mentre Wyatt sta scolando qualcosa nel lavandino. Si sente odore di bistecche. Vedo due costate, già cotte, che riposano sopra il fornello. Sembra tutto buonissimo. Sono così sorpresa che stia cucinando, basandomi su ciò che abbiamo mangiato finora, più che altro cibo surgelato da scaldare nel microonde. «Ti piace davvero cucinare?»

«Qualche volta» mi risponde, leggendo qualcosa sul telefono.

Sbircio da sopra la sua spalla. Sul telefono c'è la ricetta per la purea di patate. «Di solito si aggiungono solo un po' di latte, burro, sale e pepe.»

Volta la testa. «Scusami, ma non posso impressionarti se mi aiuti. Vai a sederti.»

Mi siedo e lo osservo mentre prepara le patate. Una volta fatto, prende un sacchetto di plastica di fagiolini dal frigorifero e li cuoce al microonde. «Ho preso il tipo che si può cuocere nel sacchetto.»

Sorrido. «È veramente carino.»

Va a un armadietto e prende due bicchieri da vino di cristallo. «Ho anche il tuo merlot preferito.»

«Ti ho detto qual è il mio merlot preferito?»

«Tu parli in continuazione a letto. E io ascolto.»

Arrossisco. «Non parlo in continuazione.»

Wyatt sorride. «Riveli molte cose post-orgasmo. C'è un sottile equilibrio: troppi orgasmi e ti addormenti. Troppi pochi e mi stai addosso per ore.» Spalanca gli occhi. «Spossante. La quantità giusta e chiacchieri come se non ci fosse un domani.»

Non riesco a decidere se essere imbarazzata che mi controlli in questo modo oppure essere contenta che sia così bravo a farmi sentire bene. «"Troppi orgasmi" non esiste.»

Mi guarda arcuando un sopracciglio. «Lo mettiamo alla prova?»

Sento una fitta di desiderio. «Smettila. Torna a cucinare.»

«Potrebbe essere un esperimento piacevole.» Toglie i fagiolini dal microonde e taglia il sacchetto, lasciandolo cadere sul ripiano. «Non siamo mai arrivati a sei.»

Rabbrividisco al pensiero.

Poco dopo siamo seduti uno davanti all'altra al tavolo della cucina per la cena a base di costata, purea di patate e fagiolini. Semplice ma veramente buona. Entrambi abbiamo un bicchiere di vino.

«Allora, questa è la cena a cui ricorri quando vuoi sedurre una donna?» gli chiedo.

«No, cosa? Perché dici una cosa simile? È una cosa completamente originale» dice annuendo.

«Fingerò che l'abbia fatta solo per me e quindi sia speciale.» Taglio un altro pezzetto di bistecca. «Oltretutto è favolosa. Mi aspettavo dei burrito al microonde. Grazie per aver cucinato.»

«Prego. Domani mattina ti preparerò dei toast alla francese.»

«Oh mio Dio, adoro i toast alla francese.» Bevo un sorso di merlot, che ha sentori di prugne e amarene. «Questo vino è eccezionale. Che tipo è?»

Lui torna al ripiano dove ha lasciato la bottiglia e la porta al tavolo. È un vino della California di cui non ho mai sentito parlare. Dev'essere costoso. «Non ho mai bevuto vino di questa qualità. Mi attengo strettamente a quello sotto i venti dollari.»

«Resta con me» mi dice. «Io ho un gusto eccellente.»

E soldi. Quello lo tengo per me. Invece sorrido e bevo un altro sorso. Non posso godermi ciò che procurano i suoi soldi e sentire che è troppo allo stesso tempo. Non lo voglio per via dei suoi soldi, altro motivo per cui non voglio coinvolgerlo nel mio problema di debiti. Almeno quello è a posto. Harper mi ha detto di confermare domani mattina che i soldi siano arrivati sul mio conto, e poi li trasferirò immediatamente per liberarmi del mio vecchio debito una volta per tutte. Prendo una forchettata di purea di patate. «Harper dice che dovremmo andare a trovare lei e Garrett in città.»

Wyatt appoggia la forchetta sul piatto con un suono metallico. «Oh, davvero? Sembra proprio una cosa da coppia.»

Arrossisco, mortificata, pensando di aver superato i limiti. «Non intendevo dare per scontato che tu e io siamo...» *Aspettate un attimo, quest'uomo ha dato a intendere molto chiaramente che mi ama.* «Ah-ah.»

Lui fa il suo solito sorrisetto. «Per un attimo ti ho imbrogliata.» Prende la forchetta e torna alla sua bistecca.

Gli lancio un'occhiata. «A volte gli uomini sono strani quando si tratta di queste cose.»

«Tu sei mia. È tutto ciò che ho bisogno di sapere.»

Risucchio il fiato. «Sono tua?»

«Sì.» Mastica e mi dà un'occhiata. «Puoi chiamarlo come vuoi, che siamo una coppia, che abbiamo una relazione... Per ma va bene tutto. So che sei mia.»

Gli do un'occhiata di sottecchi. «A me sembra un po' possessivo.»

«Per niente. Io sono una persona generosa. Visto? Ho cucinato la cena e poi ti scoperò fino a farti perdere la testa. Dare, dare, dare. Possessivo significherebbe tenerti stretta a me, invece io ti sto dando a piene mani.» Piega la testa. «O forse quello è il mio cuore?»

Sento una bolla di pura felicità salirmi dentro, facendomi sentire leggera e spumeggiante. Quale altro uomo parlerebbe di aprire il suo cuore? Nessuno. Ecco chi. Vado dalla sua parte del tavolo e lo abbraccio.

«Attenta» dice. «Ho in mano un coltello da bistecca.»

Lo lascio andare e lui si alza, appoggia il coltello e mi bacia teneramente. Mi prende il volto con entrambe le mani. «Ti amo.»

Sento gli occhi che scottano. Mi ha fatto capire più volte che mi ama, l'ha dimostrato con le sue azioni, ma le parole arrivano in fondo al cuore. Sento un'ondata di affetto, il mio cuore è pieno da scoppiare. «Ti amo anch'io.» Lo bacio e poi mi stacco, ma non riesco a resistere a quei caldi occhi ambrati che mi fissano, quindi lo bacio ancora. E poi ancora.

Lui sorride. «So che mi desideri, ma finisci la cena. L'ho pianificata a lungo. Il miglior taglio di carne. Ore di ricerca su Internet per trovare le ricette migliori. È un passo avanti rispetto a una cena per la seduzione. Solo il meglio per te.»

Il mio cuore si stringe. *Aspettate, ore di ricerca per una purea di patate e fagiolini da cuocere nel sacchetto? Ah! Immagino che abbia passato un mucchio di tempo a cercare ricette per cuocere le bistecche.*

Sorrido e torno a sedermi. «Sì, se io sono tua, significa che tu sei mio.»

Wyatt inarca le sopracciglia. «È un fatto. Sapevo fin dall'inizio che saremmo stati monogami. Cioè, com'è possibile che avessi ancora un po' di forza dopo il modo in cui mi assali ogni notte?»

«Maledettamente giusto» dico ridendo.

Wyatt mi guarda con un sorriso caloroso, gli occhi fissi nei miei. «Maledettamente bello.»

Wyatt

È meraviglioso avere Sydney tutta per me. Non mi dispiace la presenza di mia sorella, ma sono decisamente più rilassato quando siamo solo Syd e io. E lo è anche lei. Dopo cena, le cose diventano bollenti sopra l'isola della cucina. E più tardi nel mio letto. E nella doccia la mattina seguente, ma lì era lei che mi stava viziando. Non riesco a ricordare che sia mai stato così bello.

Ora le sto preparando i miei speciali toast alla francese. Il segreto è l'estratto di vaniglia. Lei è seduta all'isola della cucina, sorseggia il caffè e controlla il telefono. Le ho detto che sarebbe ora che cominciasse a mandarmi dei messaggi sexy, quindi spero che lo stia facendo. Sorrido tra me e me.

Fa un urletto. «Oh mio Dio!»

«Che c'è?»

Lei fissa il telefono con gli occhi sgranati e mi guarda. «Dev'esserci un errore. Devo chiamarla.» Si affretta a uscire dalla stanza.

Strano, chiamare chi? Che tipo di errore? Spero che non abbia a che fare con il suo problema di soldi. Dopo colazione, avevo intenzione di cercare di convincerla ad accettare il mio aiuto e diventare mia socia. Voglio toglierle quel fardello dalle spalle.

Finisco di preparare i toast, prendo lo sciroppo e apparecchio per noi sull'isola della cucina. Quasi dimentico le salsicce. Ne prendo una filza dal freezer e passo anche quelle al microonde.

Mi siedo qualche minuto dopo e lei torna, con gli occhi vitrei. Adesso sto veramente preoccupandomi.

Vado da lei e l'abbraccio. «Che cos'è successo?»

«Harper ha aggiunto altri centomila dollari al mio

prestito. Ha detto che vuole darmi un po' di respiro mentre rimetto in piedi il ristorante.» Mi fissa il petto. «È così generosa. So che dovrei essere felice, ma ci vorrà *un'eternità* per ripagare il prestito.»

Lascio cadere le braccia, con lo stomaco stretto. Mi ha chiuso fuori, andando da Harper invece di venire da me. Non si fida delle mie capacità. Forse sono nuovo nell'ambiente dei ristoranti, ma ho grandi idee. Io sono quello che sistema le cose. Mi ero offerto di aiutarla, senza prestiti. È un accordo sicuramente migliore che non essere in debito con Harper. Ovviamente Sydney non mi vuole come socio. Dice che mi ama, ma mi tiene a distanza. L'estraneo.

Mi fa male il cuore. Diavolo, pensavo stessimo costruendo qualcosa.

Mantengo la voce calma. «Perché non hai accettato i miei soldi e invece hai accettato i suoi?»

«Non voglio essere in debito con te.»

Cerco di essere paziente. «Avevo detto che non avresti dovuto restituire niente. Solo includermi nel salvataggio del ristorante.»

Lei torna all'isola della cucina. «Non sono una delle tue sorelle che ha bisogno di essere salvata. Non litighiamo per favore. La colazione ha un profumo meraviglioso.» Si siede e taglia un pezzo di toast alla francese mettendoselo in bocca.

«Allora perché non mi hai permesso di sistemare le cose?» Mi sta allontanando. Non solo, mi ha tenuto all'oscuro sul fatto di essersi rivolta ad Harper per aiutarla. Mi viene in mente che anch'io l'ho tenuta all'oscuro quando sono andato da Drew, ma avevo già menzionato più volte come rigenerare il suo ristorante, prima di fare quella mossa. E allora pensavo che fosse lui il proprietario. Avevo una ragione legittima di rivolgermi a lui. Lei non aveva alcun motivo per rivolgersi ad Harper. Lei ha me.

La fisso. «Non vuoi accettare il mio aiuto e lasciarmi fare quello che faccio meglio. Io rigenero le aziende in crisi. Io mi prendo cura delle persone. In questo caso, i miei due punti di forza erano uniti: prendermi cura di te e salvare la tua impresa, eppure mi hai chiuso fuori.»

«Wyatt,» dice gentilmente, «non è personale. Davvero.»

Certo che è personale. E non permetterò che abbia quell'enorme debito sulle spalle. Non è un bel modo di vivere. L'amo profondamente. E, nonostante tutti i suoi sforzi, sistemerò le cose una volta per tutte.

Appena Sydney esce da casa mia per andare a lavorare, chiamo Harper, che risponde allegramente. «Ciao Wyatt. Sydney mi dice che le cose tra voi due vanno alla grande. Sono entusiasta di saperlo.»

«Non proprio.»

«Oh no. Avete rotto?»

«No, niente del genere. Sydney è innamorata di me ma è troppo maledettamente testarda per accettare il mio aiuto.»

«Aww.»

«Voglio estinguere il suo debito con te. È testarda, come sai bene, e insiste a dire che non vuole che mi immischi, ma ho intenzione di farlo, quindi dammi le tue informazioni ed estinguerò il suo debito.»

«Non so... Forse voi due dovreste prima parlarne?»

«Abbiamo parlato. Guarda, le cose sono serie tra noi due, quindi consideralo un regalo di fidanzamento in anticipo.»

«Un regalo di fidanzamento prima del fidanzamento?»

«Glielo dirò quando avrà accettato di sposarmi. Meglio dei gioielli, non credi?»

«È così romantico. Ti stai prendendo cura di lei.»

«Sì. Grazie. È quello che continuo a ripeterle, ma lei è Miss Indipendenza.»

«È così dolce. Voi due vi siete innamorati così in fretta.»

«È un mese, e ci stavamo arrivando da un po'. Semplicemente, all'inizio lei non capiva il mio fascino.»

Harper si mette a ridere. «Okay. Ti manderò il numero della mia contabile e potrai chiamarla per sistemare i dettagli.»

«Grazie. Lo apprezzo.»

18

____

Sydney

È giovedì e mi sento meravigliosamente bene. La serata quiz e la serata del Club del vino, alias la serata delle donne, stanno crescendo di popolarità e il mio debito è sparito. L'Horseman Inn non è più sotto scacco. Posso pagare i dipendenti, investire nel marketing, perfino pensare a dei restauri. La cucina ha decisamente bisogno di ammodernamenti.

Andrò a casa di Wyatt dopo il lavoro, stasera, come al solito. Praticamente viviamo insieme. Anche con Kayla, che ha deciso di restare e lavorare qui alla sua tesi. Trova affascinante Summerdale e le piace tutto il terreno che circonda la casa di Wyatt. Ha perfino comprato delle racchette da neve per poter vagabondare per la proprietà. A volte porta a passeggio Palla di Neve dove la neve non è troppo alta.

È quasi mezzanotte quando arrivo a casa di Wyatt. Mi sta aspettando e mi viene incontro sulla porta con un mazzo di rose rosse in mano e Palla di Neve infilata sotto il braccio. La cagnolina continua ad annusare le rose.

«Per te» dice con calore.

«Wow.» Prendo le rose e lo bacio. «Grazie.»

Rimette a terra Palla di Neve e mi aiuta a togliere la giacca, appendendola al gancio. Palla di Neve trotterella verso la stanza del divano, dove dorme Kayla. Wyatt tiene lì il lettino del cane. Ci pensa Kayla a portare fuori Palla di Neve al mattino.

«Che gentiluomo stasera» dico scherzando. «Kayla è ancora sveglia?»

«Sta dormendo. Lavorare alla sua tesi le fa venire sonno. Farebbe venire sonno a chiunque. Vuoi qualcosa da bere o da mangiare?»

Scuoto la testa.

«Di sopra?»

Sorrido. «Sì.» È ancora l'unica stanza arredata.

Wyatt mi mette una mano sulla guancia e mi bacia teneramente. Le sue dita mi accarezzano la gola. «Dammi qualche minuto per preparare.»

«Okay. Posso rinfrescarmi in bagno oppure è lì che stai, uhm, preparando?» Non ho idea di che cosa abbia in mente. Un altro regalo romantico al piano di sopra? Si sta preparando in qualche modo? Non che ne abbia bisogno. È stupendo.

«Lasciami controllare una cosa.» Corre di sopra. Un momento dopo dice: «Okay, puoi salire».

Lo seguo, incuriosita. La porta della sua camera è chiusa. Forse ha ritirato i suoi mobili dal magazzino e vuole sorprendermi, anche se pensavo che li avrebbe messi nella stanza padronale. Ma no, stanno ristrutturando quella stanza per aggiungere un bagno en-suite e una cabina armadio ricavati unendo la stanza accanto.

Mi fa segno di passare oltre la camera, con un sorrisino sulle labbra. «Andiamo. Non c'è niente da vedere qui.»

Sorrido. «Se lo dici tu.» Muoio dalla voglia di sbirciare ma vado in bagno per prepararmi per andare a letto. Adesso tengo un set di articoli da toilette anche qui, per comodità. Una volta pronta, mi chiedo se sia il caso di uscire con solo le mutandine e il reggiseno, sono quelli belli, di satin rosso che rialzano il mio seno ampio, ma mi trattengo. Se ha un regalo per me, questo completo lo distrarrebbe troppo e non lo riceverei finché sarò troppo esausta per aprire gli occhi. Wyatt vince a mani basse la classifica del miglior amante che abbia mai avuto. O è a bocca bassa? È generoso anche da quel punto di vista.

Esco dal bagno, ancora con la mia uniforme di t-shirt e jeans aderenti neri e i miei comodi stivali di montone. Quando arrivo alla porta della camera, la trovo chiusa.

Busso. «Posso entrare adesso?»

Wyatt apre la porta e mi indica di entrare. Mi manca il fiato. Lungo il soffitto corre una fila di lucine bianche scintillanti e ha sparso petali di rosa sul letto, a forma di freccia.

Mi metto a ridere. «Dovrei seguire la freccia e salire sul letto?»

«Avvicinati un po' e vedrai.»

Mi volto a guardarlo, sorridendo. «È così romantico.»

«Ehi, io *sono* romantico.» Oscilla la testa da una parte all'altra. «Con te, perlomeno.»

Seguo la freccia di petali di rosa verso il cuscino. C'è una scatolina color azzurro uovo di pettirosso, legata con un nastro bianco. Una scatola di Tiffany. Il mio cuore si mette a galoppare. «Wyatt?» gracchio.

Lui si avvicina da dietro e mi mette le braccia intorno alla vita. Ha la voce roca. «Aprila.»

«Sembra costosa.»

«È tua. Dai, aprila.»

La fisso. «Non dovevi prendermi un regalo costoso.» Mi giro tra le sue braccia. «Per me non si tratta di soldi. Non è il motivo per cui sto con te.»

Mi prende il volto tra le mani. «Volevo che l'avessi.»

È quello che penso? Forse sono solo orecchini. Oh Dio. Torno a guardare il regalo, senza riuscire a muovermi. Devo capire come rispondere. Io lo amo e lui ama me.

«Me lo farai proprio fare, vero?» Lui afferra il regalo, sciogliendo il nastro. Prende la scatolina e si mette su un ginocchio. «Vuoi sposarmi?»

Mi copro la bocca con una mano.

Lui guarda la scatola. «Ho dimenticato di aprirla. È la prima volta che chiedo a qualcuno di sposarmi.» Apre la scatola dove c'è un enorme diamante rotondo su una fascia di platino. Almeno, credo che sia platino. La luce nella stanza è debole, sono accese solo le lucine scintillanti.

Mi affretto ad accendere il lampadario, fissando Wyatt su un ginocchio, con un anello di fidanzamento in mano. Sì, è decisamente un diamante di non so quanti carati incassato nel platino. Unisco le mani tremanti.

«Syd? Hai intenzione di rispondermi?»

«Devo pensarci» dico senza pensare.

Wyatt richiude di scatto la scatola e si alza. «Troppo presto?»

«Sembra un po' affrettato. Non sono sicura. Non ne abbiamo mai parlato.» Mi sembra di non riuscire a respirare. Vado verso il letto e mi siedo.

Wyatt s'infila la scatola in tasca e si siede accanto a me. «Parliamone adesso. Ci amiamo. Io ho intenzione di sposarti.»

«Me lo stai semplicemente dicendo» dico ridendo, ma la risata esce un po' tremolante.

«Beh, te l'ho chiesto e non hai risposto. Quindi sì, ti

sposerò. Tu gestirai l'Horseman Inn, vivrai qui con me e un giorno i nostri figli erediteranno il ristorante.»

«I nostri figli» ripeto, con la testa che gira. In vita mia non ho mai avuto un uomo che guardasse a un futuro con me con una tale assoluta certezza. «Troppo in fretta?»

«A volte succede così.» Mi prende la mano. «Hai la mano fredda e sudata. Ti ho veramente sorpreso, vero? Sono un novellino in questa faccenda delle proposte di matrimonio, ma siamo entrambi abbastanza esperti da riconoscere quanto è giusto, ed è la cosa giusta da fare.»

Mi appoggio a lui, mettendogli un braccio intorno alla vita. Lui mi mette un braccio sulle spalle. «E se rimpiangessi di avermelo chiesto? Un fidanzamento rotto non sarebbe una cosa orribile?»

«Non succederà.»

Rido per un attimo. «Non so come fai a essere così sicuro.»

«Perché tu sei pazza di me e perfino Kayla ha fatto un commento sui cuoricini nei tuoi occhi.» È quello che dico sempre di Harper, quindi so che sta scherzando.

Gli ficco un dito nelle costole. «Sei tu quello che ha i cuoricini negli occhi.»

«Colpevole.»

Sospiro. «Vorrei dirti di sì, ma ho paura. E se smettessi di amarmi?»

«Ti ho già detto che la gente lo dice solo quando c'è già qualcun altro.» Mi guarda negli occhi. «Non ci sarà mai nessun altro per me. Solo tu.»

Mi siedo diritta, studiando la sua espressione. È assolutamente sincero.

«Ti ho anche già preso un regalo di fidanzamento» mi dice.

«Un altro? Oltre all'anello di Tiffany con un diamante da un fantastiliardo di carati?»

Lui annuisce, sorridendo.

«Che cos'è?»

Lui sogghigna. «Dovrai essere ufficialmente fidanzata con me per averlo.»

«Vuoi corrompermi?»

Wyatt mi bacia il collo, salendo a poco a poco verso l'orecchio. «Dai, Sydney. Sai che vuoi dire di sì.»

«Okay, sì. Sì!»

Mi stritola in un abbraccio. «Non lo rimpiangerai. Giuro che ti farò felice.»

Sento le lacrime che mi pungono gli occhi, sono sopraffatta da tutto quello che provo. È come se fosse Natale e il mio compleanno tutto in una volta: un regalo così, il nostro amore, un futuro insieme. «Adesso mi stai facendo piangere.»

Lui torna a prendermi il volto tra le mani e mi bacia con tenerezza. «Sono così felice.»

Rido tra le lacrime. «Anch'io. Mettimi l'anello.»

Wyatt si alza, riprende la scatola e ne toglie l'anello. Poi mi prende la mano, sfiora le nocche con un bacio e mi infila l'anello.

«È così scintillante» dico, alzandolo alla luce e muovendolo avanti e indietro.

«Anche tu.»

Sento un fruscio di vestiti, alzo gli occhi e vedo che si è denudato.

«Non perdi tempo.»

«No.» Afferra l'orlo della mia t-shirt e la tira oltre la testa. «Prendo quello che voglio, senza esitazioni.»

«Impavido.»

Lui si ferma per un attimo, passandomi un dito sul seno. «Non direi impavido. Per qualche minuto ho pensato che saresti scappata urlando, per non tornare più. Roba da paura.»

«Oh, Wyatt.»

Fa volare il mio reggiseno e poi mi tira in piedi, abbracciandomi. Alzo la testa e le nostre labbra di uniscono di nuovo mentre le sue dita mi accarezzano lungo la spina dorsale, suscitando i brividi.

Interrompo il bacio. «Non riesco a credere che siamo fidanzati. Dovrei dirlo agli altri.»

«È già passata mezzanotte.» Sbuffa. «Chiaramente questa cosa della seduzione non mi sta riuscendo bene.» Mi fa cadere sul letto e io strillo.

E poi ci stiamo baciando di nuovo, ma questa volta è imperioso e mi bacia in modo appassionato. Prendo fuoco, piena di desiderio, le mani dappertutto, che accarezzano, graffiano, lo tirano più vicino. Il mio amante, il mio fidanzato.

Si tira indietro solo il tempo di denudarmi, infilarsi un preservativo e poi torna da me, prendendomi con una forte spinta. Gli avvolgo le gambe intorno alla vita, alzando i fianchi, prendendolo in profondità. È una cavalcata selvaggia, primordiale, con i corpi che sbattono insieme, i respiri affannosi.

Wyatt abbassa la testa vicino al mio orecchio, un rombo sexy di parole sconce. L'intensità va alle stelle e poi esplodo. Il fiato esce dai polmoni in un grido d'estasi. Lui rabbrividisce e si lascia andare, un'altra forte spinta e poi resta immobile, con un gemito profondo.

Accarezzo i suoi capelli umidi di sudore. «Immagino di poterti chiamare fidanzato, adesso.»

Lui grugnisce. Non è il tipo che parla molto, dopo.

Io sospiro felice. «Non sono mai stata una fidanzata prima d'ora.»

Wyatt alza la testa. «Immagino che avrei dovuto chiedertelo prima, ma vuoi dei figli?»

«Sì, certo.»

«Anch'io. Okay, bene. Risolveremo tutto il resto.»

Rotola via da me e poi allunga la mano e prende la mia.

Sorrido tanto che mi fanno male le guance. Non ricordo di essermi mai sentita così amata, contenta, così completamente soddisfatta.

~

La mattina seguente, dopo una sveglia speciale da parte del mio fidanzato sexy, seguita da una doccia insieme, esco dalla cabina piena di vapore e mi avvolgo intorno un asciugamano. Wyatt mi dà una sculacciata mentre va a prendere il suo asciugamano, subito dietro di me.

Ricordo di colpo che aveva un regalo di fidanzamento per me. Spero che non sia troppo stravagante. Dovrei prendergli qualcosa anch'io. Ma che cosa potrei regalargli che non possa comprarsi facilmente da solo?

Wyatt si pettina e mi guarda. «Sei terribilmente silenziosa. Dopo avermi fatto sanguinare le orecchie con le tue grida e tutto quel parlare. "Sì! Proprio lì! Più forte, Wyatt!"» Fa il suo solito sorrisetto. «Hai perso la voce?»

Non so perché, sto arrossendo. Non sono abituata a parlare fuori dalla camera di quello che succede a letto.

Mi accarezza la guancia. «Stai arrossendo? Dopo tutto quello che ci siamo fatti a vicenda?»

Gli spingo via la mano. «No!»

Lui ridacchia.

«Stavo solo ricordando che mi avevi detto di avere un regalo di fidanzamento per me.»

Wyatt si guarda allo specchio. «Pensi che dovrei regolare la barba? O forse tagliarla del tutto?»

«A me piace. Adesso siamo ufficialmente fidanzati.»

«Sì. C'è l'anello come prova.» Esce dalla stanza da bagno.

Finisco di prepararmi. Ha un lavandino doppio con un lungo ripiano e un mucchio di cassetti e armadietti. Mi rendo conto che stava evitando di rispondermi riguardo al mio regalo. Ha cambiato idea e non vuole più darmelo?

Lo seguo nella sua stanza, dove si sta vestendo. Mi fermo ad ammirare i muscoli della schiena che si flettono mentre si infila una maglia a maniche lunghe color ruggine. È così sexy. Nella sua sacca ci sono alcuni miei indumenti che lui lava regolarmente per me, quindi me li metto. Solo un semplice maglione nero e i jeans.

Wyatt finisce di vestirsi e si volta a guardarmi. «Colazione?»

«Certo.» Mi faccio una treccia coi capelli ancora bagnati, per togliermeli dalla faccia. «Hai cambiato idea sul darmi il regalo di fidanzamento? È okay. L'anello è più che sufficiente.»

«No, non ho cambiato idea. È cosa fatta.»

«Oh. Ti prenderò qualcosa anch'io.»

Wyatt afferra la fibbia della mia cintura e mi tira vicina. «Non sei obbligata a farlo.»

Sorrido. «Quando avrò il mio regalo?»

Lui diventa serio. «Non è qualcosa che puoi scartare, ma è un regalo che viene dal cuore. Credimi.»

Sento una stretta al cuore, il mio sorriso è enorme. «Okay, che cos'è?»

«Ho estinto il tuo debito con Harper.»

Sbatto un paio di volte le palpebre, con lo stomaco che si rovescia lentamente. «Tu cosa?»

«Harper ha pensato che fosse un regalo di fidanzamento romantico. È così che voglio che lo consideri anche tu.» Studia la mia espressione. «Vedo che stai per arrabbiarti...»

Mi tiro indietro. «Wyatt.» Faccio un respiro profondo

per calmarmi. «Avevi giurato che non ti saresti immi-schiato a meno che te lo chiedessi.»

«Non sto interferendo. Ti sto aiutando.»

«E io sono lieta che tu voglia aiutarmi, ma sono ancora arrabbiata. Non ti fidi di me, non credi che io possa riuscire a risolvere da sola i miei problemi.»

«E tu non ti fidi del mio aiuto.»

«Non voglio il tuo aiuto!» Espiro bruscamente. «Scusami. Sono solo frustrata. È la seconda volta che agisci alle mie spalle per occuparti di cose che non erano affari tuoi.»

Lui si passa la mano sulla faccia. «Sydney. Ci sposeremo. Tutto ciò che ha a che fare con te sono affari miei.»

Sento un tuffo al cuore. «È per questo che mi hai chiesto di sposarti? Per poterlo far passare come regalo di fidanzamento?»

«No!» Distoglie lo sguardo. «Non del tutto.»

«Non riesco a crederci!»

«Guarda, non ho bisogno di comprare un ristorante in crisi. Lo sto facendo per te. Io mi prendo cura di quelli che amo.»

«Apprezzo il pensiero, ma capisci perché sono arrabbiata? Hai giurato che non avresti interferito a meno che te lo chiedessi. Non te l'ho chiesto perché me ne sto occupando io.»

Lui alza le mani. «Che cosa vuoi da me?»

«Voglio che la smetta di essere il cavaliere dalla scintillante armatura! Non sempre le donne hanno bisogno di essere salvate.»

«Non è un difetto voler aiutare qualcuno. E anche tu devi imparare ad accettare l'aiuto, invece di essere sempre così testardamente indipendente.»

«E *tu* devi imparare che non devi risolvere *tu* tutti i problemi. Io sono perfettamente in grado di risolvere i miei.» Faccio pendere le dita in alto, agitandole. «Non puoi sempre essere il burattinaio sullo sfondo, che dirige tutto.»

«Quindi adesso sono un burattinaio? Non obbligo nessuno a fare niente. C'è un problema, e io lo sistemo. Ecco tutto.»

Digrigno i denti. «Non ti permetterò di tiranneggiarmi. Devi rispettare le mie decisioni. Ti avevo detto che me ne sarei occupata io e l'ho fatto. E adesso che cosa succede? Sei un investitore e puoi dire la tua?»

«Perché non dovrei? Sono un esperto. Potrei occuparmi della parte finanziaria e tu potresti dirigere quel posto.»

Scuoto la testa. Tutta la felicità che provavo è svanita. Mi tolgo l'anello di fidanzamento. «Mi ero convinta che fosse un gesto romantico, quando era tutto parte di un piano ben orchestrato.»

Wyatt fissa l'anello, con le labbra strette. «Non farlo.»

Lascio l'anello sul letto. «Non posso stare con qualcuno che non mi rispetta.»

«Io ti rispetto. Certo! Ma non sei perfetta. Sei testarda tanto da rendere le cose incredibilmente difficili. Senza motivo!» Aggrotta la fronte. «Perché non vuoi lasciare che sistemi le cose?»

Mi bruciano gli occhi per le lacrime. «Nemmeno tu sei perfetto. Sempre il capo, sempre a dirigere tutto.» Mi si chiude la gola, stretta per l'emozione. «Bene, non puoi dirigere me.»

«Donna impossibile» borbotta lui scuotendo la testa.

Prendo la borsetta e vado alla porta.

Continuo ad andare, correndo attraverso il soggiorno e vedendo tutto sfuocato attraverso le lacrime. Prendo la giacca ed esco proprio mentre Kayla sta tornando dalla passeggiata con Palla di Neve.

Sorride, con gli occhi castani che scintillano. «Hai detto sì?»

Scuoto la testa e le passo accanto per salire sull'auto, al sicuro.

Solo quando sono a casa mi lascio andare completamente. Riesco ad arrivare al letto e crollo, con la giacca e gli stivali e tutto il resto, rannicchiandomi sul fianco. Da fidanzata a tutto finito in meno di ventiquattr'ore. È lui quello impossibile. Ha agito alle mie spalle. Due volte! Do un pugno al cuscino. Non può semplicemente prendere il controllo e fare ciò che crede sia meglio per me e dirmelo dopo. Fa ancora più male il fatto che l'abbia camuffato da romantica proposta di matrimonio. Avrebbe dovuto parlarne con me.

Non posso stare con qualcuno che vuole gestire la mia vita proprio come gestisce i suoi affari e quelli di tutti gli altri che arrivano da lui con una storia strappalacrime. Oppure le sue sorelle con le loro storie strappalacrime. Bene, io non sono una storia strappalacrime. Almeno non lo ero prima di incontrare lui.

Singhiozzo nel mio cuscino.

19

Sydney

È proprio perfetto. Butto giù un bicchiere di costoso Char-
donnay e ne ordino un altro. Si beve gratis al ricevimento
per il matrimonio di Harper e Garrett. Tempismo perfetto,
avere una rottura straziante il giorno prima di un romantico matrimonio a San Valentino. È doloroso osservare
qualcun altro che si sposa, fingendo di stare benissimo da
single. Peggio ancora, c'è anche Wyatt, dato che è amico di
Harper e Garrett. E non è facile evitarlo in questo ricevimento intimo per cinquanta invitati, al terzo piano di una
piccola scuola di cucina a Manhattan. Ed è il motivo per
cui sono incollata al bar. *Schi-i-i-fo.*

Jenna e Audrey si sono installate ai miei fianchi per
proteggermi. Indossiamo tutte abiti da damigella verde
smeraldo con le maniche ad aletta. Ho dato loro una
brevissima spiegazione su Wyatt – follemente innamorato,
ha agito alle mie spalle due volte, abbiamo rotto – mentre
venivamo in città su una limousine che Harper ha
mandato per noi. Abbiamo organizzato una vera e propria

sessione di recupero post-rottura per lunedì a casa di Jenna. Con il matrimonio, non volevo scendere in tutti i particolari scabrosi. È il giorno speciale di Harper e devo essere allegra per lei. Sto veramente tentando.

Comincia una canzone lenta e le parole sdolcinate mi fanno stringere i denti.

Entrambe le mie amiche si voltano a guardare la pista da ballo con desiderio.

«Wyatt ti sta fissando» sussurra Audrey.

«Niente informazioni su Wyatt, per favore» dico, ingollando un altro lungo sorso di vino. È il mio secondo bicchiere. E due flûte di champagne nella limousine. Più una da un cameriere che passava di lì quanto siamo arrivate al ricevimento. Due più uno più due. Ho intenzione di restare qui fino all'amara fine.

Un uomo alto e biondo, sui venticinque, coi capelli a spazzola e spalle enormi si avvicina a Jenna, chiedendole di ballare. Probabilmente è uno degli amici di Garrett.

Lei si rivolge a me: «Ti dispiace? Starai bene?».

Le faccio segno di andare. «Sto benissimo qui con la mia amica barista.» La barista sta aiutando qualcuno in fondo al bar, ma la saluto con la mano, come fossimo vecchie amiche.

Si avvicinano altri due uomini, capelli scuri, tipi sorridenti. Presumo siano amici di Garrett. Harper ha più che altro amiche donne. Chiedono a me e ad Audrey di ballare. Quello più grosso, più di due metri, vuole Audrey. Non so perché i tipi grandi e grossi vogliono sempre le donne minute. Un qualche tipo di complesso da maschio alfa.

Lei sorride e gli prende la mano e vanno verso la pista da ballo.

Io scuoto la testa, rivolta al mio tizio che sta ancora

aspettando una risposta. «Non posso. Grazie però. Crampi terribili.»

Lui fa una smorfia e si sposta lungo il bar per chiederlo a qualcun'altra.

So come si disgusta un uomo, vero? Finisco il vino e ne ordino un altro bicchiere. Un lento dopo l'altro. Le mie amiche continuano a ballare. Stupide melense canzoni d'amore. Non si rendono conto che l'amore fa male? Gli dai il tuo cuore e te lo strappa dal petto. Senza scusarsi.

«Salve Sydney» dice una secca voce femminile.

Raddrizzo immediatamente la schiena e tiro indietro le spalle. È il Generale Joan, la nonna di Harper. I suoi acuti occhi castano sanno tutto, vedono tutto. «Salve, signora Ellis.» I suoi capelli bianchi e corti sono divisi nitidamente di lato e indossa un abito di pizzo color lavanda che arriva sotto le ginocchia. «Sta divinamente. È stato un bel matrimonio.»

«Sì, è vero. Perché stai bevendo al bar invece di ballare?»

«Non sono dell'umore giusto. Vuole bere qualcosa?»

«Ho già bevuto dello champagne.» Mi guarda da vicino. «Hai gli occhi vitrei. Quanti drink hai già bevuto a questo bar, signorinella?»

«Solo due.» *Più tre prima del bar. Ma quello non glielo dico.*

Lei afferra il mio bicchiere. «E questo è il terzo?»

«Uh, sì. Ehi!» Se ne sta andando con il mio drink, zoppicando un po' per via dell'anca malandata. Devo rincorrerla? Avete idea di come sembrerebbe se rincorressi una donna anziana che mi ha rubato il drink?

La guardo mentre lo porta a un bidone dei rifiuti dietro il tavolo dei cibi caldi e lo rovescia. Accipicchia. Un po' esagerata! Non è che *io sia* sua nipote. Anche se la conosco da quando avevo cinque anni. Mi ha intimidito fin dall'inizio. Adesso non più. Ho ventotto anni e ordinerò un altro drink se ho voglia.

Torno a rivolgermi alla barista.

«Non pensarci nemmeno, signorinella!» abbaia il Generale Joan, che sta tornando diritta da me.

Faccio una smorfia. La voce di quella donna si sente anche sopra la musica. La gente si volta a guardarci. Harper mi rivolge un'occhiata implorante, pregandomi di risolvere la situazione. Garrett, il suo neosposo, si avvia immediatamente verso il Generale Joan, ma lei lo ferma. Lui continua a camminarle di fianco finché arriva alla sua destinazione: me.

«La signora Ellis gradirebbe che ti fermassi a due drink» riferisce obbediente Garrett.

«L'avevo capito.»

Lui le chiede se ha bisogno d'altro e lei lo spedisce a prenderle uno di quegli strani bignè ai gamberetti.

«Bere non risolverà i tuoi problemi» mi informa la signora Ellis. «Harper mi ha detto che hai rotto con il tuo tizio ieri. Non hai nemmeno bisogno di dirmi chi è. Ti sta fissando da quando hai percorso la navata della chiesa come damigella.»

«Può fissare quanto vuole.»

«È innamorato di te, ragazza. Vai a parlargli. Pensi che l'amore arrivi ogni giorno della settimana?»

Le do un'occhiata di traverso. «Lei non capisce. Vuole gestire la mia vita.»

Lei mi afferra il braccio. «Una volta ho avuto l'amore raro di un uomo meraviglioso che mi ha lasciato troppo presto. Non sprecare momenti preziosi.»

Suo marito è morto quando Harper era piccola e anche mio padre ha perso mia madre troppo presto. Diceva sempre che era contento di averla sposata in fretta perché significava che aveva passato tutto il tempo possibile con lei.

La signora Ellis sospira. «Non c'è bisogno che gli baci il culo. Digli solo ciao e le cose andranno avanti da sole.»

Rido un po'. Il Generale di solito non dice parolacce, quindi so che è seria. «È incazzato perché ho rifiutato la sua proposta di matrimonio la mattina dopo averla accettata e io sono incazzata perché continua ad agire alle mie spalle per sistemare la mia vita. Che va benissimo, comunque, e sarebbe andata bene anche senza il suo aiuto.»

Lei annuisce. «Quindi sono tutti incazzati e nessuno è felice.»

«Esattamente» dico piano. Potrebbe aver ragione. Mi volto a guardare Wyatt. È vicino a una bella attrice bruna che ha la mano sul suo braccio. E lui non la sta respingendo. La riconosco dall'ultimo show in TV di Harper. Wyatt le sorride dicendo qualcosa. Io distolgo gli occhi, e una fitta di gelosia mi fa male al cuore.

«A me sembra che stia benissimo» dico alla signora Ellis. «Vado a prendere una boccata d'aria.»

Corro fuori dalla stanza, ma non prima di sentirle dire: «Stupidi ragazzini».

Il vento gelido che soffia tra gli edifici mi fa passare immediatamente la sbornia. Okay, stava solo parlando con quell'attrice. Non importa che lei sia bella. Che cosa diavolo sto facendo, correndo fuori in questo modo? Io sono fiera. Io affronto la vita a viso aperto. La signora Ellis ha ragione. Dovrei parlare con lui. Gli dirò ciao. Magari mi chiederà scusa e potremo risolvere le cose.

Ma quando torno Wyatt sta ballando con l'attrice di prima. L'orgoglio e non poca gelosia e indignazione mi bloccano sul posto. Ci siamo appena lasciati! Io non sto ballando con un altro! Più che altro perché non voglio che un altro uomo mi tocchi in questo momento. Per Wyatt a quanto pare non è un problema.

Che si fotta. Vado a prendere un altro bicchiere di vino. Non mi interessa che cosa dice il Generale. Lei non ha mai avuto a che fare con un tipo come Wyatt Winters.

Sono passati tre giorni strazianti dalla nostra rottura e non una parola da lui. Okay, ha detto ciao quando ci siamo incrociati uscendo dal ricevimento per il matrimonio di Harper, ma è tutto. Niente messaggi, niente telefonate, niente. La sua mancanza è troppo da sopportare da sola. Grazie al cielo per le amiche. Sto andando a casa di Jenna, sopra il Summerdale Sweets, conosciuto principalmente per i biscotti, i brownie e i cupcake. L'estate scorsa, quando ha aperto il negozio, i suoi sandwich di gelato, preparati con strati di torta, erano popolarissimi.

Faccio una cena leggera, sapendo che Jenna fornirà un meraviglioso dessert. Appena entro nel suo appartamento mi viene l'acquolina in bocca. Sembra un paradiso di cioccolato. Noto due scatole da pasticceria sul tavolo rotondo di vetro nell'angolo pranzo del suo soggiorno. «Hai portato i brownie al doppio cioccolato?»

«Oh, ciao Jenna, che piacere rivederti» dice lei scherzosamente.

Rido e l'abbraccio. «Scusa, mi servirebbe veramente un po' di cioccolato.»

«Ovvio che abbia i brownie al doppio cioccolato. Non sono certo una novizia quando si tratta di terapia per superare un ex.» Indica le scatole. «Serviti. Audrey arriverà a momenti.» Si sistema sul suo grande divano grigio con cuscini ornamentali rossi e neri. Jenna è alta, quindi ha scelto un divano sul quale ci si può sdraiare per il lungo con una seduta di lato che offre un altro spazio per allungarsi. Noi tre siamo rimaste spaparanzate su quel divano molte sere, dividendoci una bottiglia di vino e filosofeggiando sulla vita, più che altro sugli uomini.

Ha già preparato dei piattini di porcellana per il dessert. Sbircio in una scatola, incerta se scegliere un brownie al caramello salato o quello al doppio cioccolato. Le do un'occhiata, comodamente seduta con un berretto grigio chiaro di maglia, un cardigan grigio su una t-shirt di cotone e i jeans, con le lunghe gambe ripiegate sotto il sedere. «Non riesco a decidere.»

Mi indica la cucina. «Prendi un coltello e prendi un pezzo di tutto quello che ti piace. Meglio che non mangi più di un brownie, sono troppo ricchi perfino per te. Te ne andresti col mal di stomaco.»

Vado nella piccola cucina oltre l'arco, prendo un coltello dal blocco e torno ai miei brownie. Taglio a metà quello di caramello salato e quello al doppio cioccolato e li metto su un piatto. Sbircio nella seconda scatola. Grossi biscotti fatti in casa: coi pezzetti di cioccolato, al cacao coi pezzetti di cioccolato, avena e *toffee*, allo zenzero e al burro di noccioline. *Decisioni, decisioni...*

Suona il campanello e Jenna balza in piedi. «È arrivata Audrey.» Va a farla entrare.

Prendo un biscotto al cacao con i pezzetti di cioccolato, decidendo che più cioccolato c'è meglio è. Ho talmente tanta roba sul piatto che vado a sedermi al tavolo. Non voglio che finisca del cioccolato sul divano di Jenna.

«Ho portato il vino» dice Audrey, arrivando in soggiorno. I suoi lunghi capelli corvini risaltano sul maglione color panna lungo fino a metà coscia. Ha i leggings e le sneakers. Un abbigliamento piuttosto informale per lei. Spesso al lavoro indossa bluse con il colletto alla Peter Pan e pantaloni o una gonna.

«Ehi» dico, salutandola con una mano.

«Come stai, Syd?» La sua voce è piena di simpatia e a me si chiude la gola per l'emozione. Il cioccolato è una distrazione temporanea. Questa rottura è stata difficile. Io mi sono innamorata in fretta e ho rotto in fretta. È stato un turbine da cui non mi sono ancora ripresa.

«Non molto bene» ammetto.

Audrey appoggia due bottiglie di Pinot grigio sul tavolo, il suo vino preferito. Scommetto che le ha portate da casa. Mi mette un braccio sulle spalle, per un mezzo abbraccio, premendo la guancia contro la mia. «Vedo che ti sei armata ben bene di cioccolato.»

«Già.»

Jemma arriva con un cavatappi e tre bicchieri da vino. «Allora, fino a che punto odiamo Wyatt?» chiede stappando il vino.

«Io non lo odio» dico. «Dammi un po' di vino e vi dirò tutto.» Sabato, prima del matrimonio di Harper, avevo raccontato loro solo le cose più importanti. Il giorno dopo avevo lavorato.

Jenna versa una generosa quantità di vino per me e poi una dose normale per lei e Audrey. Si siede di fianco a me. Audrey è dall'altro lato. Perfino più vicina. Aveva tirato vicino una poltrona, probabilmente per potermi abbracciare al bisogno. Facciamo tintinnare i bicchieri in un brindisi silenzioso come facciamo sempre.

«Che cos'è successo?» chiede gentilmente Audrey.

«Sì, sembravi così felice con lui» dice Jenna. «Non ti vedevamo mai.»

«Mi vedevate quasi ogni giovedì alla serata del club del vino» dico prima di ficcarmi in bocca un brownie al doppio cioccolato. Ero mancata un giovedì quando Wyatt mi aveva portato a cena in città. Per un momento mi lascio distrarre dal ricco sapore di cioccolato in bocca.

Potrei continuare a mangiare questi brownie per tutto il giorno.

«Sì, ma era all'Horseman» dice Jenna. «Non noi tre insieme, solo per vederci, o perfino per uscire insieme. Quand'è l'ultima volta in cui siamo uscite insieme?»

Ingoio il brownie. «Sono troppo a bolletta per uscire, ricordi?» E adesso sono senza debiti, grazie a Wyatt. Assolutamente nessun debito. Vorrei poterlo apprezzare di più. Se solo non ci fossero tanti vincoli. È esattamente il motivo per cui avevo preferito fare da sola con Harper. E poi lui aveva agito alle mie spalle *di nuovo*. Non pensa che possa gestire da sola la mia vita. Sono sempre stato io il capo.»

«Oh, sì,» dice Audrey, «dovremmo organizzare qualcosa di divertente ma gratuito.» Si volta dandomi un'occhiata significativa. «Hai bisogno di altro vino e/o cioccolato prima di condividere tutti i particolari?»

Tento di sorridere ma non ci riesco. Poi spiattello tutto, dall'esaltazione dell'amore alla devastazione di una proposta di matrimonio fatta per i motivi sbagliati.

Mi fissano entrambe, mute per lo stupore.

«Lo so!» Do un enorme morso al brownie al caramello salato e la deliziosa dolcezza per un attimo mi calma.

Jenna e Audrey si scambiato un'occhiata.

«Sapevi che le aveva chiesto di sposarlo?» chiede Jenna ad Audrey.

«No!» esclama Audrey. «Syd! Come hai potuto non darci questa importantissima notizia?»

Deglutisco il cibo che ho in bocca e lo accompagno con una lunga sorsata di vino. «È successo solo qualche giorno fa e abbiamo rotto subito dopo e poi c'è stato il matrimonio di Harper e ieri stavo lavorando.»

«Sei seria?» dice Jenna, guardandomi con gli occhi stretti. «Ci conosciamo da sempre e ci nascondi una notizia del genere?»

Mi trema il labbro. «Ero troppo sconvolta per dirlo.»

Audrey mi abbraccia immediatamente, stringendomi forte. «Okay, nessun problema. A volte è difficile parlare quando si è sconvolti, ma in futuro, per favore, tieni a mente che non ci importa se piangi come una fontana mentre cerchi di tirar fuori le parole. Ci siamo sempre per te.»

A quel punto piango, coprendomi la faccia con le mani. Jenna mi accarezza la schiena, mormorando parole di conforto. Quando le lacrime smettono di scendere, alzo la testa e tiro su col naso. Jenna corre a prendere una scatola di fazzolettini.

Audrey tende la mano per prendere il fazzolettino usato, facendomi ridere un po'. «Grazie, ci penso io.» Audrey è una persona così premurosa. Un giorno sarà una mamma favolosa.

Torno dalla cucina e trovo le mie due amiche che sussurrano tra di loro. «Che c'è?»

«Possiamo vedere l'anello?» chiede Jenna.

Audrey sorseggia il vino, fingendo di non essere mai stata interessata all'anello.

Mi lascio ricadere sul divano. «L'ho lasciato là. Può usarlo per chiedere di sposarlo alla prossima damigella in pericolo che vuole salvare. È quello che fa Wyatt. Ma io non sono così. Io mi salvo da sola. L'avevo già fatto. E poi mi ha preso alla sprovvista con il suo nefasto piano da burattinaio.»

Audrey annuisce, comprensiva. «Era troppo presto per una proposta di matrimonio.»

Jenna annuisce anche lei. «Solo un paio di mesi fa pensavi che fosse il più irritante...»

«Arrogante» la corregge Audrey. «Pensava che fosse arrogante. E anche malvagio.»

«Satana» aggiunge Jenna.

Sua sorella si è rivolta a lui in preda alla disperazione e lui si è preso cura di lei.

Pulisce i denti di Palla di Neve e le lava quotidianamente occhi e orecchie, dopo averla presa in casa sua alla morte dell'anziana vicina di casa.

Mi preparava la colazione tutte le mattine.

Mi si stringe la gola e gli occhi si riempiono nuovamente di lacrime. Bevo un sorso di vino.

«Non puoi chiedere a qualcuno di sposarti solo per poterle fare un regalo di nascosto.»

Audrey beve un sorso di vino, senza commentare quell'affermazione.

«Era un regalo con dei vincoli.»

«Ti ha chiesto di diventare tuo socio?» chiede Audrey.

Picchio la mano sul tavolo. «Ha detto che lo sarebbe stato automaticamente dato che saremmo stati sposati.»

Jenna piega la testa di lato. «È vero per la maggior parte delle coppie, no?»

Mi arrabbio sul serio. «Non è questo il punto!»

Jenna si mostra immediatamente contrita. «Scusa. Wyatt fa schifo.»

«Assolutamente» aggiunge Audrey. «Lo odiamo.»

Sospiro. «Non è necessario che lo odiate. Non è cattivo. Fa degli errori e basta.»

«Oh sì, errori enormi» dice Audrey per calmarmi.

Do un morso al biscotto con i pezzetti di cioccolato e mastico, sentendomi leggermente meglio. «Quindi lui è fatto così e devo accettarlo. Lui sistema le cose. È un risolutore.»

Audrey annuisce. «Un risolutore con idee mal riposte.»

Jenna e Audrey si scambiano un'occhiata che fingo di non vedere. Qualcosa mi dice che pensano che la mia reazione al grande gesto di Wyatt sia esagerata. Ma a me sembra sbagliato. Non intende accettare che possa fare da sola e io non accetto che lui voglia essere il grande capo che gestisce la vita di tutti. Va bene per le sue sorelle e le imprese in crisi che chiedono il suo aiuto. Io non l'ho mai chiesto. Beh, sì, avevo chiesto un prestito prima che stessimo insieme, ma ci avevo rinunciato immediatamente quando era stato chiaro che avrebbe voluto un pezzo del mio ristorante.

Cerco altri biscotti, sorpresa di averli finiti. Ero così sovrappensiero che non avevo nemmeno notato di averli mangiati tutti.

«Wyatt è come un tecnico che aggiusta la tua vita» dice Audrey premurosa. «Ma se non hai chiamato tu il tecnico per sistemare le cose, allora è un'imposizione.» Alza le mani. «Cioè, che ci fai in casa mia a riparare le cose?»

«Esattamente!» esclamo. «È esattamente così. E lui non mi ascolta.»

Jenna arriccia le labbra. «Spregevole.»

«Non proprio.» Mi sento obbligata a fare marcia indietro su quanto sia orribile. Non è quello l'uomo che conosco, anche se apprezzo che le mie amiche mi sostengano. «Wyatt ha buone intenzioni. Ma io non ho bisogno né voglio qualcuno che aggiusti le cose, come ha detto Audrey. Mi aveva offerto il suo aiuto e l'avevo rifiutato. Ma poi ha agito alle mie spalle andando da Drew e poi da Harper.»

«Sentiamo il parere di Harper» dice Jenna, prendendo il telefono.

«No» dico. «Non è ad Aruba in luna di miele?»

«Partono domani. Aveva un appuntamento cui non voleva mancare oggi, con il ginecologo. Scopriranno il sesso del bambino.»

«Mettila in vivavoce» dice Audrey.

Finisco il vino con una lunga sorsata. Voglio un bene folle ad Harper, ma non mi aspetto che capisca. Lei pensa che Wyatt sia meraviglioso. È quella che ha accettato che lui estinguesse il mio debito come regalo di fidanzamento. Aveva saputo prima di me che mi avrebbe chiesto di sposarlo e che cosa aveva in mente esattamente. Avrebbe dovuto dirmelo. Conoscendo Harper, probabilmente aveva pensato che fosse un gesto romantico. È così pazza di Garrett che vuole che tutti gli altri siano innamorati come loro. E non è così facile per alcuni di noi.

La voce calda di Harper risuona al telefono. «Salve signore! Rullo di tamburi, per favore.»

Obbedisco, facendo tamburellare le mani sul tavolo.

«È una femmina!» esclama.

Urliamo tutte felici e ci congratuliamo con lei.

«Berremo vino e mangeremo cioccolato in tuo onore» dice Audrey.

«Grazie» dice Harper ridendo. «Siamo entrambi così felici. Andrò a comprare qualche completino carino per la bambina durante la luna di miele.»

«Mi dispiace se ti abbiamo disturbata» dico. «Probabilmente starai preparando le valigie.»

«No. Mi sto solo rilassando a casa. Non mi avete disturbata. Pensavo aveste chiamato per sapere del sesso del bambino.»

Faccio una smorfia. Troppo presa dal mio dolore avevo dimenticato la sua grande notizia. «Sì, ma Jenna voleva parlare con te della mia, uhm, situazione personale.»

«Oh!» dice Harper. «Stai bene?»

«Da schifo» dice Jenna. «Wyatt le ha chiesto di sposarla solo per sistemare la sua vita ma Sydney non aveva bisogno di essere sistemata, grazie tante.»

Le do uno spintone. «Non scherzare. Ho un motivo legittimo per essere arrabbiata.»

«Che cos'è successo?» chiede Harper.

Audrey le racconta i fatti. Mi ha chiesto di sposarlo. Ha

estinto il mio debito. Abbiamo litigato e abbiamo rotto per via della sua prepotenza. Ha agito due volte alle mie spalle.

Fissiamo tutte il telefono sul tavolo, aspettando l'opinione di Harper.

«Syd, a volte può sembrare che Wyatt sbagli e non sempre sceglie il modo migliore per esprimersi, ma io so che è una brava persona.» Harper fa una pausa. «Pensavo fosse un romantico regalo di fidanzamento. Non ti ha detto che era quello che intendeva?»

«Sì, ma non voglio che si immischi nei miei affari e aveva giurato che non avrebbe interferito se non l'avessi chiesto esplicitamente, cosa che non ho fatto.» Mi sento invadere da una nuova ondata di rabbia. Ho bisogno che le mie amiche capiscano che ciò che Wyatt ha fatto è sbagliato. «Pensa di dovermi salvare, quando sono perfettamente in grado di salvarmi da sola!»

«E avete rotto per questo» dice Harper. «È un peccato che non possiate tornare insieme senza essere fidanzati. Pensi che magari potreste fare un passo indietro, rimettervi insieme e tornare a com'era prima della, uhm, proposta indesiderata?»

«No» dico. «Perché lui non capisce che ciò che ha fatto è sbagliato e significa che continuerà a farlo. Cioè, continuerà a intervenire per sistemare la mia vita senza che io lo chieda.» Mi manca la voce e bevo un sorso del vino di Audrey perché il mio è finito. Lei mi accarezza la schiena, comprensiva.

«Oh, Syd» dice Harper.

«Non ho bisogno di un uomo per far funzionare la mia vita» dico. «Ce la posso fare da sola.»

«Prima piangeva» dice Jenna.

Sento gli occhi che scottano. Io non piango facilmente e le mie amiche lo sanno.

«Vorrei poter essere lì in questo momento» dice Harper. «Mi sembra che tu abbia bisogno di un grande abbraccio di gruppo.»

«Sto bene» dico. «*Starò* bene. Tu goditi la luna di miele. Ci vedremo quando tornerai.»

La sua vita sembra incantata in confronto alla mia. So che lavora tantissimo, ma lavoro tanto anch'io e mi sembra di non essere nemmeno lontanamente vicina a dove pensavo di essere alla mia età. Avrei dovuto avere un bell'appartamento, un compagno serio e un conto in banca abbastanza sostanzioso da permettermi di uscire con le amiche senza preoccuparmi del costo di una serata fuori.

La ringrazio e la salutiamo tutte.

Audrey si volta verso di me. «Servirebbe se Wyatt si scusasse?»

«Non lo farà» dico. «Non ritiene di aver fatto niente di sbagliato.»

Entrambe restano in silenzio per un momento.

Mi verso un altro bicchiere di vino. «Basta parlare di me. Che cosa succede nelle vostre vite amorose?»

«Sono andata a letto con il tizio delle consegne questo pomeriggio» dice Jenna, con gli occhi verdi che scintillano.

«Jenna!» esclamiamo quasi all'unisono Audrey e io.

«Il tizio delle consegne?» chiedo, mordendo un brownie al cioccolato.

Jenna agita le dita in aria, sorridendo. «È un po' che la cosa stava andando avanti. Occhiate, flirtare... Sapete! Si chiama Trey ed è tutto ciò che so di lui.»

«E adesso?» chiede Audrey. «Continuerai a vederlo?»

«Sarà sesso quotidiano?» chiedo. «Consegnami la farina, lo zucchero e le uova e prendi me, Trey!»

Jenna scoppia a ridere. «No, gli ho detto che era per una sola volta. L'abbiamo concordato prima. Sapete che non voglio niente di serio.»

«Perché no?» chiede Audrey. «Proprio non lo capisco. Non pensi mai al futuro, a sposarti, farti una famiglia?»

«Dopo l'orrendo divorzio dei miei genitori?» chiede Jenna. «L'ultima cosa che voglio è sposarmi.»

«Beh, io lo vorrei» dice Audrey, fissando il tavolo. «Un giorno.»

«Sei stata così fredda con Drew» dico. «Di solito lo saluti con calore al bar. Che cosa sta succedendo?»

Audrey arrossisce. «L'ho salutato.»

Scuoto la testa. «Non come facevi di solito. Dai, forza, siamo noi.»

Lei sorride con le labbra tirate. «Non è successo assolutamente niente.» Sospira. «Jenna, non dovresti permettere al divorzio dei tuoi genitori di decidere le tue scelte. Meriti di essere felice.»

Jenna le rivolge un'occhiata impassibile. «È stato un incubo. Una battaglia tirata per le lunghe con me e mia sorella colte in mezzo. No, grazie.»

«Ho bisogno di incontrare un uomo» dice Audrey.

Jenna e io ci scambiato un'occhiata a occhi sgranati per la sorpresa. «Vai, Audrey!» dico io dandole un pugno sulla spalla.

«Datti da fare ragazza» dice Jenna. «Ma mi sa che dovrai cercarlo fuori da Summerdale. Qui c'è poco da scegliere. Ooh, perché non dai un'occhiata a questa nuova app?» Picchietta sullo schermo e gliela mostra.

Audrey lo spinge lontano. «Non sto cercando qualcuno solo per farci sesso. Vorrei qualcuno che desidera una relazione seria. Possibilmente uno uomo che legga.»

Decisamente non Drew, allora. Non gli è mai piaciuto leggere mentre cresceva.

«Oh, c'è Uomini Sexy Che Leggono» dice Jenna, mostrandole di nuovo lo schermo. «È solo un account sui social media, ma scommetto che qualcuno di loro è single. E queste fotografie sono tutte di New York City.»

Audrey guarda me. «Fammi sapere se all'Horseman Inn viene un uomo che sembri un tipo letterario. Altrimenti mi rivolgerò a eLoveMatch.»

La fissiamo entrambe. Per un sacco di tempo è stata contraria alle app per appuntamenti. Quell'app si rivolge alle persone che vogliono una relazione seria. Finalmente sta smettendo di aspettare Drew, la sua cotta da sempre. Era stato amore a prima vista, alla tenera età di sei anni. Lui ne aveva undici ed era ossessionato dagli sport, notava appena le mie amiche. Pensavo che Audrey l'avesse superata, ma ha sempre avuto occhi solo per lui. Quando si era arruolato, Audrey gli aveva chiesto di potergli scrivere mentre era lontano. Penso che siano diventati quasi amici, di penna almeno. In ogni caso, erano amici quando Drew è tornato. Certo, Audrey era uscita con qualche ragazzo alle superiori e al college, ma non era mai durato. Nessuno poteva competere con Drew.

«Lo farò anch'io con te» le dico.

Audrey aggrotta la fronte. «Per te è troppo presto.»

«Va bene» dico, dandole una spintarella alla spalla. «Penso che comunque ti ci vorrà un po' di tempo per farlo veramente.»

«Beccata!» esclama Jenna.

Ridiamo tutte, perfino Audrey. «Questa volta sono seria» dice. «Lo farò. È ora.»

Per qualche motivo, ci fa ridere più forte. Audrey sbuffa e ci getta pezzetti di biscotto.

Afferro il biscotto da dov'è caduto sulla maglia e me lo metto in bocca. «Non si sprecano i biscotti.»

Audrey torna seria. «Io continuo a sperare per te, Syd. Se Wyatt si scusasse...»

«No.»

«Se si umiliasse» dice Jenna. «Se strisciasse ai tuoi piedi.»

Le punto il dito addosso. «Ma non lo farà mai. Wyatt Winters è onnisciente, onnipotente e ha ragione il cento per cento delle volte.»

Tranne che questa volta sono io ad avere ragione al cento per cento.

20

Sydney

Vabbè, sono passate due settimane e mi sono calmata a sufficienza per passare un po' di tempo a pensare al futuro dell'Horseman Inn e l'idea di Wyatt del ristorante dal campo alla tavola è qualcosa che mi piacerebbe fare. Che cosa potrebbe esserci di meglio di ortaggi e frutta freschi di fattoria e pesce appena pescato? C'è parecchia scelta in questa zona, con l'oceano a solo un'ora di distanza e molte fattorie locali. Mi sono informata, cercando fornitori e ho un mucchio di buone piste. L'unico problema è che quando gli ho parlato dell'idea il nostro chef da sempre, George, si è offeso. "Lui non è uno di quegli chef frou-frou" ha dichiarato. Cucina solo cibo tradizionale. E mi ha informato che se avessi deciso di seguire quell'idea, lui se ne sarebbe andato.

Okay, George è un amico di famiglia, ha più di sessant'anni ed è all'Horseman Inn fin da quando mio padre l'aveva ereditato da mio nonno. Ovviamente non voglio perderlo, ma questi sono affari e a volte bisogna prendere decisioni difficili. Non l'ho licenziato, ma vedrò un potenziale chef in un bar accanto al Culinary Institute of America, a un'ora di distanza, a Hyde Park, New York. Darren si diplomerà questa primavera e significa che sta cercando un lavoro ed è pieno di idee nuove. Abbiamo già parlato al telefono e mi sembra che possa andare bene. È anche cresciuto a poca distanza da qui, quindi per lui sarebbe come tornare a casa. Non gliel'ho ancora detto ma, se funziona, George avrà tutto il tempo per cercarsi un altro posto. Siamo alla fine di febbraio e Darren non comincerebbe fino a maggio.

Preparo tutto per la serata quiz del venerdì, con l'intenzione di lasciarla nelle mani della nostra barista, Betsy, prima di partire per il mio colloquio con lo chef. Sono entusiasta all'idea di fare questo passo. È la prima cosa che sto facendo che non sia per sopravvivere, cercando disperatamente di tenere a galla questo posto.

«Sydney» dice in tono disperato una voce baritonale che conosco bene.

Volto di scatto la testa verso Wyatt ed esco da dietro il bancone. «Che c'è che non va?» Ha i capelli scuri in disordine, gli occhi spiritati.

«È scappata. Non riesco a trovarla da nessuna parte.»

Corro da lui. «Chi? Kayla?»

«No! Non Kayla. Palla di Neve!» Si passa una mano sui capelli. «Con i lavori di costruzione, c'è una parete aperta sull'esterno. Gli operai l'hanno coperta con teli di plastica, ma dev'essersi aperto uno spiraglio. È uscita e ho cercato in tutta la proprietà. Farà buio presto ed è così piccola che si confonde con le colline e gli alberi. Puoi aiutarmi a cercarla?»

È venuto da me a cercare aiuto. L'uomo che aggiusta i problemi di tutti gli altri ha bisogno di *me*. Oh merda. Dovrei partire tra qualche minuto per il colloquio con

Darren. Mi ha detto che ha parecchi altri colloqui già fissati. Se lo mancherò, qualcun altro potrebbe portarmelo via. Darren aveva lavorato per uno chef rinomato prima di decidere di fare il gran passo e iscriversi alla scuola di cucina. In altre parole, è molto ricercato. D'altra parte, Wyatt ha bisogno di me. Palla di Neve ha bisogno di me. La poverina è bloccata da qualche parte al freddo in un territorio che non le è familiare. Potrebbe non sopravvivere alla notte.

«Dammi solo un minuto.»

Wyatt mi sorprende abbracciandomi in fretta. «Grazie.»

«Certo.» Faccio sapere in fretta a Betsy quello che sta succedendo e lo do le istruzioni per la serata quiz.

Poi vado da Wyatt. «Andiamo.»

Wyatt si dirige verso la porta, con le sue gambe lunghe che divorano la distanza. Devo quasi correre per stargli al passo.

Una volta in auto gli chiedo: «La sta cercando anche Kayla?».

«No. È in città a trovare nostra sorella. Non ho nemmeno notato per più di un'ora che Palla di Neve era sparita. Potrebbe essere ovunque. Potrebbe averla mangiata uno di quei coyote che ululano nei boschi.»

Se la sua cagnolina è nei boschi, c'è la reale possibilità che possa averla presa un coyote. Cacciano in branco e sono diventati più aggressivi, ora si vedono vicino alle zone abitate sia di giorno sia di notte.

«La troveremo» gli dico.

Wyatt ha le labbra strette, è concentrato sulla strada mentre guida veloce verso casa sua.

«Rallenta quando ci avvicineremo a casa tua, nel caso in cui sia lì intorno e tu non l'abbia vista.»

Wyatt rallenta. «Giusto. Hai ragione. Riesci a immaginare se dovessi investirla cercando di trovarla?» Gli trema la voce. «È così piccola e indifesa. Non sa niente della campagna. È abituata a un solo isolato in città.»

Il sole sta cominciando a calare e stimo che avremo mezz'ora per trovarla prima che faccia buio. «Viene quando la chiami?»

«Sì. Viene sempre. Dev'essere lontana o incastrata da qualche parte. Per quanto ne so, potrebbe essere caduta in un pozzo. Potrebbe esserle successo di tutto.»

«Va tutto bene, la troveremo.»

Wyatt guida per il resto della strada in cupo silenzio. Mando un messaggio a Darren, annullando l'appuntamento e scusandomi per averlo fatto all'ultimo minuto. Lui risponde semplicemente con un *ok*. Ecco tutto, solo ok.

Io: *Mi metterò in contatto.*

Darren: *Ok.*

Non è un gran comunicatore quando si tratta di messaggi, ma non voglio chiamarlo mentre Wyatt è così sconvolto e sta guidando troppo in fretta.

Frena bruscamente mentre svolta nel suo vialetto e l'auto sbanda un po' sulla neve fresca, poi rallenta per il resto della strada. Abbiamo avuto un'ondata di caldo la settimana scorsa e la neve si era quasi sciolta tutta, ma ha ripreso a nevicare e il vento l'ha portata in giro.

«Hai della carne?» gli chiedo «Potrebbe servire.»

«Stavo usando i suoi biscotti, ma è una buona idea. Ho della carne presa in rosticceria. Roast beef. Di solito viene ad annusare quando lo mangio, cercando qualche avanzo.» Gli si riempiono gli occhi di lacrime per un momento, poi parcheggia e si precipita a scendere dall'auto.

Lo seguo in casa. È strano essere qui adesso, due settimane dopo la rottura. Il pavimento del soggiorno è finito. Ho un flashback all'ultima volta in cui ci sono stata: il mazzo di rose, il suo sorriso quando mi aveva salutata sulla porta. *No, non pensarci.*

Vado da lui in cucina. «Passa la carne al microonde per qualche secondo in modo che il profumo si espanda di più.»

«Buona idea.» Butta un mucchio di Roast beef nel microonde e resta lì, con le mani sui fianchi, ad aspettare che finisca. Il microonde suona e Wyatt prende la carne, dandone metà a me prima di andare verso il retro della casa. «Qui è dove stanno costruendo una stanza verso l'esterno, incluso un bagno di servizio. Pensavo fosse uscita in cortile. Guarda quanto spazio c'è in cui perdersi.»

C'è un mucchio di terreno, colline orlate da una fitta foresta.

«Hai visto qualche impronta di zampe?»

«No. La neve deve averle coperte.» Torna verso la porta d'ingresso.

«Useremo le torce dei telefoni se diventa buio. Continua a chiamarla.»

Wyatt si guarda intorno appena esce. «Palla di Neve, qui!»

Silenzio.

«Ha il nome e il telefono sul collare?» Spero che se qualcuno la trovi possa chiamare Wyatt.

«Sì, ma è il mio vecchio numero, di quando vivevo in città. Merda.» Si dirige verso il retro della casa, agitando il Roast beef in aria e chiamandola.

Se fossi una cagnolina piccola e mi trovassi in un terreno freddo e sconosciuto, dove andrei? È abituata a brevi passeggiate nei boschi con Kayla. Ma da sola? Penso che cercherebbe un rifugio vicino a casa. Cammino intorno al perimetro della casa, chiamandola e poi vado alla struttura del faro. C'è una porta, ma è chiusa a chiave. Non credo che possa essere passata da sotto.

Mi accuccio, guardando il mondo dalla sua altezza. Forse sotto un cespuglio. Guardo in tutto il cortile mentre

Wyatt cammina nel bosco, gridando il suo nome. Comincio a chiamarla anch'io, aggiungendo un fischio, nel caso arrivi più lontano. Guardo la strada trafficata alla fine del lungo viale e prego che non sia andata in quella direzione. Sono sicura che l'avrebbero investita. Sarebbe facile non vederla. Quello sarà l'ultimo posto in cui guardare, perché, se è stata investita, non c'è comunque niente che possiamo fare. Non credo che un cane così piccolo sopravvivrebbe a un urto.

«Palla di Neve!» Grido. «Palla di Neve, vieni!» Batto sul ginocchio e aggiungo un fischio.

Cerco finché fa buio, poi mi fermo e mi siedo sul portico di Wyatt, accendendo la torcia del telefono. Siamo sottozero e ho veramente freddo. Non credo che Palla di Neve potrebbe sopravvivere una notte all'aperto. Sento i richiami sempre più disperati di Wyatt dietro la casa. E poi sento qualcos'altro, qualcosa che annusa. Un animale vicino, probabilmente interessato al Roast beef che ho in mano. Potrebbe essere qualunque cosa: un procione, una talpa, perfino un coyote.

Scendo dal portico e dirigo la luce verso il basso. C'è un graticcio di legno di protezione e rende difficile vedere. «Palla di Neve, sei tu?» Non riesco a vedere molto altro oltre al terreno. Giro intorno, cercando un'apertura da cui possa essere passato un cane. E poi la trovo. Dietro una siepe sul lato del portico c'è una piccola fessura nel graticcio. Mi sdraio sullo stomaco e dirigo la luce della torcia sul fondo. Vedo brillare due serie di occhi. «Palla di Neve, che cosa ci fai lì? Chi è il tuo amico?» Palla di Neve è rannicchiata contro un pitbull scheletrico. «Chi vuole la carne?»

Mando un messaggio a Wyatt per dirgli che l'ho trovata. Non riesco a passare dalla piccola apertura, ma spero di convincerli a uscire. Arrotolo una fetta di Roast beef e lo infilo nella fessura fin dove arriva il mio braccio.

Sono nervosa, temo che il pitbull possa mordermi, sono pronta a tirare indietro il braccio, ma è Palla di Neve che trotterella avvicinandosi. Tiro indietro il braccio, cercando di farla avvicinare di più. «Bene, vieni a prendere questo gustosissimo Roast beef.»

Appena ci riesco, l'afferro, tirandola fuori e lasciandole mangiare il pezzo di carne. Getto il resto al suo amico.

«Oh mio Dio, l'hai trovata.» Wyatt si accuccia accanto a noi e prende in braccio Palla di Neve. «Mi hai spaventato a morte» la rimprovera. «Mossa stupida. Non fare mai più una cosa simile.»

«C'è un altro cane sotto il tuo portico. Penso che sia un randagio.»

Wyatt controlla. «Non ha il collare e ha visto giorni migliori. Pensi che sia pericoloso?»

«Non è quello che pensava Palla di Neve. Era rannicchiata contro di lui.»

«Da quanto tempo pensi che sia qui sotto?»

«Non ne ho idea.»

Wyatt spezzetta il Roast beef e lancia una scia di carne verso l'apertura. «Forza, amico. Segui la carne.»

«Come farai a farlo entrare in casa senza un collare?»

«Mi seguirà, oppure tornerà da dove è venuto.»

Il cane avanza strisciando sulla pancia e mangia cautamente un pezzo di carne.

«Guarda come mangia piano» sussurro.

«È diffidente. Probabilmente viene da una situazione difficile.» Wyatt aspetta pazientemente, con Palla di Neve infilata dentro la giacca, cercando di convincere il cane randagio a mangiare altra carne. Appena lo fa, Wyatt getta un pezzo di Roast beef appena fuori dall'apertura.

«Vieni, Rex, un po' più vicino» lo invita.

«Rex?»

«Non ti sembra un Rex?»

Gli ha già dato un nome. È proprio da Wyatt prendersi cura di tutti.

Rex finalmente si avventura fuori e mangia la carne.

Reprimo un urrah, per non spaventarlo e farlo scappare.

«Rex, vieni» gli ordina Wyatt, andando verso la porta. Io lo seguo, ma non Rex.

Entriamo e Wyatt tiene aperta la porta, agitando la carne verso Rex. «Carne per te. Vieni.»

Rex sembra indeciso ma poi Palla di Neve abbaia e si decide. Rex trotterella dentro e divora un'altra fetta di Roast beef. Io chiudo in fretta la porta dietro di lui.

Wyatt si volta a guardarmi. «Syd, grazie.»

«Io mi prendo cura di quelli a cui voglio bene» dico, usando le sue stesse parole.

Lui mette a terra Palla di Neve, getta il resto della carne ai cani e mi bacia.

È come tornare di nuovo a casa.

21

Wyatt

Quella sera, Sydney e io facciamo una chiacchierata cuore a cuore. Parole sue. Io giuro solennemente che non cercherò più di prendere il controllo e risolvere i suoi problemi per lei. E lei giura solennemente che chiederà il mio aiuto quando ne ha bisogno. È una conversazione seria che abbiamo dietro la porta chiusa della mia camera, cosa che mi piace parecchio perché so che cosa viene dopo: sesso riparatore.

Siamo seduti fianco a fianco sul letto, premuti assieme, spalla a spalla, coscia a coscia, tenendoci per mano. Stringo la sua. «Siamo a posto adesso?»

Lei mi dà una lunga occhiata severa. «Purché tu capisca che hai sbagliato agendo alle mie spalle per sistemare le cose.»

È la seconda volta che lo dice e mi rendo conto che vuole delle scuse prima di voltare pagina. Io sono solo felice che sia qui con me, premuta contro il mio fianco. È un buon segno quando i discorsi seri avvengono mentre ci si tocca.

Alzo le nostre mani unite e le sfioro le nocche con un bacio. «Ho agito nel modo sbagliato. Mi dispiace. Ti amo, Syd, e devi sapere che l'ho fatto per amore. Non voglio che tu soffra quando non ce n'è bisogno. Voglio che tu sia felice.»

«Ero felice prima, felicissima con te e contenta del modo in cui le cose stavano cambiando al lavoro.» Sospira. «Per favore, sii sempre sincero con me, okay? Per me è fondamentale. Basta agire alle mie spalle per cercare di sistemare le cose. Possiamo farlo insieme da ora in poi. Anch'io posso aiutarti. Potremo aiutarci a vicenda.»

Un'ondata di affetto mi spinge ad abbracciarla e baciarle la guancia. Mi sono preso cura di tutti per così tanto tempo che non mi è mai venuto in mente che qualcuno volesse prendersi cura di me. Non sarebbe un sollievo prendermi una pausa per una volta?

«Affare fatto» dico. «Adesso mettiamoci nudi.» La placco, stendendola sul letto e lei ride, mettendomi le braccia intorno al collo.

Le strofino il naso sul collo, respirando il suo profumo. Alzo la testa, fissando il suo bel viso. «Mi sei mancata da morire.»

Lei sbatte le palpebre per ricacciare le lacrime, passandomi le dita tra i capelli. «Mi sei mancato anche tu. È stato orribile. Non lasciamoci più.»

«Mai.»

Sydney mi abbraccia stretto per un momento poi mi dà uno spintone e scende dal letto. Si toglie la t-shirt, i jeans e le sneakers. Poi mi indica col dito. «Che cosa stai aspettando?»

«Sei così bella» dico in tono riverente.

Lei mi toglie la maglia. «Qualcuno mi aveva promesso sesso selvaggio se fossimo diventati soci.»

«Mi vuoi come socio?»

Lei mi rivolge un sorriso sexy. «Tra le altre cose.» Risale sul letto e mi fa segno di avvicinarmi.

Mi si gonfia il petto per l'orgoglio. Si fida di me in tutto. Mi ama. Sono così maledettamente fortunato.

Mi spoglio in un battibaleno, infilo un preservativo e mi unisco a lei. La copro, baciandola teneramente. In pochissimo tempo, il bacio diventa pressante, i nostri corpi sono ansiosi di unirsi dopo tutto quel tempo divisi.

La mia mente si annebbia, sento solo un bisogno urgente. Le mani accarezzano, le bocche sono fameliche, le unghie mi graffiano la schiena.

La sua bocca che ripete il mio nome.

Spinte sempre più forti, più veloci, impossibile fermarmi.

La fisso negli occhi, quel legame profondo mi elettrizza per un momento infinito.

«Sposami» mi sussurra.

Sydney arcua i fianchi, contraendosi intorno a me e sono finito, l'orgasmo mi travolge, sento appena i suoi gemiti leggeri.

Crollo sopra di lei, respirando forte mentre il mondo torna lentamente a fuoco. *Mi ha chiesto di sposarla.*

Alzo la testa e la bacio. «Torno subito.»

Lei sorride e borbotta la sua risposta.

Non perdo tempo. Prendo ciò di cui ho bisogno dalla sacca, torno a letto con lei e le infilo l'anello al dito.

Lei alza la mano con l'anello di fidanzamento che avevo messo da parte sperando che un giorno saremmo tornati insieme. Lei sorride radiosa. «Non pensavo che mi avessi sentita.»

«In quel momento non riuscivo a parlare. Penso che sia un record: proposta di matrimonio con orgasmo.»

«È un sì?» mi chiede, con gli occhi che scintillano.

Mi infilo sotto le coperte e le metto un braccio intorno alla vita. Lei si rannicchia contro il mio fianco. «Sì, mia piccola strega, ti sposerò.»

«E?»

«Sarò il tuo partner in tutte le cose, dicendoti tutto subito mentre ci aiutiamo a vicenda.»

«Bene.»

«E?» la sollecito. «Tu che cosa sarai? Piccolo indizio: richiede di essere nudi.» Sto parlando di metterla incinta. Un regalo che ci faremmo a vicenda. Sono così romantico...

«E sarò la tua schiava sessuale?»

Ridacchio e la bacio. «Non credere che non ti farò rispettare la promessa. Finirà direttamente nei voti matrimoniali. Sydney Robinson promette di essere la mia adorata moglie, la mia socia e la mia schiava sessuale.»

Sydney mi accarezza la barba e mi bacia. «Ti amo.»

Mi si chiude la gola per l'emozione. «Ti amo anch'io.»

Lei si appoggia a un gomito. «Stai piangendo?»

«No.»

«Hai gli occhi pieni di lacrime.»

Mi strofino gli occhi lacrimosi. «Stavo solo pensando quanto desideravo che diventassi la madre dei miei figli, e tu hai detto schiava sessuale, ed entrambe le cose sono perfette.»

Le si riempiono gli occhi di lacrime. «Oh, Wyatt.» Mi stringe forte e poi si tira indietro per guardarmi, con l'amore che brilla negli occhi. «Non ti lascerò mai andare. Sarai sempre nel mio cuore.»

«Syd.» La bacio teneramente. «Sei il mio cuore.»

EPILOGO

In un soleggiato giorno di maggio...

Sydney

Sto per sposare il mio miglior amico. Ho sempre sognato di incontrare un uomo che sarebbe stato un vero partner nella mia vita, con il vantaggio extra di una meravigliosa vita sessuale. Solo, non avevo mai pensato che sarebbe stato l'uomo che mi avrebbe messo alla prova e mi avrebbe incitato in ogni momento. Ma sono una persona migliore grazie a lui e penso che anche lui sia migliorato grazie a me. Per lui è un sollievo sapere che posso prendere le redini di un progetto invece di doversi occupare di tutto. Per esempio, il nostro matrimonio: ho organizzato tutto io. La luna di miele: ci ha pensato lui. E insieme abbiamo riportato in vita l'Horseman Inn.

Il ristorante è mio, mio da passare ai nostri figli. Lo gestisco io e mi occupo del marketing e della contabilità. Wyatt si consulta con me, comunicandomi le sue idee e si interessa in particolare del bar. Ha passato molto tempo a trovare birrerie locali per espandere la nostra lista di birre e così ha attirato molti conoscitori. Abbiamo anche visitato insieme i vigneti locali intorno ai Finger Lakes di New York per aggiungere altri vini alla nostra lista, cosa che ha creato parecchio rumore intorno al mio Club del vino del giovedì. E ha provocato parecchie sbronze. Aggiungo cocktail stagionali divertenti ai menu del bar e mi assicuro di avere una selezione di whisky di qualità, il suo drink preferito. È talmente entusiasta della nostra scelta di bevande che a volte lavora dietro al bar, insieme a Betsy, e consiglia ai clienti che cosa scegliere, lodando ogni birra, vino o whisky che ha scelto personalmente.

Il mio uomo.

Lo chef che speravo di assumere mi è sfuggito dalle mani, attirato da un elegante ristorante di Manhattan. Wyatt avrebbe voluto allettarlo con un salario più alto – si sentiva responsabile perché avevo mancato il colloquio per aiutarlo – ma avevo detto di no. Probabilmente non sarebbe comunque stato contento di restare a lungo all'-Horseman Inn. Ha funzionato tutto. Adesso abbiamo Spencer, che aveva fatto il suo apprendistato con uno chef specializzato nella cucina dal campo alla tavola. Non ha il diploma di una prestigiosa scuola di cucina, ma ai nostri clienti la sua cucina piace, ed è ciò che conta. Il nostro vecchio chef, George, è andato a lavorare in una trattoria in città, un posto piccolo accanto alla stazione di servizio, che risale agli anni Cinquanta. Lì apprezzano il tipo di cibo che cucina.

«È ora» dice Jenna.

Tiro su col naso e asciugo le lacrime, attenta a non sbavare il trucco. Mi sto preparando nel bagno padronale a casa di Wyatt, che adesso è anche casa mia. Mi aveva detto di scegliere tutto quello che volevo per il bagno padronale perché voleva che mi sentissi a mio agio. Ho scelto un lavandino doppio con un ripiano in mezzo davanti al quale posso sedermi per prepararmi. Ci sono anche una vasca idromassaggio e una doccia separata. È lussuoso e all'inizio pensavo che mi sarebbe sembrato bizzarro. È strano come ci si abitui in fretta al lusso. Ma non lo darò mai per scontato.

«Non cominciare a piangere» dice Jenna, sbirciando nello specchio sopra il ripiano. «Devi sembrare perfetta, almeno finché sarai arrivata davanti a Wyatt.»

«Oh, non riesco a guardare» dice Audrey, agitando una mano davanti alla faccia. «Finirò per piangere anch'io.»

«Sono pronta» dico, alzandomi, già con l'abito da sposa. Non sono il tipo di sposa principessa, niente velo o lungo strascico o abito vaporoso. Nonostante abbia scelto un semplice tubino di seta, senza spalline, che arriva alle caviglie, mi sento magica indossandolo. Non esattamente una principessa. Più come... una dea.

«Sei così carina!» esclama Audrey. «È il vestito perfetto per te.»

«Grazie.»

Entro nella stanza padronale, dove Harper si sta rilassando su una chaise longue con le gambe in alto. Le mancano solo poche settimane al parto e ha le caviglie gonfie. Ha scelto di non far parte del corteo nuziale perché non vuole restare in piedi più del dovuto. «Syd! Sei favolosa! A Wyatt usciranno gli occhi dalla testa.»

«Spero di no» dico con un sorriso.

Harper si mette lentamente seduta e si prepara ad alzarsi in piedi. Jenna corre ad aiutarla. «Mi dispiace di non aver potuto fare di più» dice Harper mettendosi in piedi con un po' di aiuto. «Sai che per te ci sono sempre.» Viene ad abbracciarmi, con il pancione che preme tra di noi.

Mi tiro indietro, tenendola per le braccia e fisso la sua pancia sotto l'abito premaman color pesca. «Come sta Joan Junior lì dentro?» È il nome di sua nonna. Sto scherzando, ripetendo ciò che dice sempre Garrett.

Lei si accarezza la pancia con un sorriso soddisfatto. «Questa avrà un nome tutto suo. Aspetteremo che sia nata per capire quale le si addice. Stava scalciando come una matta, ma credo che si calmerà ora che mi sono mossa.»

Guardo le mie tre migliori amiche, che conosco da quando facevamo gruppo nel campo giochi. «Ragazze! Sono così contenta che siate con me in questo giorno speciale. Prima si è sposata Harper, e adesso io.» Rivolgo un sorriso un po' lacrimoso a Jenna e Audrey. «Non vedo l'ora di assistere ai vostri matrimoni!»

«Okay, abbraccio e poi andiamo» dice Jenna un po' asciutta. Non è tipo da smancerie. Di solito non lo sono nemmeno io. Ma le amo tanto e amo tanto Wyatt e questo è semplicemente un giorno memorabile.

L'abbraccio in fretta e poi Audrey e ancora un abbraccio per Harper prima di incamminarmi davanti a loro verso il soggiorno in fondo alla casa. È una stanza che Wyatt ha fatto aggiungere, oltre la biblioteca, uno spazio informale per la nostra futura famiglia. Il retro della stanza è composto da una vetrata con porte scorrevoli che portano all'esterno, sul patio.

In cortile c'è un piccolo baldacchino bianco per la cerimonia con file di sedie rivestite di tessuto bianco. Più in fondo c'è una grande tenda, pronta per il ricevimento, con tavoli e sedie che circondano una pista da ballo e un tavolo di testa per i membri del corteo nuziale. È tutto molto elegante. Confesso: mi sono appoggiata a Kayla per i particolari. Aveva già organizzato tutto per il suo (mancato) matrimonio e ha tolto un po' di pressione dalle mie spalle, specialmente quando ero presa dal lavoro. Siamo diventate amiche e Summerdale le piace tanto che ha voluto restare. Wyatt dice che è merito dei *tamales*, ma io sospetto che sia mio fratello Adam. Hanno cominciato a parlare mentre lui si occupava dei lavori di falegnameria su misura nella biblioteca di Wyatt e anche in soggiorno. Kayla insiste nel ripetere che sono solo amici e che non cerca una relazione. È ancora in fase di recupero, anche se sono passati quattro mesi da quando è stata lasciata all'altare.

Ha finito la sua tesi un paio di settimane fa e, mentre cerca un lavoro, l'ho assunta come cameriera all'Horseman Inn. È bravissima a mandare a memoria gli ordini, anche quando sono complicati e sta *veramente* cercando di non far cadere i piatti. Le ho detto che avrebbe potuto continuare a vivere con me e Wyatt, ma ha insistito che una coppia di neosposi ha bisogno dei suoi spazi. Adesso vive nel mio vecchio appartamento sopra il ristorante.

Sono tutti ai loro posti. Wyatt sta parlando con i testimoni e ride. Il primo è un ex-socio che ho conosciuto di recente, il secondo è Garrett, il marito di Harper.

Appena le mie amiche e io appariamo in fondo al tappeto rosso, Garrett entra in azione, camminando in fretta verso Harper. La guida verso una sedia in prima fila, accanto alla nonna, la saggia Generale Joan. Mi aveva detto di non perdere tempo a sentirmi triste lontana da Wyatt e aveva ragione.

Wyatt mi guarda negli occhi e il mio cuore comincia a battere forte. Anche da questa distanza riesco a vedere l'emozione sul suo volto, gli occhi che si riempiono di lacrime. Come i miei. *Il mio favoloso sposo.*

Wyatt

La mia bella sposa. Sto per sposare il mio vero amore, la donna con cui non vedo l'ora di passare il resto della mia vita. Adoro tutto di lei. È intelligente, divertente e abbastanza focosa da battibeccare con me invece di offendersi. E io sono un uomo migliore grazie a lei. Sto imparando a smettere di voler controllare tutto e risolvere i problemi di tutti. Cioè, è una cosa in cui riesco bene, ma ora mi immischio solo se me lo chiedono. E Sydney chiede il mio aiuto solo quando ha esaurito tutte le opzioni ed è a un punto morto. Ci aiutiamo a vicenda.

Audrey e Jenna camminano lungo il tappeto. Sydney aspetta il suo turno, a braccetto del fratello maggiore, Drew, che ha preso il posto di suo padre. Farò la stessa cosa per le mie sorelle. Drew sembra serio nel suo vestito blu scuro, la schiena diritta, le spalle indietro, proprio come il soldato che era. Mi piace. È burbero ma ogni tanto riesco a strappargli un sorriso.

Do un'occhiata a Palla di Neve e a Rexie (si è scoperto che era una femmina) che indossano entrambe collari rosa. Abbiamo messo dei cartelli in giro per la città cercando l'eventuale padrone di Rexie e abbiamo fatto controllare dal veterinario se avesse un microchip, ma nessuno è venuto a cercarla, quindi ce la siamo tenuta. Palla di Neve ha un piccolo fiocco bianco in cima alla testa. *Non* è stata una mia idea. Le ha vestite Kayla per l'occasione. Sono sdraiate ai suoi piedi nella prima fila.

Il mio sguardo torna a Sydney. È un tale sollievo avere di fianco qualcuno che può fare delle cose in modo che non pesi tutto su di me. Per esempio, quando perdo la pazienza, cercando di prendermi cura di Rexie: purtroppo non ha mai imparato a sentirsi a suo agio con me. Pensiamo che abbia avuto una brutta esperienza con un uomo. Quindi se ne occupa Sydney, che la sta addestrando a obbedire a pochi semplici comandi. Rexie mi tollera appena, ma adora Sydney.

Comincia la marcia nuziale e mi erigo in tutta la mia statura, con un groppo in gola. Guardo la mia futura moglie che si avvicina, gli occhi fissi sul suo viso sorridente. Sta guardando i nostri amici e i nostri famigliari mentre percorre il tappeto, finché finalmente fissa i suoi begli occhi di miele su di me. Il mio cuore batte più forte, la gola si stringe. *La mia sposa.*

Qualche momento dopo, suo fratello la lascia a me. Le prendo la mano e abbasso la testa verso il suo orecchio. «Bella.»

Lei mi stringe la mano e ci voltiamo verso l'officiante. Sento a malapena quello che sta dicendo, tanto sono incantato da Sydney. I suoi capelli color Tiziano ricadono in morbide onde sul vestito senza spalline. Il volto sembra angelico mentre ascolta, anche se so che non è proprio un angelo. Può essere piuttosto diabolica, in un modo che apprezzo. Sembra soddisfatta e felice come me.

Arriva finalmente il momento dei voti e parlo a voce alta e chiara, tenendole entrambe le mani. «Prometto di amarti, onorarti e custodirti per il resto dei miei giorni.» Lei sorride, con gli occhi che scintillano e so che sta pensando ai nostri scherzosi voti che prevedevano che diventasse la mia schiava sessuale. Le sorrido anch'io e le stringo le mani. «E io prometto di chiedere il tuo aiuto quando ne ho bisogno.»

Ridono tutti.

Mi rivolgo ai nostri famigliari e amici. «È importante.» Avevamo rotto proprio per quello, quindi ho voluto che fosse inserito nei voti nuziali. Questo è un legame per l'eternità.

Altre risatine da parte della folla.

Sydney mi guarda sorridente e poi promette la stessa cosa.

Poi è ufficiale. Le prendo il volto tra le mai e la bacio teneramente prima di abbracciarla stretta.

«Ce l'abbiamo fatta» sussurra.

Mi tiro indietro e la guardo. «E non è nemmeno stato così difficile.»

Ci sorridiamo e poi camminiamo lungo il tappeto, al suono degli applausi e dei fischi.

Dopo una breve pausa per le fotografie, che ovviamente includono anche Palla di Neve e Rexie, raggiungiamo gli altri per il ricevimento. Camerieri in smoking circolano con champagne e stuzzichini.

Il complesso suona musica swing allegra in sottofondo. Sydney mi guarda. «Avremmo dovuto prendere lezioni di danza, per il nostro primo ballo. Sapevo di aver dimenticato qualcosa.»

«È facile, basta ondeggiare avanti e indietro.»

«Penso che dovremmo fare qualcosa di più. Ci staranno guardando tutti.»

Le alzo il mento e la bacio. «Continuerò a baciarti, come tecnica per distrarli.»

Lei stringe gli occhi.

«No?» Le metto le braccia intorno alla vita. «Permettimi di darti una dimostrazione.» Ondeggio un po' e fingo di abbassare la testa per un bacio sbrodoloso.

Lei mi spinge via ridendo. «Okay. Ondeggeremo un po' e basta. Niente roba sexy sulla pista da ballo.»

«Beh, sanno benissimo che cosa faremo questa notte.»

Lei mi tira vicino. «Shh.»

«In città, in una suite luna di miele con un letto vibrante.»

Sydney spalanca gli occhi. «Dimmi che non hai prenotato un albergo con un letto vibrante.»

Le sorrido malizioso. «La persona incaricata di occuparsi della luna di miele sceglie i particolari.»

Si rilassa. «Molto divertente. Dove andremo in luna di miele?»

«Hai messo in valigia il bikini?»

Lei guarda il cielo prima di tornare a guardare me. «Sì, ho messo in valigia i sei bikini ridottissimi che mi hai comprato, insieme al comodo tankini che mi sono comprata da sola.»

«Mmm» dico, riflettendo se sia il caso di dirle che ho buttato il tankini. Il potenziale urlo oltraggiato potrebbe non essere appropriato per questa felice occasione. Non che l'abbia veramente fatto, ma non sarebbe divertente dirlo?

«Mmm cosa?»

«Hai tutto quello che ti serve per la luna di miele: il tuo sposo e sei favolosi bikini.» Le bacio la guancia. «Sei tu che li rendi favolosi, mia bella sposa.»

Lei arrossisce. «Grazie.»

«Anche se non sono sicuro che ne avrai bisogno. Ci sono delle spiagge per nudisti...»

«È in Europa?»

«... al parco acquatico» finisco di dire.

Lei ride e poi si ferma di colpo. «Belzebù?»

«Sì, streghetta mia?»

«Se andremo in un parco acquatico pieno di bambini urlanti, dovrai organizzare una secondo luna di miele.»

Sorrido con fare misterioso. In effetti, andremo a Bora Bora nella Polinesia francese e staremo in un favoloso resort a cinque stelle. Ma non posso fare a meno di giocare con lei.

Lei mi agita un dito in faccia. «Riuscirò a farmelo dire.»

«Mi sa che dovrai usare un po' del tuo sexy charme con me. Nuda.»

«Non mi servirà essere nuda. Lo capirò con ognuno degli indizi che dissemini qua e là.»

Pensa di essere più furba di me. *Game on.* Riesco a fatica a non fregarmi le mani. È così divertente.

Non per vantarmi, ma resisto in modo ammirevole. Sydney continua a lavorarmi ai fianchi quando meno me lo aspetto. Durante il nostro primo ballo dice: «Durante la nostra luna di miele voglio ballare con i mariachi sullo sfondo».

Pensa che andremo in Messico perché adoro il cibo messicano.

«Tutto quello che vuoi» dico, senza rivelare niente.

Mentre stiamo tagliando la torta insieme, dice: «Tornerò senza i segni dell'abbronzatura dalla nostra luna di miele tropicale ai Caraibi».

«È perché non ti abbronzi» rispondo. «Sarai veramente carina con un cappello da Pippo.»

Questo nega la sua idea dei Caraibi.

Adesso stiamo ballando un lento insieme a un mucchio di altre coppie. La tengo stretta, premuta contro di me, per metà abbracciando e per metà desiderando la mia sposa. Lei ha le braccia intorno al mio collo mentre ondeggiamo lentamente.

«Ci sono le tazze rotanti?»

Ah! Adesso crede che andremo alla Happy Mouse Land, piena di giostre e attrazioni acquatiche.

«Probabilmente avrei dovuto chiederlo» dico. «Sarebbe stato figo vedere le tazze rotanti.»

Lei borbotta qualcosa che non riesco a sentire. Io ridacchio tra me e me.

Harper e Garrett stanno ballando un valzer vicino a noi. Lui la sta guidando, a braccia tese, con il pancione di Harper in mezzo. È la prima volta che sono sulla pista da ballo. Lei gli sussurra qualcosa e se ne vanno. Harper ha bisogno di frequenti visite in bagno. Senza loro in mezzo, vedo qualcosa di strano.

Kayla sta ballando con il fratello maggiore di Sydney, Adam. Sono troppo vicini. Pensavo fossero solo amici. Kayla preferisce i tipi nerd, accademici. Lui è alto e snello ma muscoloso e sembra diverso con un completo al posto della solita maglia, jeans e la cintura degli attrezzi. Attraente nel modo che piace a Kayla, più curato, anche se ha sempre un po' di barba scura sulle guance. Kayla lo infastidiva continuamente mentre lui cercava di lavorare a casa mia. Le avevo detto di lasciare che quel poveretto facesse il suo lavoro.

«Ci sono spiagge per nudisti sulla costa amalfitana?» chiede Sydney.

Kayla passa le dita tra i capelli castano scuro di Adam. Lui la fissa negli occhi. «Che dia...»

Sydney mi ficca un dito nelle costole.

«Sì» rispondo distrattamente. «Me ne sono assicurato.»

Kayla si alza in punta di piedi e sussurra qualcosa all'orecchio di Adam. *Che cosa gli sta dicendo?*

«Allora andremo in Italia?» chiede Sydney.

Adam sembra allarmato. Io sono allarmato. *Che cosa sta facendo la mia sorellina? Gli sta facendo delle avance?*

«Wyatt,» mi richiama Sydney, «potresti per favore prestare attenzione alla tua sposa il giorno nelle nozze?»

Distolgo lo sguardo da Kayla e Adam e mi concentro su di lei. «Non andremo in Italia.» Torno a guardare Kayla e Adam, ma sono spariti.

«Mi piacerebbe che mi aiutassi» mi sussurra Sydney all'orecchio.

Sento l'accenno di seduzione nella sua voce e il desiderio m'invade, togliendomi la capacità di pensare razionalmente. Le afferro la mano. «Conosco il posto giusto.»

Lei ride quando la trascino in casa per un po' di intimità. Ci chiudiamo in biblioteca.

E poi ci aiutiamo a vicenda, proprio come abbiamo promesso.

Volete saperne di più della luna di miele di Wyatt e Sydney? Iscrivetevi alla mia newsletter e potrete leggere un epilogo extra. https://www.kyliegilmore.com/ITfenewsletter

Non perdetevi il prossimo volume della serie: *Dashing - Adam*, nel quale Adam riceverà un'insolita richiesta da Kayla.

Adam

Vero o falso? Uomini e donne non possono essere amici. Ho sempre pensato che fosse vero, finché non ho conosciuto Kayla.

Sì, è una dea, ma il nostro rapporto è completamente platonico. Quindi, quando mi chiede di fingere di essere il suo fidanzato a una festa, ci sto. Specialmente perché ci sarà quel viscido del suo ex. Riuscite a credere che quella serpe l'ha abbandonata all'altare? Ti copro le spalle, Kayla. È a questo che servono gli amici, no? Ma adesso temo di aver recitato troppo bene la mia parte, perché ci stiamo dirigendo verso casa e lei mi confessa che è stanca di conservarsi per il matrimonio e che vuole che sia io il suo primo. *Il suo primo!*

Non ci riesco. Questa donna ha la parola *impegno* scritta in fronte. Ed è una cosa che non farò mai. Ho le mie buone ragioni.

Ma quando glielo dico, lei comincia a prendere in considerazione altri candidati. Non posso lasciare che stia con un tizio a caso! E non posso nemmeno superare quel confine. Lei non sa che cosa mi sta chiedendo! Non sa che cosa sta facendo! Qualcuno deve fermarla.

Kayla

Può essere solo Adam.

Iscrivetevi alla mia newsletter per non perdervi le nuove uscite: https://www.kyliegilmore.com/ITfenewsletter

ALTRI LIBRI DI KYLIE GILMORE

Storie scatenate

Fetching - Wyatt (Libro No. 1)

Dashing - Adam (Libro No. 2)

Sporting - Eli (Libro No. 3)

Toying - Caleb (Libro No. 4)

Blazing - Max (Libro No. 5)

I Rourke dell'isola di Villroy,
Principi da sogno ed eroine tostissime.

Royal Catch - Gabriel (Libro No. 1)

Royal Hottie - Phillip (Libro No. 2)

Royal Darling - Emma (Libro No. 3)

Royal Charmer - Lucas (Libro No. 4)

Royal Player - Oscar (Libro No. 5)

Royal Shark - Adrian (Libro No. 6)

I Rourke di Brooklyn

Rogue Prince - Dylan (Libro No. 7)

Rogue Gentleman - Sean (Libro No. 8)

Rogue Rascal - Jack (Libro No. 9)

Rogue Angel - Connor (Libro No. 10)

Rogue Devil - Brendan (Libro No. 11)

Rogue Beast - Garrett (Libro No. 12)

Andate sul mio sito web kyliegilmore.com/italiano per vedere la lista aggiornata dei miei libri.

L'AUTRICE

Kylie Gilmore è l'autrice Bestseller di USA Today delle serie: I Rourke; Storie scatenate; The happy endings Book Club; The Clover Park e The Clover Park Charmers. Scrive romanzi rosa umoristici che vi faranno ridere, piangere e allungare le mani per prendere un bel bicchiere d'acqua.

Kylie vive a New York con la sua famiglia, due gatti e un cane picchiatello. Quando non sta scrivendo, tenendo a bada i figli o prendendo debitamente appunti alle conferenze per gli scrittori, potete trovarla a flettere i muscoli per arrivare fino all'armadietto in alto, dove c'è la sua scorta segreta di cioccolato.

Iscrivetevi alla newsletter di Kylie per avere notizie sulle nuove uscite e sulle vendite speciali: https://www.kyliegilmore.com/ITfenewsletter. Controllate il sito web di Kylie per trovare altra roba divertente: kyliegilmore.com.